卷四 少陵体诗选注

韩成武 著

韩成武文集

河北出版传媒集团
河北教育出版社

序

詹福瑞

这是一套以"体"为铨选原则的古诗选本丛书。古人谈"体",实际上含有二义,这一点罗根泽在其所著的《中国文学批评史》中早有论述:"中国所谓文体,有两种不同的意义:一是体派之体,指文学的格(风格)而言,如元和体、西昆体、李长吉体、李义山体……皆是也。一是体类之体,指文学的类别而言,如诗体、赋体、论体、序体……皆是也。"[1]也就是说,在古人所说的"体"中,既有指风格的"体",又有指体裁的"体"。而在讲风格的所谓的"体"中,也包含了以风格为核心而形成的文学流派。这套丛书所说的"体"是指体派的"体",这一点是需要首先说明的。"文辞以体制为先"[2],讲"体"是中国古代文学的一个十分突出的特点。尤其是文学观念自觉之后,文人"体"的意识就更为鲜明。有"体"无"体"甚至成为一个诗人有无成就、影响大小的重要标志,也成为一个时期的文学影响近远的标志。

---

[1] 罗根泽《中国文学批评史》一,上海古籍出版社1984年3月版,第146页。
[2] 吴讷《文章辨体·凡例》。

一

　　本丛书虽然侧重于诗歌风格，但是讲风格不能不先讲一讲文体，这是因为古代的体类与体派有至为密切的关系。

　　体类的划分早在先秦就已出现，而且当始于五经之辨。《庄子·天运》篇孔子谓老聃曰："丘治《诗》《书》《礼》《乐》《易》《春秋》六经，自以为久矣，孰知其故矣。"六经的类分，虽然不能认为就是对文体的认识，但如《庄子·天下》中疑为后人注窜入的文字："《诗》以道志，《书》以道事，《礼》以道行，《乐》以道和，《易》以道阴阳，《春秋》以道名分。"[1]对六经不同功能的划分，应当会启发后人关于文体的分类及对其不同功能的认识。所以六经的类分，当是中国古代文体类分与认识的滥觞。徐师曾《文体明辨》认为文章有体，起于《诗》《书》，《诗》分风雅颂、赋比兴，《书》分辞、命、诰、会、誓、诔六辞，徐氏的说法未必完全准确，但应该说是有一定道理的。

　　汉成帝时，刘向校经传诸子诗赋，奏《别录》，刘歆成《七略》，"剖判艺文，总百家之绪"[2]，诗赋另立一类，虽不能说就是有了明确的文体意识，但是却有了向辨析文体发展的趋势，并直接影响到了班固。班固《汉书·艺文志》的《诗赋略》已明显有了辨别不同体裁的意识。"观班志之分析诗赋，可以知诗歌之体与赋不同，而骚体则同于赋体。"[3]到汉末蔡邕，他的《独断》把天子下行文书分为四类，曰策书，曰制书，曰诏书，曰戒书；臣子上行文书也分为四类，曰章，曰奏，曰表，曰驳议，并对每一种文体的用途和写作要求都作了明确说明，辨体明晰，已经是比较成熟的文

---

[1] 马叙伦《庄子义证》："《诗》以道志以下六句，疑古注文，传写误为正文。"

[2]《汉书·刘向刘歆传》。

[3]《刘申叔遗书·论文杂记》。

体论了。

魏晋南北朝是文体的自觉时期，也是文体论的成熟时期。谈到魏晋南北朝的文体论，当然首先要说曹丕的《典论·论文》。在这里，曹丕把文章划分为四科八体，即奏、议、书、论、铭、诔、诗、赋八种体裁，又依雅、理、实、丽等文体风格，分为四种类型："盖奏议宜雅，书论宜理，铭诔尚实，诗赋欲丽。"从一开始，就形成了比较完整的文体论形态。其后桓范作《世要论》，论文体涉及的有序作、赞象、铭诔三篇，论以上诸体之"作体"又较《典论·论文》为详。到陆机的《文赋》，在曹丕八体的基础上，进而分成十体，即："诗缘情而绮靡，赋体物而浏亮。碑披文以相质，诔缠绵而凄怆。铭博约而温润，箴顿挫而清壮。颂优游以彬蔚，论精微而朗畅。奏平彻以闲雅，说炜晔而谲诳。"文体风格的把握更为准确，也更向文学靠近。晋代的挚虞撰《文章流别集》，"以类聚区分"[1]，应当就是文体的类分，而且按文体来考察其流变，所以名之曰"流别"。从挚虞的《文章流别志论》的佚文来看，这样的推论应是不错的。志论就是对不同文体的评论，今存的片段就文体有十一类，因此这部总集应该是古代最早按文体铨选文章的总集。梁时昭明太子萧统编《文选》，承袭《文章流别集》，以文体分卷，"凡次文之体，各以汇聚。诗赋体既不一，又以类分。类分之中，各以时代相次"[2]，分文体为三十八类，几乎囊括了梁以前的所有文体，文体辨别之细是空前的。而就在同时，著名文学理论家刘勰撰写《文心雕龙》五十篇，前五篇是"文之枢纽"，相当于这部书的总论，继此总论的二十篇就是文体论，论述的文体有三十三种之多，对每一种文体不但要"囿别区分"，分门别类，而且"原始以表末，释名以章义，选文以定篇，敷理以举统"，论述每种文体的起源和流变，解释文体的名称，评论代表作家作品，说明文体的规格要求。不但辨体，而且明体，文体论之完备和成熟如《文选》，也是空前的。

到了明代，吴讷的《文章辨体》分文体五十九类，徐师曾的《文体明辨》更细分为一百二十七类，文体因功能而越辨越细。

---

[1]《晋书·挚虞传》。
[2]《文选序》。

二

此处不厌其烦地介绍辨别体类,即文体的问题,是因为中国古代的体派或曰体貌的认识,也就是今天所说的风格论,最早是产生于文体论的。古人谈文体,总是要讨论文体风格,这是因为不同的文体对文章的语言、形式、内容的表达,会有不同的诉求,有不同的限制和要求,从而形成与这种文体相对应的文体特征和文章风格。曹丕的《典论·论文》中的"雅""理""实""丽",就是奏议、书论、铭诔、诗赋四类八种文体的风格要求。刘勰讨论文体时,也特别重视文体对风格的影响。《文心雕龙·章表》论述章表文体时说:"章以造阙,风矩应明;表以致禁,骨采宜耀。"就是在讲文体对风格趋向的影响。同时,不同作家对不同文体的择求,也对作家的创作个性产生一定的影响和制约。《典论·论文》不仅讨论了文体,也论述了作家风格。我在《中古文学理论范畴》一书中讲过,《典论·论文》是作家论。曹丕所要解决的核心问题就是建安七子的创作个性问题。在探讨作家创作个性形成的原因时,曹丕主要是从主观和客观两个方面着眼的。客观方面是指文体对作家创作个性的影响,而主观方面则指作家所禀的气对作家的影响。在研究作家个性时曹丕已经意识到了文体与作家个性的关系,所以他指出"文非一体,鲜能备善",王粲长于辞赋,陈琳、阮瑀擅长章表,文体与作家主体所禀的气同时影响了作家的创作个性,从而对作家的风格产生影响。

同时体类和体派联系紧密,还在于某一体派的诗人往往习惯于运用某些体类,用今人的话说,就是风格也决定或影响了诗人对诗的体裁的选择。李白的诗豪放飘逸,而与这种豪放风格相适应,他写诗习惯并且擅长使用的是歌行体。杜甫的诗沉郁顿挫,而真正充分体现这种风格的是杜甫的七言律诗。

体之指风格,是六朝时期比较普遍的观念。徐复观《〈文心雕龙〉的文体论》认为："文体的观念，虽在六朝是特别显著，而文类的观念，则在六朝尚无一个固定名称，但从曹丕以迄六朝，一谈到'文体'，所指的都是文学中的艺术的形相性；它和文章中由题材不同而来的种类，完全是两回事。"这样说未免有些绝对，如上面所说的"文非一体，鲜能备善"显然是指体类，而不是风格。不过徐复观的论断也可以说把握住了六朝"体"的基本内涵。六朝之"体"，除了体类之义外，主要是指体貌，即今人所说的风格。刘勰的《文心雕龙》设《体性》篇，其所谈之体，就是文学作品的风格。詹锳先生《文心雕龙义证》对此论之甚详："《文心雕龙》中作为专门术语用之'体'，含有三方面之意义，其一为体类之体，即所谓体裁；其二为'体要'或'体貌'之体，'体要'有时又称'大体''大要'，指对于某种文体之规格要求；'体貌'之体，则指对于某种文体之风格要求。……而在本篇中'体性'之体，亦属体貌之类，但指个人风格。"在这篇文章中，刘勰主要探讨了风格与作家个性的内在关系，是六朝时期最为完整的风格理论。

　　风格的理论，在汉代以前是比较罕见的。这是因为汉代以前尚未具备风格理论形成的条件。两汉"罢黜百家、独尊儒术"的文化政策，限制了个性的发展，也限制了对人的个性的认识与研究。同时由于辞赋家模拟成风，自觉的作家风格追求也未出现。最早的风格理论出现于建安时期。曹丕的《典论·论文》把哲学之气引入文学理论，创立"文气"说，首次标举建安七子的不同风格。其后西晋陆机《文赋》论风格，也是把握住了个性爱好对风格的决定性影响，认为"夸目者尚奢，惬心者贵当，言穷者无隘，论达者惟旷"，文章的体貌是随着作家的个性爱好而变化的。晋代挚虞的《文章流别集》如前所言，是以文体来类分的文章总集，而在讨论文体时，挚虞也是看到了同种文体中作家之间风格的不同。

　　一般认为，某某体的提出始于宋代严羽的《沧浪诗话》，其实这种说法并不准确。最早以体来标举某一时期作家风格的应该是齐梁时期的沈约。在其所著《宋书·谢灵运》里，沈约讲到了文体三变："自汉至魏，四百余年，辞人才子，文体三变：相如巧为形似之言，班固长于情理之说，子建、仲宣以气质为体。"这里所说的文体就是讲的文章风格，实际上就是在讲相如体、班固体和曹植、王粲体。而且这里所讲的文体又不限于作家的个人风格,更主要的是总结一段时期内时代风格的变化、几个有代表性作家的风格对创作风气的影响。萧子显《南齐书·文学传论》概观当代之文风,与沈约如出一辙,也是概括以三体:"今之文章,作者虽众,总而为论,略有三体:一则启心闲绎,托辞华旷,虽存巧绮,终致迂回……此体之源,出灵运而成也。次则缉事比类,非对不发……唯睹事例,顿失精采。此则傅咸五经,应璩指事,虽不全似,可以类从。次则发唱惊挺,操调险急,雕藻淫艳,倾炫心魄。……斯鲍照之遗烈也。"所谓的三体,就是受谢灵运、傅咸与应璩、鲍照影响而形成的一个时期内不同的文章风格。至梁代的钟嵘《诗品》论诗提出体出某某,以体派论诗的意识极其明确。如论王粲诗,说"其源出于李陵。发愀怆之词,文秀而质赢。在曹、刘间别构一体",显然是说在曹植和刘桢之间,王粲又另创一种不同的风格。钟氏虽未直接讲曹植体或王粲体,但这种意思已经十分直白了。

  但是,明确说体有时代之体和作家之体的当然还是严羽。严羽在其《沧浪诗话·诗体》中说:"以时而论,则有建安体,黄初体,正始体,太康体,元嘉体,永明体,齐梁体,南北朝体,唐初体,盛唐体,大历体,元和体,晚唐体,本朝体,元祐体,江西宗派体。以人而论,则有苏李体,曹刘体,陶体,谢体,徐庾体,沈宋体,陈拾遗体,王杨卢骆体,张曲江体,少陵体,太白体,高达夫体,孟浩然体,岑嘉州体,王右丞体,韦苏州体,韩昌黎体,柳子厚体,韦柳体,李长吉体,李商隐体,卢仝体,白乐天体,元白体,杜牧之体,张籍王建体,贾浪仙体,孟东野体,杜荀鹤体,东坡体,山谷体,后山体,王荆公体,邵康节体,陈简斋体,杨诚斋体。"在这里,严羽把诗体分为时之体和人之体,也就是所谓的时代风格和作家风格,揭示出了诗歌发展中的很重要的现象。此论一出,影响甚巨。有明一代,颇重审源流、识正变的辨体工作,高棅《唐诗品汇》分唐诗为初、盛、中、晚,胡应麟"体以代变"观的提出,以及许学夷专以辨体为著作宗旨的《诗源辨体》,就都受了严羽的影响。

三

　　以体论诗，诚如前面所说的，揭示出了中国古代诗歌发展中一个十分重要的现象。中国古代诗歌在其漫长的发展过程中，形成了众多的风格流派，也形成了重风格的传统。而古人论风格又大都不出时代风格和诗人个人风格。

　　在中国古代，某一个时期、一个时代的诗歌创作，有时也会表现出某种艺术倾向，如喜欢用某种诗体、多表现某种题材，等等。但是却未必有其时代的风格，即未必形成"体"。但凡称之为时体的诗歌，都应当具备如下重要特征：

　　其一，有数量可观的优秀诗人群体，而且在这诗人群体中，应有对后代产生广泛影响的代表诗人或作品，如建安时期的邺下文人集团，不仅有曹操、曹丕、曹植那样的大诗人，而且有王粲、刘桢等所谓建安七子等一批优秀诗人。而曹操的《薤露行》《蒿里行》《短歌行》，曹丕的《燕歌行》，曹植的《白马篇》《赠白马王彪》《野田黄雀行》《杂诗》，王粲的《七哀诗》，刘桢的《赠从弟》，都是产生了广泛影响的优秀诗作。又如盛唐时期的诗坛，既有李白、杜甫这样中国古代最伟大的诗人，也有王维、孟浩然、高适、岑参等一流的诗人群体，如明高棅所言："开元、天宝间，则有李翰林之飘逸，杜工部之沉郁，孟襄阳之清雅，王右丞之精致，储光羲之真率，王昌龄之声俊，高适、岑参之悲壮，李颀、常建之超凡，此盛唐之盛者也。"[1]至于这一时期的脍炙人口的名篇则不以百数计，无法列举，影响之巨，亦堪称空前绝后。当然也有情况比较特殊的时体。正始时期，有所谓的竹林七贤，阮籍、嵇康之外，还有山涛、向秀、王戎、刘伶、阮咸等人。七贤当属于宫廷之外的文人团体。宫廷文人中尚有何晏、王弼、荀融、夏侯玄等文人。但这些文人很少有诗作流传下来，只有阮籍、嵇康二人留下数量众多且有鲜明风格的优秀作品。这一时期的文人生逢魏晋易代之际，政治险恶，人命危浅。玄风因之大兴于文人之中，形成近一个世纪

---

[1] 高棅《唐诗品汇·总序》。

的社会思潮。受政治形势与正始玄风的影响，这个时期的诗歌如钟嵘《诗品》所说"颇多感慨之词"，托旨遥深，形成了与建安慷慨悲壮诗风不同的艺术风貌。

其二，这些诗人在创作中有意识或无意识地形成了相同的或相近鲜明的风格特征。这种风格特征，代表了这一时期诗歌创作的主流，而且成为区别于其他时代艺术追求的重要标志。我们说建安体，就必然想到建安风骨。刘勰《文心雕龙·时序》篇说："观其时文，雅好慷慨，良由世积乱离，风衰俗怨，并志深而笔长，故梗概而多气也。"这是对建安文风最为经典的概括。建安文人遭受了汉末的战乱，饱受乱离之苦，乱而思治，激发出建功立业的饱满的政治热情。加上经学衰微、思想解放、生命意识觉醒带来的对于人生苦短的悲慨，造成了建安诗歌慷慨悲凉的时代风格。同样，谈到唐代文学，我们就要赞叹崇尚风骨、诗境兴象玲珑的盛唐气象。

其三，这一时代的诗风对后代诗歌的发展产生了重要而深远的影响，成为一种后代或提倡弘扬、或学习效法的文学传统。比如提倡风雅体，就意味着在提倡一种写实精神和比兴传统。说骚体，并不仅仅是在讲它的诗的形式，更为重要的是在讲它抒情的特征，再确切地说是它的抒写忧悲之情的浪漫特征。如中唐时期，白居易以风雅比兴裁量诗歌，《与元九书》认为，自秦以来，诗的风雅颂赋比兴"六义"就不断地被削弱，甚至李白那样的大诗人，"才矣奇矣，人不逮矣"，但是"索其风雅比兴，十无一焉"。白居易对杜甫的评价最高，所谓"尽工尽善，又过于李"，然而，杜甫堪称风雅比兴者，"亦不过三四十首"。从这些评价可以看出，白居易把风雅比兴视为诗歌的最高标准。白氏为什么要标举风雅体呢？究其实质，就是要提倡《诗经》的为时为事而作的写实传统。"每读书史，多求理道，始知文章合为时而著，歌诗合为事而作"，这是白氏提倡风雅体的最好注脚。

时代的诗歌风格，往往并不是诗人有意识追求的结果，时代的诗歌风格一般多是由后人总结出来的。但是，一个时代能够形成总体的风格倾向，实非偶然，往往决定于时代的社会生活、社会思潮、审美趋向、文人风习等主客观因素。对于这个问题古人有许多精彩的论述。如刘勰的《文心雕龙》论述时代的风格，就认识到了以上多种因素对其产生的影响。如论建安文学梗概多气的文风,就注意到了"世积乱离,风衰俗怨"的社会现实对文风产生的作用。而论正始文风,则云:"于时正始余风,篇体轻淡。"揭示出了正始文风与社会思潮的关系。

最后谈谈诗人之体,即诗人的个人风格。最早形成个人风格的当然是屈原,而最早的作家风格理论应是曹丕的《典论·论文》。其后可称有个人风格的诗人不胜枚举。严羽《沧浪诗话》所列多比较符合实际。

但是应该看到,屈原的诗歌风格不是有意识追求的结果。终魏晋南北朝之世,风格理论日趋成熟,形成个人独特风格的诗人也有很多,建安三曹、阮籍、嵇康、陆机、陶潜、谢灵运、鲍照、谢朓、吴均、萧纲、庾信等,都可称为风格鲜明的诗人,但风格的形成是否就是诗人自觉创造出来的,却未敢遽下结论。这些诗人在艺术上大多是有追求的,曹植的工于起调,阮籍的起兴无端,陶潜的体尚自然,谢灵运的极貌以写物,谢朓的流转圆美,都可以看出诗人艺术上的追求。尽管如此,还不能说他们就是在自觉地创造作品的风格;只能说这些追求在风格形成过程中,不同程度地发挥了作用。唐代的伟大诗人李白曾写过"清水出芙蓉,天然去雕饰"的诗句,这说明他喜欢天然的作品,但也不能像某些文章说的那样,是他追求风格的宣言。因为他的豪放飘逸的风格,虽然与天然相关,但天然决不是豪放飘逸风格的主要内涵。在中国诗歌发展史上,真正堪称自觉追求一种诗歌风格的诗人是韩孟诗派。韩愈孟郊诗派以怪奇为其主要风格特点,这是韩孟等人崇尚并有意识地追求雄奇怪异之美的必然结果。在《调张籍》诗中,韩愈表示:"我愿生两翅,捕逐出八荒。精诚忽交通,百怪入我肠。刺手拔鲸牙,举瓢酌天浆。"他追求的是想象的开阔奇异。韩愈《荐士》赞孟郊的诗:"冥观洞古今,象外逐幽好。横空盘硬语,妥帖力排奡。"《醉赠张秘书》又说他自己与孟郊、张籍等人的诗:"险语破鬼胆,高词媲皇坟。"都明确地表明了他和诗派的其他诗人所追求的险怪风格。宋、明之后,门派林立,自觉地追求创造某种风格,也就成为比较普遍的现象了。

论及诗人的个人风格,还有一个很突出的现象应该引起我们的注意。古人论诗常常说那一个诗人体出前代的某一个诗人。古人写诗很注意向前代诗人学习,有的就直接模拟前代的一个诗人或一种诗体。这样的学习或模仿对诗人风格的形成会不会有影响呢？这是一个比较复杂的问题，似不可一概而论。

模拟的现象在魏晋南北朝时很风行，以陆机和江淹最为突出。陆机模拟古诗，从情感到表现手法多得古诗之神，江淹对前代诗人作品的模拟亦多惟妙惟肖。模拟应该说是学习前代诗人的行之有效的途径。通过模拟，可以从感性上把握前人作品的风神，提高诗的表现水平。但客观说，模拟并未对这两个诗人的作品风格产生很大的影响。因为风格是反映了诗人个性的独特的创造，所以停留在模拟之上，而不是走出模拟，就永远也不会有个人的风格。向前人学习也是如此。宋代的江西诗派奉杜甫为此派之祖，特别强调向老杜学习，但风格似老杜沉郁顿挫者却较稀见。可见学习而能出新，才可能形成个人的风格。所以，所谓体出某个诗人的说法，确实反映了诗人创作中的一种现象——古代的诗人很注重向前代诗人学习，在诗歌创作中，的确有风格受前代诗人影响的情况——但不能说是风格形成的主要原因。体出某个诗人的说法，更主要的还是批评家和理论家一种观察问题的角度，或者说是一种批评的角度。

向前人学习借鉴，在此基础上不断创新，并形成个人的风格，这样的现象不乏其例。唐代著名诗人王维作品的淡泊诗风，如论者所言，确实是受了晋代著名诗人陶渊明的影响。但是王维的淡泊却不同于陶渊明的淡泊。王维由陶渊明的田园而转向山水，其思想内涵亦由庄老玄学转向佛学。所以陶渊明是自然真淳的淡泊，如苏东坡所说是似淡而实腴，寄至味于淡泊；而王维却是空寂的淡泊，由声色而归于静灭。王维是出于陶而实别于陶。正因为这样，王维才在文学史上独成山水诗派一家。可见决定诗人风格的不是模仿和学习，而是诗人创作个性的发挥与创造。这也是我们讨论到诗人之体时应该辨明的理论问题。

四

书肆流传的选本众多,但迄今为止,似乎还没有一部以"体"为编选体例的丛书。所以,编写这样的一套丛书,对于业内学者研究中国古代诗歌或诗歌爱好者学习鉴赏中国古代诗歌,都会有所帮助。

诚如前面所说,体分时体与诗人之体两类,所以这套丛书以时代之体诗和诗人之体诗作为选诗原则。以时体选诗,有风雅体、骚体、正始体、齐梁体等多种,以诗人之体选的诗则因情况而更多些,如太白体、少陵体等。

因为侧重于诗体,所以所选的作品同一般的选本有所不同。一般的选本以优秀的作品为铨选的标准。而这一套诗选丛书,却不仅要考虑到所选作品的优秀与否,还要从整体上考虑所选的作品是否代表了诗人的风格,或者是否具备了时代的风格特征。因此,有些本来很优秀的作品却未必一定选入。诗人的风格并不是一成不变的,这是因为诗人的个人风格有一个形成过程,而且由于受各种因素的影响,诗人的风格也会有变化。诗人的风格也有一个风格多样化的问题。这些问题在选诗时也要认真斟酌,决定去取。

选本的体例,有注释,还有说明文字。说明文字既要简要概括诗的义旨,还要对作品里十分突出的艺术特征加以提示。为了使读者对一个时代、一个诗人的风格有比较清楚的认识,丛书的每个选本前面都撰写了前言,重在分析和介绍每一体的形成及其艺术特征。编选者把前言、选诗、说明、注释作为一个整体,希望通过这几个环节能够完整地揭示出每一体的艺术风貌。

前　言

　　少陵诗风本因题材不同、生活阶段不同而呈现为多种面貌。但作为主体风格，人们仍是认准了"沉郁顿挫"。
　　"沉郁顿挫"原是杜甫在给唐玄宗的《进〈雕赋〉表》中对其诗文的概述，后代文论家认为这四个字能够表述杜诗的主体风格，遂成定论。对于"沉郁顿挫"的具体含义，历代文论家大都从内容方面解释"沉郁"，从形式方面解释"顿挫"。对于"沉郁"的思想感情所指，人们认为是沉厚、深沉、沉雄、沉着、浓郁、郁勃、忧郁、郁结，这些解释都与杜诗的基本内容相吻合。杜甫是先秦儒学的虔诚信奉者。他在诗中所执着表现的先秦儒家的思想精神，诸如忧患精神、人本精神、和合精神、乐道精神、笃行精神，这些，必定会使他的诗歌具有深厚、沉雄的性质；加上身经战乱，残破的山河、凋敝的民生与大唐盛世构成了强烈的对比，而诗人又拒绝对这种现实的认可，坚信盛世的复兴，于是，爱国主义、民族意识以及民胞物与的伟大情怀，又构成了战乱诗篇的主旋律，这些，也必定会使他的诗歌具有忧郁、郁勃的特征；同时，杜甫家世的血族悲剧以及幼年丧母的不幸经历、青年时期的坎坷仕途，由这些投在心灵上的阴影而形成的持重、忧郁的性格，又不能不使他的诗歌具有沉着、郁结的作风。
　　杜甫看问题总是比别人深入一层、慎重几分。这为他的诗歌带来思想深度和感情厚度。安史之乱爆发前夕，唐帝国的朝野上下沉浸在歌舞享乐之中，只有杜甫感到了国家危机的来临。天宝末年，好大喜功的唐玄宗频频发动开边战争。南昭国本来与唐王朝关系友好，因唐王朝的地方官吏张虔陀对其敲诈勒索，使其忍无可忍，才投靠吐蕃。杨国忠与鲜于仲通串通一气，兴兵讨伐南昭。对这场不义之战，杜甫作了严厉的抨击，在《兵车行》写道："边庭流血成海水,武皇开边意未已。"指出开边战争对国力的巨大损害："君不闻汉家山东二百州,千村万落生荆杞。纵有健妇把锄犁,禾生陇亩无东西。"而同时代的诗人,如高适、储光羲辈,则为之高声鼓噪。高适写《李云南征蛮诗》,说道："圣人赫斯怒,诏伐西南戎。肃穆庙堂上,深沉节制雄。遂令感激士,得建非常功。"在高适看来,只要能建立军功就行,还管它什么正义非正义!储光羲《同诸公送李云南伐蛮》写道："雷霆随神兵,硼磕动穹苍。斩伐若草木,系缧同犬羊。"为不义之师大吹大擂。这可谓"不比不知道,一比吓一跳"了,高、储之辈只知道迎合当权者的心思,不顾及战争的危害,杜甫却能以国家存亡为视点唱出反调。这就是他的作品的深度之所在,"沉郁"风格之表现。

杜甫由玄宗的频动开边战争而致使国力削弱、生活腐化而丧失民心、信任奸佞而导致乱政,预感动乱将要发生。他说:"秦山忽破碎,泾渭不可求……回首叫虞舜,苍梧云正愁。"(《同诸公登慈恩寺塔》)"群冰从西下……恐触天柱折。"(《自京赴奉先县咏怀五百字》)这种深沉的透视时局的目光,我们在同时期的其他诗人作品中尚未找到。京都收复之后,肃宗君臣喜笑颜开,以为大功告成。又是杜甫以冷静的头脑提出忠告:"万方频送喜,无乃圣躬劳?"(《收京三首》其三)在肃宗打击玄宗旧臣、制造分裂的严重时刻,杜甫忠于谏官的职守,为上书进谏而夜不成寐:"明朝有封事,数问夜如何。"(《春宿左省》)而同是谏官的岑参却居处悠然,说什么"圣朝无阙事,自觉谏书稀"(《寄左省杜拾遗》)。在九节度重兵包围邺城、唐王朝的形势堪称大好、许多在战乱中退隐的人纷纷归朝大写特写《河清颂》的时候,又是杜甫提出警告,要肃宗君臣不得被胜利冲昏头脑:"已喜皇威清海岱,常思仙仗过崆峒。三年笛里关山月,万国兵前草木风。"(《洗兵马》)这些忠警之辞,我们在其他诗人的篇章中也未曾发现。这就是杜诗的深刻之处,就是"沉郁"风格的具体表现和形成原因。

另外,在一些描绘山川景物或个人身世的作品中,杜甫每每采用"时空并驭"的手法,即在一个联语(一个押韵单元的两句诗)中,从时间和空间两个角度下笔,使诗境具有超常的广度、厚度与深度,这也是形成"沉郁"风格的因素。前者如,"江山有巴蜀,栋宇自齐梁"(《上兜率寺》)。前句以"巴蜀"写寺周"江山"之壮美,是从空间角度下笔;后句以"齐梁"写寺中"栋宇"之悠久，则是从时间角度下笔。又如，"长风驾高浪，浩浩自太古"(《龙门阁》)。前句以"长风""高浪"写嘉陵江的宏伟气势，是从空间角度下笔；后句以"太古"二字写嘉陵江的形成之久远，是从时间角度落墨。又如，"修纤无垠竹，嵌空太始雪"(《铁堂峡》)。前句以"无垠"二字写竹林的深广无际，是从空间角度下笔；后句以"太始"(即天地开辟的远古时代)二字写山巅积雪的久远，是从时间角度落墨。("嵌空"二字，仇兆鳌注曰："玲珑貌。"并非状写空间景象)其他如，"窗含西岭千秋雪，门泊东吴万里船"(《绝句》)；"锦江春色来天地，玉垒浮云变古今"(《登楼》)；"吴楚东南坼，乾坤日夜浮"(《登岳阳楼》)；"建标天地阔，诣绝古今迷"(《奉赠太常张卿垍二十韵》)；"天欲今朝雨，山归万古春"(《上白帝城二首》其一)；等等，均是从空间和时间两个角度下笔。如果我们把上述联语同仅从空间角度下笔的联语相比较，比如"江流天地外，山色有无中"(王维《汉江临眺》)；"山随平野尽，江入大荒流"(李白《渡荆门送别》)；"气蒸云梦泽，波撼岳阳城"(孟浩然《望洞庭赠张丞相》)；"潮平两岸阔，风正一帆悬"(王湾《次北固山下》)；等等，应该说，这些联语所写的景物也很壮阔，但是比起上面所引杜诗的联语，我们总觉得它们缺了点什么。缺了点什么呢？缺了点深度感、厚度感。就作者所圈定的范畴来看，它们仅是现实的景物，而不是历史的景物；它们仅是空间的景物，而不是时间的景物。因而，它们虽然广大，却并不深厚。杜诗的雄厚之处，正在于既写了景物的空间状态，又写了景物的时间状态，以纵横交叉的笔墨展示出景物的雄伟现状和悠久历史。所以，这景物既是现实的，又是历史的；既有雄伟的身姿，又有丰厚的阅历。在它们的身上，既缠绕着天地的烟云，又披戴着历史的风尘。它们从远古走来，气势磅礴地出现在我们的面前，足以让我们肃然起敬。

杜甫"时空并驭"的手法，还常用于表达漂泊岁月中的时局和身世感受。每每在一个联语中，兼出时、空两种意念。而且，经常使用"百年""万里""日月""乾坤"等词汇，极力扩展时空的程度，造成悲壮深沉的诗境，塑造出白发老人面对天下烽烟的艺术形象。例如，"天下兵戈满，江边岁月长"(《送韦郎司直归成都》)，前句以"兵戈满"写战尘遍野的现实，是从空间角度写战乱的广延；后句以"岁月长"写客居日久，是从时间角度写战乱的持久。两句塑造出诗人关注天下烽烟、叹息漂泊于事无补的形象。又如,"乾坤万里眼,时序百年心"(《春日江村五首》其一),二句意谓:乾坤疮痍,吸引着我的望眼;时序变更,总是牵动着我的心。前句从空间角度下笔,写忧国之情;后句从时间角度落墨,写迟暮之感。面对破碎乾坤而自叹迟暮,抒情形象颇为动人。又如,"漂荡云天阔,沉埋日月奔"(《赠比部萧郎中十兄》),前句以"云天阔"写自身"漂荡"写地域之广,下笔于空间角度;后句则以"日月奔"写自身"沉埋"时间之久,是从时间角度下笔。又如,"万里悲秋常作客,百年多病独登台"(《登高》),前句以"万里"二字写故乡之远隔,是从空间角度落墨;后句以"百年"二字写一生之困况,是从时间角度落墨。又如,"几年逢熟食,万里逼清明"(《熟食日示宗文宗武》),前句以"几年"二字写漂泊日久,是从时间角度落墨;后句以"万里"二字写故乡远隔,不能回乡为先人扫墓,是从空间角度下笔。其他如,"十年蹴鞠将雏远,万里秋千习俗同"(《清明二首》其二);"洛城一别四千里,胡骑长驱五六年"(《恨别》);"百年同弃物,万国尽穷途"(《舟出江陵南浦奉寄郑少尹》);"长为万里客,有愧百年身"(《中夜》);"日月笼中鸟,乾坤水上萍"(《衡州送李大夫七丈勉赴广州》);等等,这样的联语还有很多,不能一一列举。总之,作者善于在一个联语中,把自身的形象放置于广大的空间与漫长的时间之坐标点上,通过时、空的交构,精确地概括自己终生漂泊的生涯以及对国家时局的感受。从塑造抒情形象的审美角度来考察,处在这样的坐标点上,抒情形象便具有了视通万里、思抚百年的特征。这个形象无疑是巨大的,它具有广博的视野,又具有深邃的思维。既具有现实的高度,又具有历史的厚度。深沉的宇宙意识,强烈的时空感受,蕴含在其中。

我们的先人很早就具有了宇宙意识和时空感受。"宇宙"这个概念的产生就是个明证。什么是"宇宙"?《淮南子·齐俗训》解释说:"往古来今谓之宙,四方上下谓之宇。"这说明先人们已经把时间与空间紧密地联系起来了。而且,已经表现出对二者的无限性有所认识。基于这种认识,古代的人们面对无垠的宇宙,频频发出个体生命之渺小之短促的叹息。晋朝人羊祜登临岘山,对同游者叹道:"自有宇宙,便有此山,由来贤达胜士登此远望,如我与卿者多矣!皆湮灭无闻,使人悲伤。"(《晋书·羊祜传》）羊祜的这段话，正是感慨江山之永在，人生之短暂。他所说的"宇宙"，显然是包括了空间和时间的。个体生命在无限的时空里所呈现的微小和瞬息之状，是他发出叹息的哲学依凭。晋人王羲之与会稽名士们同游兰亭，游乐之际，悲从中来，他"仰观宇宙之大，俯察品类之盛"，对比之下，感到了人生的匆促："人之相与，俯仰一世。"（《兰亭集序》）谓于俯仰之间，个体生命便告终结。夸张之词，凸现出强烈的时空感受。李白与堂弟们在桃李园中夜宴，饮酒赋诗，作序言道："夫天地者万物之逆旅，光阴者百代之过客。而浮生若梦，为欢几何？"（《春夜宴诸从弟桃李园序》）也是在感叹天地之浩大，而人生之渺小；光阴之无限，而人命之匆遽。这些，都反映了当时人们的宇宙意识，其精神内核就是宇宙无限，人生短促。所以，它的感情基调是悲凉的。

杜甫大概是最先把宇宙意识和时空感受介入诗歌联语中的人。他诗中频频出现的"百年"之叹，当然也含有这种对个体生命自怜自惜的因素。但是，由于他视野中的"乾坤"每每是以国家、黎民为实质内容的，就是说，他关注的是国家的危亡、普天之下民生的苦难——这除了上面所引的"天下兵戈满""乾坤万里眼"之外，还有许多诗例可以证明，如"乾坤含疮痍"（《北征》）、"血战乾坤赤"（《送灵州李判官》）、"战伐乾坤破"（《送陵州路使君之任》）、"乾坤尚风尘"（《赠别贺兰铦》）、"乾坤尚虎狼"（《有感五首》其二）、"天地日流血"（《岁暮》）等等。总之，由于他在联语中提出的空间范畴具有这种性质，这就使他的"百年"之叹大大地削弱了一己之私的内涵，而具有了"不眠忧战伐，无力正乾坤"（《宿江边阁》）的忧国忧民的高层涵义。比较羊祜、王羲之、李白等人的叹息，这显然是一种悲壮的浩叹。面对充满灾难的巨大乾坤，叹息个人生命的短促与渺小无力，是杜甫独有的全新的时空感受。从诗歌的表现手法来看，这样的"时空并驭"，出色地塑造出诗人的目接乾坤、心怅百年的巨大形象，这个抒情形象强烈地感动着中华儿女的心灵。

诚然，在上面所引的诗例中，有些联语中的"万里""乾坤"之类的空间词汇，并非指的"国家""天下"，而是指自己漂泊空间之广大。作者在这些联语中，是感慨平生的漂泊生涯的。但是，只要我们想到他的终生漂泊正是由于战乱不止，即如他所反复明示的"乱后居难定"（《入宅三首》

其二);"天下兵戈满,江边岁月长"(《送韦郎司直归成都》);"兵戈久索居"(《寄高三十五詹事(适)》);"兵戈阻绝老江边"(《恨别》),就可以知道,在这种自叹身世的联语中,也是包含着对国家时局的感叹的。这些联语所塑造的白发老人在漫漫风尘中流离漂泊的形象,无疑是对战乱时代所作的一个侧面的艺术缩影,它蕴含着深厚的时代生活内容,因而具有深宏的诗境。笔者以为,这也是杜诗"沉郁"风格的具体表现和形成原因。

现在说到"顿挫"二字。学界对"顿挫"的解释是仅从艺术形式上着眼的。笔者以为,如此解释尚觉勉强、吃力。固然,我们对它的解释可以各抒己见,但是应该首先搞清杜甫本人使用这个词的时候对它的意义认定。笔者认为,杜甫所说的"顿挫",并非仅指表现手法,其中也是包含了作品的内容的。

先来看"顿挫"一词的出处。这个词最早见于陆机的《文赋》。陆机在谈到各种文体特征时说道:"铭博约而温润,箴顿挫而清壮。"张铣注云:"箴所以刺前事之失者,故须抑折前人之心,使文清理壮也。顿挫,犹抑折也。"(见《六臣注〈文选〉》,浙江古籍出版社)张铣从"箴"这种文体的功能角度,来解释"顿挫"一词的含义,应该说是正确的。"箴"是规劝、告诫性的文字,刘勰《文心雕龙·铭箴》说:"箴者,所以攻疾防患,喻针石也。"宋人王应麟《玉海·辞学指南》说:"箴者,谏诲之词,若针之疗疾,故名箴。"既然是劝谏性的文字,当然要"刺前事之失",而要做到"刺失",就须"抑折前人之心",也就是要对犯错误的人进行批判,借以警示时人。因此,张铣所说的"抑折",就是"批判"的意思。杜甫在其诗中几次提到陆机,如《醉歌行》中说"陆机二十作《文赋》",可知他读过陆机的《文赋》。《昭明文选》收录了陆机的《文赋》,张铣等五臣注《文选》又是开元年间完成的,杜甫正值青年,自应读过此书。后来,他又曾引导孩子背诵《文选》,并写诗告诫儿子要"熟精《文选》理"。那么,他对于张铣所诠释的"顿挫"一词的意义是清楚的。由此看来,他把自己的诗文概括为"沉郁顿挫",首先是指作品的内容而言的——既思想感情沉郁,又能讽刺规谏。

其次,还可以从"沉郁顿挫"一词的语境中寻绎答案。杜甫在《进〈雕赋〉表》中说道:"臣之述作,虽不能鼓吹六经,先鸣数子,至于沉郁顿挫，随时敏捷，扬雄、枚皋之徒，庶可企及也。有臣如此，陛下其舍诸？"文中提到扬雄、枚皋，说自己的诗文能够达到他们的水平。仔细品味这段话，会发现"沉郁顿挫"与"随时敏捷"是分别针对扬雄和枚皋讲的。"沉郁顿挫"说的是扬雄，"随时敏捷"说的是枚皋。枚皋性格诙谐，才思敏捷，武帝每有所感，就让他作赋，他能下笔成章，所以在汉代文坛上他的成果最多，但他并不以讽谏为创作的宗旨。由此可知，"随时敏捷"是指枚皋而言，而"沉郁顿挫"却不是说他。扬雄口吃，不能剧谈，作文也不能一挥而就，自然说不上"随时敏捷"；那么，留给他的只能是"沉郁顿挫"了。事实上，在汉代的赋家中，也是扬雄的作品最具讽谏和批判精神的。他的《羽猎赋》开篇就规谏皇帝应该生活节俭，对汉武帝"广开上林"的奢侈行为进行了批判，而且还申明写作此赋的目的——唯恐"后世复修前好"，也就是担心汉成帝走其乃祖的老路。其他如《甘泉赋》《长杨赋》等，都表现出鲜明的规谏和批判意识。扬雄对汉赋的大贡献就是把司马相如的讽谏为辅，变成讽谏为主。那么，杜甫在使用"沉郁顿挫"的概念来评价扬雄的时候，他的心里是装着张铣对"顿挫"一词的解释的。在他此时的心目中，"顿挫"就是"抑折"，就是"抑折前人之心"，就是批判前人的不良思想行为。他所说的"沉郁顿挫"，就是指作品具有批判现实的内容，具有对君主和朝政的讽谏功能。杜甫说的这段话，是向玄宗的自荐之辞，说自己写作诗文既具有扬雄的思想深度，又具有枚皋的行文速度；既有质量，又有数量，这样的人才，皇帝是应该使用的。应该说，杜甫的措辞很严谨，又很有说服力。

重视文章的规谏功能，是太宗的贞观之治给杜甫心灵上留下的深刻烙印。他认为，太宗纳谏，臣子进谏，是贞观之治的生成原因："端拱纳谏诤，和风日冲融。"（《往在》）"磊落贞观事，致君朴直词。"（《奉送魏六丈佑少府之交广》）开元年间，吴兢作《贞观政要》献给玄宗，该书也是把太宗的勇于纳谏作为重要内容的。这些，都会对杜甫的文学观产生影响。众所周知，批判现实是杜诗的生命线。"致君尧舜上，再使风俗淳"是杜甫的政治理想，而要"致"、要"使"，都是离不开规谏和批判的。杜甫一生无论居官在野，他所做的大事之一就在于此。且不说安史之乱发生以后杜甫的创作实践，就是在战乱发生之前，杜甫已在诗中实施了他的行动纲领。《进〈雕赋〉表》作于天宝十三载（754），杜甫43岁，他说已有诗文千余篇，虽说这些作品绝大多数没有传下来，但从流传下来的诗篇中已经看到其自觉而强烈的批判现实的精神，例如天宝十载（751）所作的《兵车行》、天宝十一载（752）所作的《送高三十五书记》、天宝末年所作的《前出塞九首》等作品对玄宗开边战争的批判，天宝十一载所作的《同诸公登慈恩寺塔》对国家动乱危机的忧虑，天宝十二载（753）所作的《丽人行》对杨国忠兄妹腐败生活的批判，等等。这些，就是杜甫自述的"沉郁顿挫"的内涵。

"顿挫"一词的本原意义是"抑折"，后来又派生出新的意义。南朝宋人范晔作《后汉书》，在《孔融传赞》中说："北海天逸，音情顿挫。"李贤注："顿挫，犹抑扬也。"此后，"顿挫"一词就常被人用来指诗文、绘画、书法、舞蹈的跌宕起伏、回旋转折，意义由本原的内容范畴进入到形式范畴。应该说，杜诗的"顿挫"风格，也是包含着艺术形式的层面的。当今学者对于杜诗"顿挫"作出多种解释，或曰"表达方式的回旋纡折"，或曰"表现手法的沉着蕴藉"，或曰"形式上波澜老成"，或曰"声调、词句有停顿、转折"，这些说法均有道理，却都显得不够具体。

笔者以为，杜诗每于一句或两句之中，意思发生逆转，前后形成针锋相对之势，是造成"顿挫"的重要原因之一。且以《自京赴奉先县咏怀五百字》为例说明之。此诗开头写道："杜陵有布衣，老大意转拙。"一般说来，人的年纪变大，阅历增多，就会变得乖巧、世故起来，可是老杜却恰恰相反，他说自己是越老越拙笨了。由"老大"而形成的期望值一下子竟变成了负数，于是，"老大"与"转拙"就构成了尖锐的矛盾，感情的波澜便随之而起。接下来写道："许身一何愚，窃比稷与契。"读了前句，我们还真以为他作出了什么不光彩的人生选择，读到后句才知道他心存稷契之志，于是，"愚"与"稷契"之志又构成了尖锐的矛盾，在这种矛盾中表达了愤世之情。接下来说："居然成濩落，白首甘契阔。"理想既然落空，按常理就应改道而行，但是他却说心甘情愿地困苦到老，前后两句意思又呈对立。"取笑同学翁，浩歌弥激烈。"前句说自己的稷契之志遭到了同学的嘲笑，后句则针锋相对地表达了个人的坚定立场。"以兹悟生理，独耻事干谒。"前句说，从"蝼蚁辈"小人那里，自己懂得了谋生的道理——要想衣食饱暖、飞黄腾达，就得投靠权门；后句却又说自己以"干谒"为耻辱，决不搞那一套邪门歪道。诸如此类，处处是对立，处处在撞击。读此诗篇，如同置身于群山之中，看不到一处平地；又如行舟于黄河的壶口，满眼是旋涡和激浪。读者的心不能不随之而频频起伏、频频颠簸。所以我说，杜诗的"顿挫"风格，首先来自相邻诗句的意思逆折。诚然，诗文作家都强调着"文似看山不喜平"，注重诗文的波澜；但是像杜诗这样在一句或相邻的两句之中频频进行语意的猛烈撞击，是罕见的。

其次，杜诗的"顿挫"风格还来自他独特的取景抒情方式。杜甫言愁，较少取用哀景，更多的是取用丽景。他惯以丽景伴愁心，心越愁而景越丽，从而构成情与景的巨大冲突，在冲突中，感情获得了超常的力度。

在文学创作中，情与景的关系原是很复杂的。刘勰《文心雕龙·物色篇》说："春秋代序，阴阳惨舒。物色之动，心亦摇焉。"这是讲的自然景物对作家情感的影响和作用。但是他只说阴沉的景物使人心情凄惨，阳和的景物使人心情舒畅，如此表述客观景物与主观情志的关系，就显得简单化了。事实上，人的主观情感对于客观景物的反应，并不像风吹草靡、石击浪生那样的被动。面对阴沉的景物，不一定就心情凄惨；面对阳和的景物，也不一定就心情舒畅。人的心情主要是生自他所经历的社会生活，是生活上的顺逆决定着他心情的性质。他怀着这种来自生活的情感去接触客观景物，对客观景物的反应就不会是那样的简单，而是呈现为复杂的状况。假如他的心情是舒畅的，他怀着这种心情接触了阴沉的景物，则景物不会对他产生影响，他对这样的景物是视而不见的；另一种情况，他怀着舒畅的心情接触了阳和的景物，则阳和的景物就会与他的心情发生共振，出现情与景融的现象，这时候往往会产生创作的冲动和灵感。假如他的心情是凄惨的，他怀着这种心情接触了阴沉的景物，也会产生情与景融的现象；另一种情况，他怀着这种凄惨的心情接触了阳和的景物，这时候，他对这景物就不是视而不见，而是由此产生严重的心理失衡，他会责怪这景物的不解人意，他会遗憾这景物不能与己同悲，他会感到自己竟然不如花草。假如他是个诗人，他就会把这阳和的丽景引入诗中，与自己的境况形成对比，以表达不平之心，或强化自己的不幸。如果他的凄惨心情是因为国事而产生的，或是因为友人的命运而产生的，他也同样会在丽景面前产生心理的失衡，会感到国事或友人的命运竟然不如花草。杜甫的引丽景入愁诗，以丽景伴愁情，就是在心理失衡的情况下作出的。例如《春望》一诗："国破山河在，城春草木深。感时花溅泪，恨别鸟惊心。烽火连三月，家书抵万金。白头搔更短，浑欲不胜簪。"诗写感念国家危亡和悬念家属性命的心情，这心情是凄惨的。这凄惨的心情是来于国家的时局和家庭的不幸，而并非来自客观景物。但是客观景物——春天的丽景确实引起了作者心理的失衡。颔联引春天的"花""鸟"入诗，并且说：由于感念国家时局，所以看到花开而不禁苦泪迸溅；由于怨恨亲人离别，所以听到鸟鸣而感到阵阵心惊。杜甫因花而"溅泪"，因鸟而"惊心"，正是由于国事、家事与春色的不相协调而导致心理失衡的表现。作者的心理过程是：当他看到春入沦陷的长安，断壁残垣间，鲜花绽开笑脸，不禁感念国家的时局依然严重，花草尚有春来日，国事依旧严冬时，国事为重，花草为轻，然而国事尚且不如花草！心理的严重失衡，使他油然而溅泪。当他看到春天的鸟雀飞来飞去，一双双、一对对，欢鸣着，忙着筑巢，忙着育雏，这和乐的生活景象使他想起自己的家庭，而自己的家庭却是亲人远隔，妻子儿女无依无靠，生死难料。人啊，竟然不如鸟雀！也正是由于心理的失衡，他听到鸟鸣才心魂悸动。

以丽景写愁心何以会有如此巨大的艺术力度？是由于这种手法能够掀动巨大的感情波澜。这是使用哀景所不能达到的效果。如果诗中引入哀景以衬托悲情，则情与景是顺应的关系，二者处于和谐的状态，是相互融合的，不发生主观与客观的冲突。作者对这景物是认同的，是不抵触的。此时的景与情，就如同西风吹拂东逝水，是顺畅的，平稳的。而引入丽景对愁怀，则情况完全不同。例如杜甫《早花》诗："西京安稳未？不见一人来。腊日巴江曲，山花已自开。盈盈当雪杏，艳艳待春梅。直苦风尘暗，谁忧客鬓催？"诗中写时局之忧，引入的是"山花""雪杏""春梅"这些丽景，这时候，作者的主观之情与景物呈现为对立的关系，情与景是不相融合的。作者对这景物是不认同的，是抵触的，他厌恨它的存在，于是感情就与景物发生了碰撞，在与景物的撞击中生发出力的逆折与回旋，激溅出轰鸣的巨响。景对于情已不再是西风对于东逝水，而是如同夔门江心的巨石对于湍急的江流，它要拦截江流；而江流正是由于它的对抗，才怒涛崩涌，才显示出巨大的力量。可以说，杜诗中设置这些丽景，其目的就是在设置众多的"夔门巨石"，作者是要让他的感情在冲撞对抗中得到强化。这也就是王夫之说的"一倍增其哀乐"的原因所在，也是以乐衬哀手法的艺术力原之所在。应该说，杜诗的"顿挫"风格的形成，与作者多用丽景写悲情的手法有密切的关系，这种手法造成情与景的尖锐矛盾，使情感在冲突中获得了力的逆折回旋之势，旋转而进，方才有力。假如作者一味地引入哀景，使情感在与景物和谐的状态中抒发，那么也许能够造成"沉郁"，却难以造成"顿挫"。

杜诗"沉郁顿挫"风格的表现和形成原因还有一些，不再一一陈述。这本诗选是本着这种风格而从1400余首杜诗中挑选出来的作品（以仇兆鳌《杜诗详注》为底本）。限于丛书所规定的字数，还有许多属于此种风格的作品未能选入。同时，由于本人的艺术鉴赏能力有限，所选的作品或许有失当之处，诚望专家批评指正。对于选入的作品所作的解说，力图以主体风格为纲，尽可能深入地开掘其思想文化蕴含和艺术表现的手段。本书汇总了笔者近年来研究杜诗的新成果，也在若干地方吸纳了杜诗学界同人的卓见，在此，一并致以谢忱。

韩成武

2003年12月于河北大学守拙斋

目　录

登兖州城楼 …………………………………………………… 1
望岳 …………………………………………………………… 2
房兵曹胡马 …………………………………………………… 3
夜宴左氏庄 …………………………………………………… 4
赠李白 ………………………………………………………… 5
奉赠韦左丞丈二十二韵 ……………………………………… 7
兵车行 ………………………………………………………… 10
同诸公登慈恩寺塔 …………………………………………… 12
丽人行 ………………………………………………………… 14
醉时歌 ………………………………………………………… 17
投简咸华两县诸子 …………………………………………… 19
贫交行 ………………………………………………………… 21
官定后戏赠 …………………………………………………… 22
自京赴奉先县咏怀五百字 …………………………………… 23
月夜 …………………………………………………………… 29
对雪 …………………………………………………………… 30
春望 …………………………………………………………… 31
哀江头 ………………………………………………………… 32
自京窜至凤翔喜达行在所三首 ……………………………… 34
述怀 …………………………………………………………… 37
送灵州李判官 ………………………………………………… 39

北征 ………………………………………………………… 40
羌村三首 ……………………………………………………… 48
送郑十八虔贬台州司户，伤其临老陷贼之故，阙为面别，情见于诗 …… 51
春宿左省 ……………………………………………………… 52
送贾阁老出汝州 ……………………………………………… 53
曲江二首 ……………………………………………………… 55
义鹘行 ………………………………………………………… 56
至德二载，甫自京金光门出，间道归凤翔。乾元初，
　　从左拾遗移华州掾，与亲故别，因出此门，有悲往事 …………… 59
望岳 …………………………………………………………… 60
洗兵马 ………………………………………………………… 61
新安吏 ………………………………………………………… 66
石壕吏 ………………………………………………………… 68
潼关吏 ………………………………………………………… 70
新婚别 ………………………………………………………… 71
垂老别 ………………………………………………………… 73
无家别 ………………………………………………………… 75
赠卫八处士 …………………………………………………… 76
夏日叹 ………………………………………………………… 78
秦州杂诗二十首（选五）……………………………………… 79
月夜忆舍弟 …………………………………………………… 84
遣兴三首（选一）…………………………………………… 85
即事 …………………………………………………………… 86
寓目 …………………………………………………………… 87
捣衣 …………………………………………………………… 88
佳人 …………………………………………………………… 89
天末怀李白 …………………………………………………… 91
梦李白二首 …………………………………………………… 92
病马 …………………………………………………………… 94

空囊 ……………………………………………………… 95
发秦州 …………………………………………………… 96
铁堂峡 …………………………………………………… 98
石龛 ……………………………………………………… 99
泥功山 …………………………………………………… 100
凤凰台 …………………………………………………… 101
乾元中寓居同谷县作歌七首 …………………………… 103
剑门 ……………………………………………………… 108
成都府 …………………………………………………… 110
堂成 ……………………………………………………… 112
蜀相 ……………………………………………………… 113
狂夫 ……………………………………………………… 114
野老 ……………………………………………………… 116
遣兴 ……………………………………………………… 117
江村 ……………………………………………………… 118
恨别 ……………………………………………………… 119
送韩十四江东省觐 ……………………………………… 121
出郭 ……………………………………………………… 122
后游 ……………………………………………………… 123
客至 ……………………………………………………… 124
春夜喜雨 ………………………………………………… 125
江上值水如海势，聊短述 ……………………………… 126
琴台 ……………………………………………………… 128
赠花卿 …………………………………………………… 129
楠树为风雨所拔叹 ……………………………………… 130
茅屋为秋风所破歌 ……………………………………… 131
百忧集行 ………………………………………………… 133
野望 ……………………………………………………… 134
遭田父泥饮美严中丞 …………………………………… 135

奉送严公入朝十韵…………………………………138
奉济驿重送严公四韵…………………………139
客夜……………………………………………140
客亭……………………………………………142
九日登梓州城…………………………………143
送路六侍御入朝………………………………144
送陵州路使君之任……………………………145
对雨……………………………………………146
征夫……………………………………………147
王命……………………………………………148
早花……………………………………………150
发阆中…………………………………………151
岁暮……………………………………………152
释闷……………………………………………153
别房太尉墓……………………………………155
登楼……………………………………………156
丹青引赠曹将军霸……………………………158
忆昔二首………………………………………161
宿府……………………………………………166
除草……………………………………………167
去蜀……………………………………………168
旅夜书怀………………………………………169
怀锦水居止二首………………………………171
遣愤……………………………………………172
承闻故房相公灵榇自阆州启殡，
归葬东都，有作二首（选一）………………174
白帝城最高楼…………………………………175
古柏行…………………………………………176
负薪行…………………………………………179

火	180
江上	182
中夜	183
白帝	184
壮游	185
秋兴八首	194
咏怀古迹五首（选三）	202
宿江边阁	205
阁夜	206
存殁口号二首（选一）	207
暮春题瀼西新赁草屋五首（选三）	208
又呈吴郎	211
九日五首（选一）	212
登高	213
东屯北崦	214
观公孙大娘弟子舞剑器行并序	215
江汉	219
公安送韦二少府匡赞	220
登岳阳楼	221
岁晏行	222
南征	224
楼上	225
江南逢李龟年	226
玉盘明珠	
——少陵体诗名句选	227

登兖州城楼

此诗当作于开元二十四年（736），当时杜甫在齐赵一带漫游。诗写登临兖州城楼的所见所感，表达了"天地永恒而人生匆促"的宇宙意识。"往古来今谓之宙，四方上下谓之宇。"（《淮南子·齐俗训》）颔联以海、岱、青、徐写"宇"之阔大和永久，颈联以秦碑、鲁殿写"宙"之不居和无极；在如此悠久而巨大的时空背景下，诗人展现了个人孤微而短暂的生命之躯，形成了强烈的反差，寓浩叹于字里行间。初步显示了沉郁顿挫的主体诗风。兖州，地名，今属山东。

东郡趋庭日，南楼纵目初①。
浮云连海岱，平野入青徐②。
孤嶂秦碑在，荒城鲁殿余③。
从来多古意，临眺独踌躇④。

【注释】

① 东郡：指兖州。趋庭："鲤趋而过庭"（《论语·季氏》），讲的是孔子的儿子孔鲤接受其父教诲的事。后因以指子承父教。这里指作者前来兖州探看父亲。当时，杜甫之父杜闲任兖州司马。纵目初：第一次登楼远眺。此联为破题之笔，破题即解说题面意思，律诗首联多用这种笔墨，尤其是登临之作，每于此处交代登临时间、地点、背景等内容。

② 海岱：大海、泰山。青徐：青州、徐州。此联写空间之阔大，"浮云"句写上景，"平野"句写下景。

③ 孤嶂：指峄山，在今山东邹城市东南，为一孤峰。秦碑：《史记》载，秦始皇东巡郡县，登临峄山，刻石以颂秦德。相传碑文为李斯所书。

荒城：指曲阜故城。鲁殿：指鲁灵光殿，汉景帝之子鲁共王所建，在曲阜故城内。此联写时间之悠久，人世变迁之匆促。"秦碑在""鲁殿余"，是说秦汉事业消泯，至今唯留一碑一殿而已，则生命个体之短暂亦可想而知。"孤""荒"二字为惆怅之情染色。

④从来：素来，自己有生以来。多古意：多存古人的思想意识。这里指的是古人的宇宙意识。《晋书·羊祜传》载，羊祜与人登临岘山，叹道："自有宇宙，便有此山，由来贤达胜士登此远望，如我与卿者多矣！皆湮灭无闻，使人悲伤。"陈子昂《登幽州台歌》："念天地之悠悠，独怆然而涕下。"张若虚《春江花月夜》："人生代代无穷已，江月年年只相似。不知江月待何人，但见长江送流水。"都在感叹宇宙永恒而人生匆促。这就是杜甫在诗中所称的"古意"，一般注本均将"古意"解为"怀古之意"，不确。踌躇：因惆怅而徘徊。尾联点出一篇之旨。

望　岳

此诗当作于开元二十四年（736），杜甫在齐赵一带漫游。诗写望中所见泰山的宏伟气象，表达了对它的深沉赞美，尾联设想登临绝顶而俯视眼底群山，令人想见他在事业上的期许。语言遒劲峭刻，警竦动人。

岱宗夫如何？齐鲁青未了①。
造化钟神秀，阴阳割昏晓②。
荡胸生层云，决眦入归鸟③。
会当凌绝顶，一览众山小④！

【注释】

①岱宗：泰山。夫：句中语气词。齐鲁：周朝所封的两个国家。齐

国在泰山北面,鲁国在泰山南面。青:指山色。未了:没有消失。这句是说,处于齐鲁任何位置,都能望见泰山的青色。足见其高大。

②造化:大自然。钟:聚集。神秀:神奇、秀丽。阴阳:山北为阴,山南为阳。割:划分。这句是说泰山的阴面是黄昏,而阳面却是清晓。极言泰山之高大。

③此联意谓:山间云气生腾,层层叠叠,令我心胸激荡;我极尽目力,追视那归山的小鸟。决眦:极力张大眼眶,形容张目极视的样子。含有美慕飞鸟入山的意思,作为向尾联的过渡。

④会当:定要。凌绝顶:登上泰山的顶峰。结句"一览众山小",化用《孟子·尽心上》"登泰山而小天下"的语意。尾联虽属料想之词,但有"一览众山小"之句,已将其登临神态写出,抵得上一首登临之作。作者晚年诗《又上后园山脚》说:"昔我游山东,忆戏东岳阳。穷秋立日观,矫首望八荒。"可知,杜甫确曾登上泰山的日观峰。没有留下诗来,大约是由于这句已将最高的心境写完。

房兵曹胡马

此诗为杜甫年轻时作,具体年月无可考证。诗中咏赞房兵曹的一匹骏马,写其骨骼健劲,带棱带角,双耳尖峭,四蹄生风,志在驰骋沙场,建立奇功。写马实为托物言志,表现作者刚毅、勇决的性格和风云之志,具有十分鲜明的象外之象。作为一首咏物诗,写得"不即不离",颇具风神。"不即"者,不止于写马,而是深有寄托;"不离"者,笔笔不离咏马,而非将主观意志硬加其上。此诗是一首本色的、标准的咏物之作。房兵曹,姓房,兵曹乃官职名。

胡马大宛名,锋棱瘦骨成①。
竹批双耳峻,风入四蹄轻②。
所向无空阔,真堪托死生③。
骁腾有如此,万里可横行④。

【注释】

①胡马:对产于塞北和西域骏马的泛称。大宛(yuān):汉代西域国名,在今中亚细亚一带,其国出产骏马。名:著名。锋棱瘦骨:骨架突出,瘦硬健劲。杜甫每以"瘦硬"的字面来赞美事物,认为"瘦硬"方能通神。

②竹批双耳:言骏马双耳尖峭,有如竹筒削成。《齐民要术》说:"(马)耳欲得小而促,状如斩竹筒。"风入四蹄:言骏马四蹄迅疾,有如狂风卷动。此联从"耳""蹄"特征下笔,写尽骏马的风采。

③无空阔:没有漫长的路程可言。意谓千里之遥,转瞬可达。托死生:在危难之中以生命相托。

④骁腾:骏马奔驰飞腾。横行:纵横驰骋,指征战中所向无敌。尾联言志,申一篇之主旨。

夜宴左氏庄

此诗为杜甫年轻时作。诗写夜宴左氏庄之情事,前四句写庄园夜景,有声有色,但仅是作为背景出现。笔墨的重心在后四句,颈联写平生之志向,"检书"句写对于诗艺的追求,"看剑"句写对于功业的期许,写得慷慨激昂,可见杜甫平生两大志向——为政与赋诗,在青年时期即已形成。尾联写功成身退,放迹江湖,追求潇洒的人生。左氏庄,即左氏友人的庄园。

    林风纤月落，衣露静琴张①。
    暗水流花径，春星带草堂②。
    检书烧烛短，看剑引杯长③。
    诗罢闻吴咏，扁舟意不忘④。

【注释】

① 林风：林中风起。纤月：初弦的新月。衣露：衣上沾露。静琴：幽雅的琴声。张：弹响。

② 暗水：不见其形只闻其声的渠水。写夜景很逼真。带：映带。

③ 检书：查阅书籍，搜寻典故。古人作诗颇重词语出处。烧烛短：言检书时间之久。看剑：审视宝剑。含有建功立业的期许。引杯长：频频举杯满饮。

④ 闻吴咏：听到座中有人用吴音吟诗。杜甫此前曾南游吴越，故熟悉吴音。扁舟：小舟。《史记·货殖列传》载，范蠡帮助越王勾践扫平吴国，大功告成，乃驾扁舟归隐，游于江湖之上。意不忘：是说功成之后则效法范蠡。忘，读平声。

赠 李 白

此诗当作于天宝三载（744），杜甫在洛阳。此时李白自长安被玄宗"赐金还山"，来到洛阳。一年多的供奉生涯，使李白对朝廷的腐败增强了认识，对道教产生了浓厚的兴趣。李、杜二人在洛阳相见，各诉对现实的不满。在李白的影响下，杜甫亦产生求仙访道的念头。这首诗即表现了此种心曲。其后，二人同游梁宋。这是杜甫的第三次漫游，为期约一年。杜甫一生思想只在儒家界内，青年时期的片刻求道之念，只是一个小小插曲。杜甫对现实的批判，也以此诗为开端。

　　二年客东都①，所历厌机巧②。野人对腥膻③，蔬食常不饱④。岂无青精饭，使我颜色好⑤？苦乏大药资⑥，山林迹如扫⑦。李侯金闺彦⑧，脱身事幽讨⑨。亦有梁宋游⑩，方期拾瑶草⑪。

【注释】

①东都：洛阳。

②厌机巧：厌恶投机取巧、钩心斗角的行径，指官场而言。杜甫性格直率真诚，故见此而生厌。

③野人：古时士人自谦之称，杜甫自谓。对：面对着，眼瞅着。腥膻：鱼肉羊肉之类。指富贵人家的美味佳肴。

④蔬食：粗饭。

⑤青精饭：道家用南烛草木叶，杂以茎皮，煮后取汁，浸米蒸饭，饭呈青色。据说，久服可以益寿延年，故云"使我颜色好"。

⑥大药资：炼丹所用的资金。大药，金丹。唐代道教盛行，很多人为求长生不老而服食丹药。

⑦迹如扫：断绝足迹。

⑧李侯：指李白，侯是敬称。金闺彦：古代指有德才的人。金闺，即金马门，是学士待诏之处。天宝元年（742），李白奉诏入长安，玄宗命他为供奉翰林。

⑨脱身：指辞别朝廷，过自由的生活。事幽讨：在山林中从事采药和访道。

⑩梁宋：今河南开封、商丘一带。

⑪期：希望。瑶草：玉芝。道家以为服之可以长生。

奉赠韦左丞丈二十二韵

此诗当作于天宝九载(750),杜甫困居长安(今西安)之时。天宝五载(746),杜甫怀着"致君尧舜上,再使风俗淳"的远大政治抱负,来长安求仕,却遭遇坎坷,不仅入仕无门,生活亦无保障。遂将满腔怨气,诉之于尚书左丞韦济。诗中陈述自己"挺出"的才能、远大的抱负和屈辱的生活,对韦济的奖掖表示感谢,对当时的社会和政治进行了猛烈的抨击。左丞,即尚书省左丞,唐代尚书省设尚书左丞、右丞二职。丈,是对韦济的尊称。

纨绔不饿死[①],儒冠多误身[②]。丈人试静听,贱子请具陈[③]。甫昔少年日,早充观国宾[④]。读书破万卷,下笔如有神。赋料扬雄敌[⑤],诗看子建亲[⑥]。李邕求识面[⑦],王翰愿为邻[⑧]。自谓颇挺出,立登要路津[⑨]。致君尧舜上,再使风俗淳[⑩]。此意竟萧条[⑪],行歌非隐沦[⑫]。骑驴十三载,旅食京华春[⑬]。朝扣富儿门,暮随肥马尘[⑭]。残杯与冷炙,到处潜悲辛[⑮]。主上顷见征[⑯],歘然欲求伸[⑰]。青冥却垂翅[⑱],蹭蹬无纵鳞[⑲]。甚愧丈人厚,甚知丈人真[⑳]。每于百僚上,猥诵佳句新[㉑]。窃效贡公喜[㉒],难甘原宪贫[㉓]。焉能心怏怏,只是走踆踆[㉔]?今欲东入海[㉕],即将西去秦[㉖]。尚怜终南山[㉗],回首清渭滨[㉘]。常拟报一饭,况怀辞大臣[㉙]!白鸥没浩荡,万里谁能驯[㉚]?

【注释】

① 纨绔:丝织绢绸做的裤子。历来为富贵子弟所穿,作富贵子弟的代称。
② 儒冠:儒生戴的帽子,代指读书人。此为杜甫自谓。"儒冠误身"

是牢骚愤慨之语，是此诗的主旨。

③贱子：杜甫自谓。具陈：详细述说。

④观国宾：观国光的王宾，有用于国家的人。唐玄宗开元二十四年（736），杜甫二十五岁，曾到长安参加进士考试。

⑤料：估计。扬雄：西汉著名辞赋家。敌：匹敌。

⑥子建：三国时魏国著名诗人曹植，字子建。亲：贴近。以上二句自言诗赋水平高超。

⑦李邕：唐代著名文学家和书法家。杜甫少年时，曾与李邕有过交游，见《八哀诗·哀李邕》："伊昔临淄亭，酒酣托末契。重叙东都别，朝阴改轩砌。"

⑧王翰：唐代著名诗人。愿为邻：愿与自己为邻。杜甫与王翰交游之事，今无史料可考证。但以杜甫之为人，足可信之。以上二句，是说自己的才华能倾动文学前辈。使用侧写法。

⑨要路津：重要的渡口。比喻机要的职位。

⑩"致君"二句是申述身居要位之后的政治作为，对上，是辅佐君主，使其英明超过尧舜；对下，是要让民风归于淳正。这是杜甫一生坚持不懈的政治理想，给他的诗歌创作带来巨大的批判现实的力量。

⑪此意：指上面二句申述的政治理想。萧条：冷落，落空。

⑫行歌：边走边唱，古代隐士的逍遥风度。非隐沦：谓自己并非忘怀世事的人。只是由于不被当局所用，只得以"行歌"打发岁月。此句揭示表象与内心的矛盾，笔墨顿挫有力。

⑬骑驴：状生活之困顿。十三载：写困顿之久。与下文"京华"之盛概、"春"之绮丽构成强烈对比，寓愤慨于记述之中。

⑭"朝""暮"二句叙述乞讨生涯，即上文所写之"旅食"情况。

⑮残杯：指富人喝剩下的酒。冷炙：指富人吃剩下的菜。潜悲辛：心中暗含悲苦、辛酸。

⑯主上：指唐玄宗。顷：不久以前。见征：征召。天宝六载（747），玄宗下诏，让天下有一艺之长的人到京城就选。这是例行的科举考试之外的"制举"。

⑰欻（xū）然：忽然。求伸：求得伸展自己的才能抱负。此句写自己

参加了这次考试。

⑱青冥：天空。此句是说自己像飞上天空的鸟却又垂翅跌落。

⑲蹭蹬（cèng dèng）：失势的样子。无纵鳞：是说自己不能像鱼那样纵跃龙门。史载，这次考试，李林甫任主考官，出于妒忌人才，让应试者全部落选。

⑳丈人：古时对老年人的尊称。这里称韦济。"厚""真"既是赞美韦济品性厚道、真诚，也是杜甫品性特征。

㉑二句是说，韦济经常向人称诵杜甫的佳作。猥，承蒙。谦辞。

㉒贡公喜：《汉书·王吉传》载，王吉与贡禹为友，贡禹得知王吉显贵，高兴得弹冠相庆，认为王吉一定会引荐他做官。这里杜甫自比贡禹，以王吉比韦济，韦济新任尚书左丞，是尚书省的要职。

㉓原宪：孔子的学生，家境贫穷。难甘：难于忍受。

㉔怏怏（yàng yàng）：心情郁愤不平。踆踆（cūn cūn）：行步迟重的样子。

㉕入海：归隐。

㉖去秦：离开长安。

㉗终南山：秦岭支脉，在长安城南五十里。

㉘回首：有所顾恋的表示。清渭：渭水，以其水清，故称。渭水在长安城北五十里。以上二句之"终南山""清渭滨"，均借以指称京都，表达欲离而又不舍之意。

㉙二句是说，我常想报答那一饭之恩，何况是辞别您这样一位于我有深恩的大臣。这是说明赠诗的原因。由此可以得知，韦济确曾为举荐杜甫出过力；事虽未成，犹有感恩，亦可见杜甫品性之朴厚。

㉚二句是说，我将如白鸥一样灭没于浩渺的烟波之中，远翔万里，有谁能拘束住我？这固然是在遵循儒家"用之则行，舍之则藏"的处世原则，却也表现了杜甫桀骜不驯的性格。

兵 车 行

此诗当作于天宝十载(751),杜甫在长安。《资治通鉴》载,南诏王阁罗凤起初依附唐朝,因不堪云南太守张虔陀的勒索和污辱,遂起兵攻陷云南,杀虔陀。天宝十载四月,剑南节度使鲜于仲通征讨南诏,大败于泸南,士卒死亡六万。阁罗凤于是依附吐蕃,却于国门立碑,言道:"我世世事唐,受其封爵。后世容复归唐,当指碑以示唐使者,知吾之叛唐非本心也。"杨国忠遮掩鲜于仲通的败绩,反而向朝廷叙其战功。朝廷遂下令征两京及河南、北兵,以击南诏。百姓不愿应征,杨国忠遣御史分道捕人。"于是行者愁怨,父母妻子送之,所在哭声振野。"史书所记,与诗中所写场面相合。玄宗晚年,好大喜功,频动开边战争,给人民造成严重的危害。此诗前半记出征场面,后半记征夫苦辞,将强烈的义愤寓于客观叙事之中,深刻批判了玄宗的祸国殃民行径,是杜甫现实主义诗歌创作的一座里程碑。"兵车行"是杜甫独创的乐府新题。杜甫写乐府诗,较少使用旧乐府的题目,而是因事立题,使诗题与内容相谐,这是他的现实主义创作精神的一种体现。

车辚辚,马萧萧,行人弓箭各在腰①。耶娘妻子走相送②,尘埃不见咸阳桥③。牵衣顿足拦道哭,哭声直上干云霄④。道旁过者问行人⑤,行人但云:"点行频⑥!或从十五北防河⑦,便至四十西营田⑧。去时里正与裹头⑨,归来头白还戍边。边庭流血成海水⑩,武皇开边意未已⑪。君不闻汉家山东二百州⑫,千村万落生荆杞⑬。纵有健妇把锄犁,禾生陇亩无东西⑭。况复秦兵耐苦战⑮,被驱不异犬与鸡。长者虽有问⑯,役夫敢伸恨⑰?且如今年冬,未休关西卒⑱。县官急索租,租税从何出?信知生男恶,反是生女好。生女犹得嫁比邻⑲,生男埋没随百草⑳。君不见青海头,古来白骨无人收㉑。新鬼烦冤旧鬼哭,天阴雨湿声啾啾㉒。"

【注释】

① 辚辚：车行之声。萧萧：马嘶鸣之声。行人：出征的人。开篇三句直入出征场面，写战车、战马和征夫情状，气氛凝重。

② 耶娘：爹娘。耶，同"爷"，指父亲。妻子：妻子、儿女。举家送行，见事态严重。

③ 咸阳桥：西渭桥。在今咸阳西南十里渭水上。写尘埃弥漫，寓暗无天日之叹。

④ 干云霄：上冲云天。极写哭声之惨烈。

⑤ 过者：过路的人。杜甫自称。

⑥ 点行：按名册强征服役。频：频繁。以上二句使用以答代问的手法，取得精炼之效。以下各句紧紧围绕"频"字来写，历数二十余年间的征伐，以之作为此次出征的背景，如此点面结合，加强了批判的力度。

⑦ 或：有的人。十五：指年龄，下句"四十"同。防河：《旧唐书》载，开元十五年（727），唐政府以吐蕃为边患，调兵去河西防守。河，指河西，今甘肃、宁夏一带。

⑧ 营田：屯田。唐时在西北一带屯田，以防吐蕃侵扰。

⑨ 里正：里长。唐时以百户为里，每里置里长一人，管户口、纳税等事。裹头：古人用黑布或绸裹在头上。因出征人年少，故须由里正替为裹头。这个细节在于揭示役非其龄。

⑩ 边庭流血：唐自开元中到天宝末，边疆战争连绵不断，唐军伤亡惨重。如，天宝八载（749），哥舒翰率六万人攻吐蕃石堡城，士卒死亡数万。天宝十载（751），高仙芝率三万人攻大食，士卒死亡殆尽。

⑪ 武皇：指玄宗。《旧唐书·玄宗纪》："开元二十七年己巳，加尊号为开元圣文神武皇帝。"开边：开拓疆土。意未已：心意尚未满足。以上二句为全诗主旨所在。

⑫ 山东：指华山以东地区。二百州：按唐代在华山以东实设二百一十七州，这里是举其成数。

⑬ 荆杞：荆棘和枸杞等荒杂之物。

⑭ 无东西：是说田垄不整齐，禾苗长得不成行列。

⑮秦兵：关中之兵。

⑯长者：征夫对杜甫的尊称。

⑰役夫：征夫自称。敢：怎敢。

⑱且如：就像。举例之辞。休：放还。关西卒：指籍贯为函谷关以西的士兵，即上文说的"秦兵"。

⑲比邻：近邻。

⑳埋没随百草：尸骨被荒草掩埋。

㉑青海头：青海湖边。自唐高宗龙朔三年（663）该地为吐蕃占领后，连年争战，互有胜负，士卒尸骨纵横。

㉒"天阴"句，李华《吊古战场文》："往往鬼哭，天阴则闻。"啾啾（jiū jiū）：象声词，凄切尖细的声音。

同诸公登慈恩寺塔

此诗当作于天宝十一载（752）秋，杜甫在长安。某日，与诗友高适、薛据、岑参、储光羲登临慈恩寺塔，作诗相互唱和。原注："时高适、薛据先有此作。"杜甫写此诗以和之。诗以"自非旷士怀，登兹翻百忧"为思想感情的主线，通过描写登临所见景物，含蓄地表达了对昏暗时局的深忧和危机感受。自开元二十四年（736）李林甫为相，有唐以来的开明政治宣告结束。玄宗晚年耽于声色，内信李林甫，外信安禄山，朝政腐败，善恶不分，潜伏着动乱危机。杜甫对政治危机有所察觉，对动乱亦有预感，他把这些感受融入景物的描写中，字面上不露痕迹，而明眼人自能悟出其中的深忧与浩叹。题目中的"同"即"和"（hè），依照别人作诗的题材来作诗。慈恩寺塔，建在长安东南区晋昌坊（今陕西西安市南）的慈恩寺中，慈恩寺是唐高宗李治为其母文德皇后修建的。寺塔初为五层，后加盖至九层,今为七层。乃玄奘所建。俗称大雁塔。

高标跨苍穹,烈风无时休①。自非旷士怀②,登兹翻百忧③。方知象教力④,足可追冥搜⑤。仰穿龙蛇窟⑥,始出枝撑幽⑦。七星在北户⑧,河汉声西流⑨。羲和鞭白日⑩,少昊行清秋⑪。秦山忽破碎⑫,泾渭不可求⑬。俯视但一气,焉能辨皇州⑭?回首叫虞舜,苍梧云正愁⑮。惜哉瑶池饮,日晏昆仑丘⑯。黄鹄去不息,哀鸣何所投⑰?君看随阳雁,各有稻粱谋⑱。

【注释】

①高标:作为表记木的最高部位曰"标",此处指塔。苍穹:苍天。二句写塔高,首句正面描写,次句以烈风不停作烘托。

②旷士:超然出世者。

③兹:此,指塔。翻:反而。王粲《登楼赋》:"登兹楼以四望兮,聊暇日以销忧。"杜甫反用其意,说登临不但不能消忧,反而生出众多的忧愁。佛教本来引人出世,杜甫则明确表示不能忘怀现实人生,这是他一生的思想基点。

④象教:佛教。佛教用形象教人,故称"象教"。

⑤冥搜:探幽。指下文所写的穿窟出穴的行动。

⑥龙蛇窟:塔内蹬道盘曲,向上攀登,如穿龙蛇的洞穴。

⑦枝撑:塔中的交木斜柱。

⑧七星:指北斗星。北户:塔顶层的北门。此句为想象之景,极写塔势高危。

⑨河汉:银河。此句亦为想象之景,盖由风声而连及水声,目的也是写塔势高危。杜诗的想象之语总有媒介可依,绝不架空,故令人感到真实。

⑩羲和:传说是太阳神的赶车人。鞭白日:鞭赶着太阳之车。

⑪少昊:即白帝,传说中掌管秋天的神。行清秋:正在布置清秋之景。

⑫秦山:指终南山,在长安城南。破碎:写登高俯视大小山峦所见的景象。此句暗寓国家将要动乱的隐忧。

⑬泾渭：泾水、渭水，在长安城北。不可求：难以分辨。泾水浊，渭水清，时当黄昏，远望则清浊难辨。此句暗寓政局昏暗。以上寄寓，妙在能与实景吻合。

⑭但一气：只见到一片沉沉的暮霭。皇州：指京都长安。二句暗寓政局昏暗，恐京都命运难测之叹。

⑮叫：呼唤。虞舜：传说中的古代帝王，死葬苍梧山，又名九嶷山（今湖南省境内）。此处以虞舜比一代英主太宗皇帝，以苍梧比太宗墓昭陵（在陕西礼泉东北九嵕山）。云正愁：是写太宗对其后代的忧虑。

⑯瑶池：神话传说周穆王会西王母于昆仑山，饮于瑶池。日晏：天色已晚。此处以周穆王比玄宗，以西王母比杨贵妃，以昆仑比骊山，以瑶池比华清池。史载，玄宗荒于政事，每年十月，都去骊山行宫过冬，与杨玉环淫逸无度。

⑰黄鹄：天鹅。此处喻贤能之士。去不息：是说均遭排挤而远行。《韩诗外传》："田饶谓哀公曰：'臣将去君，黄鹄举矣。'"何所投：无处投身。

⑱随阳雁：大雁。大雁秋则南飞，是为追阳逐暖，故称。此处喻趋炎附势之徒。稻粱谋：谋求个人衣食，追逐私利。以上讽刺人事，均就眼前景物含蓄道出。

丽 人 行

此诗当作于天宝十二载（753）春，杜甫在长安。天宝十一载（752）十一月，奸相李林甫病死，杨国忠继为右丞相，势倾朝野。天宝四载（745），杨国忠的从祖妹杨玉环册被封为贵妃，其后，杨玉环的三个姐姐又被封为韩国夫人、虢国夫人、秦国夫人，备受玄宗恩宠。早年，杨国忠就与杨玉环的三姐（即后来的虢国夫人）有私情，如今得势，更加肆无忌悝，经常同骑出游，任情调笑。此诗裁选杨国忠兄妹曲江游宴一幕，对其骄奢淫逸的丑行投以辛辣的讽刺。全诗"无一刺讥语，描摹处，语语刺讥"（浦起龙语）。不发议论，用事实寄讽意，更觉意味深长。"丽人行"，是杜甫自创的乐府新题。

三月三日天气新①，长安水边多丽人②。态浓意远淑且真③，肌理细腻骨肉匀④。绣罗衣裳照暮春，蹙金孔雀银麒麟⑤。头上何所有？翠微䍅叶垂鬓唇⑥。背后何所见？珠压腰衱稳称身⑦。就中云幕椒房亲⑧，赐名大国虢与秦⑨。紫驼之峰出翠釜⑩，水精之盘行素鳞⑪。犀箸厌饫久未下⑫，鸾刀缕切空纷纶⑬。黄门飞鞚不动尘⑭，御厨络绎送八珍⑮。箫鼓哀吟感鬼神⑯，宾从杂遝实要津⑰。后来鞍马何逡巡⑱，当轩下马入锦茵⑲。杨花雪落覆白蘋⑳，青鸟飞去衔红巾㉑。炙手可热势绝伦㉒，慎莫近前丞相嗔㉓！

【注释】

①三月三日：上巳节。古代风俗，此日人们去水边祭祀，祓除不祥，后来演变成游春宴饮的节日。

②长安水边：指曲江边。曲江，一名曲江池，在长安南部，江边建有宏伟的宫殿，为游乐之地。丽人：泛指一般的贵妇人。

③态浓意远：体态浓艳，神情高远。淑且真：和善而又自然。

④肌理：皮肤的纹理。

⑤蹙（cù）金孔雀：用金线绣成的孔雀图案。蹙，一种刺绣方法。银麒麟：用银线绣成的麒麟图案。

⑥翠微：天然的翠蓝色。䍅（è）叶：古时妇女发饰䍅彩上的花叶。䍅彩，妇女头发上的装饰物。鬓唇：鬓角。

⑦腰衱（jié）：裙带。稳称身：衣服合体贴身，身体线条清晰。以上各句写一般游春的贵妇人，用以作为虢国、秦国等夫人的衬托。下面转入对她们的正面描写。

⑧就中：其中。云幕：画着云彩图饰的帐幕。椒房：汉代未央宫有椒房殿，以花椒和泥涂墙壁，取其温暖有香气，为皇后居住之室。后世因用作皇后的代称。这里借指杨贵妃。椒房亲，即杨贵妃的亲属，指虢国、秦

国等夫人。

⑨赐名：指赐予封号。《旧唐书·杨贵妃传》："有姊三人，皆有才貌，玄宗并封国夫人之号。长曰大姨，封韩国；三姨，封虢国；八姨，封秦国。并承恩泽，出入宫掖，势倾天下。"大国：所封韩、虢、秦之国名在当时官制上都是大国称号，故称。下文仅述"虢与秦"，是因诗句字数的限制，于三中择二，"秦"可入韵，"虢"则必选。

⑩紫驼之峰：紫驼背上的肉峰，是珍贵的食品，名"驼峰炙"。翠釜：精美的锅子。

⑪水精之盘：水晶盘。行：传递。素鳞：指清蒸鱼。

⑫犀筯：犀牛角制成的筷子。厌饫（yù）：饱足生腻。久未下：久久不下筷子。

⑬鸾刀：装饰着鸾铃的菜刀。缕切：精切细制。空纷纶：白白忙碌了一阵。

⑭黄门：指太监。飞鞚：飞马。鞚，马勒，代指马。不动尘：骑马技术高超，疾驰而不扬尘土。写太监回宫报告三位国夫人不愿进餐之事。

⑮御厨：皇帝的厨师。八珍：泛指珍馐美味。

⑯哀吟：此指演奏清细缠绵的乐曲。

⑰宾从（zòng）：指陪同杨氏游春的宾客和僚属。杂遝（tà）：杂乱而众多。实要津：指占据朝廷各方面重要位置的官员。

⑱后来鞍马：最后骑马而来的人，指杨国忠。逡巡：原意为欲行又止，这里有大模大样、旁若无人之意。

⑲锦茵：指"云幕"内铺设的锦绣地毯。入锦茵，走进"云幕"，与虢国夫人会见。

⑳"杨花"句，《埤雅》云："杨花入水化为浮萍。"《尔雅翼》云："萍，其大者，蘋……五月有花，白色故谓之白蘋。"据此，可知杨花、白蘋实为一体，作者以杨花谐杨姓，暗喻杨国忠，以白蘋暗喻虢国夫人，一个"覆"字，揭露了他们同祖兄妹相奸的丑行。妙在能以眼前曲江暮春景色出之，深得讽刺之味，可谓神来之笔。

㉑青鸟：传说中为西王母传信的使者，后用为传递消息者的代称。红巾：贵妇人使用的手帕。此句写杨国忠和虢国夫人暗中传情。

㉒ 炙手可热：形容杨氏兄妹气焰灼人。绝伦：无人可以相比。
㉓ 慎莫近前：告诫游人之辞。嗔：恼怒。此句侧面写出云幕里的勾当，发人想象。当时杨国忠任宰相，此笔足见杜甫的胆量和疾恶如仇的性格。

醉 时 歌

此诗当作于天宝十三载（754）春，杜甫在长安。原注："赠广文馆博士郑虔。"郑虔是杜甫的好友，诗、书、画皆擅长，玄宗称之为"郑虔三绝"。虽有才德，却不得重用，仅做个广文馆博士。而杜甫困居长安已近十年，生活处境尚在郑虔之下。此诗虽为郑虔呼喊不平，也是在抒写个人愤慨，表现出对现实的强烈抗争精神。诗中多作诙谐之语，嘲郑虔，嘲自己，其实在嘲笑现实社会。这既是杜甫反抗现实的一种方式，也是他性格中幽默之处的表现。

诸公衮衮登台省①，广文先生官独冷②。甲第纷纷厌粱肉③，广文先生饭不足④。先生有道出羲皇⑤，先生有才过屈宋⑥。德尊一代常坎轲⑦，名垂万古知何用⑧！杜陵野客人更嗤⑨，被褐短窄鬓如丝⑩。日籴太仓五升米⑪，时赴郑老同襟期⑫。得钱即相觅，沽酒不复疑⑬。忘形到尔汝⑭，痛饮真吾师。清夜沉沉动春酌⑮，灯前细雨檐花落⑯。但觉高歌有鬼神，焉知饿死填沟壑⑰！相如逸才亲涤器⑱，子云识字终投阁⑲。先生早赋归去来，石田茅屋荒苍苔⑳。儒术于我何有哉㉑，孔丘盗跖俱尘埃㉒。不须闻此意惨怆㉓，生前相遇且衔杯㉔。

【注释】

①衮衮：众多的样子。台省：台，指御史台；省，指中书省、门下省、尚书省。均为唐代政治机构。

②广文先生：指郑虔。因任广文馆博士，故称。官独冷：谓官职低微，不被朝廷所重视。

③甲第：头等宅第。汉代贵族居处分甲乙次第，故以"第"称府邸。这里借指豪门贵族。厌：饱足。梁肉：指精美的膳食。

④饭不足：《新唐书·郑虔传》称郑虔"在官贫约甚，澹如也"。以上四句，两两对比，凸现郑虔困顿，奋扬不平之声。

⑤出：超过。羲皇：伏羲氏，传说中的人类始祖，为人清心寡欲、道德高尚。

⑥屈宋：屈原、宋玉，战国时期杰出的辞赋家。

⑦德尊一代：品德为一代人所尊仰。坎轲：同"坎坷"。

⑧"名垂"句：愤激之辞，牢骚之语。

⑨杜陵野客：杜甫自称。杜甫祖先居杜陵，杜陵在长安城南。嗤：讥笑。

⑩被：同"披"。褐：用兽毛或粗麻制成的衣服，穷人所穿。

⑪籴：买进粮食。太仓：京城所设的御仓。《旧唐书·玄宗本纪》载，天宝十二年（753）"八月，京城霖雨。米贵，令出太仓米十万石，减价粜与贫人，每人每日五升"。可知杜甫记事真实，他已经站在了贫民买粮的队伍中。

⑫赴：赴约。郑老：郑虔年长，故有此称。同襟期：彼此襟怀、志趣相同。

⑬疑：迟疑。

⑭忘形：不拘形迹。尔汝：谓彼此关系亲密，至以"尔""汝"相称。

⑮沉沉：夜色深浓。春酌：春饮。

⑯檐花：指檐前细雨在灯光的映射下，闪烁似花。

⑰"但觉"二句，意谓只感到高歌之际会惊动鬼神，哪里顾及贫饿而死无处葬身呢！二句内容丰富，贫困的生活处境，狂放的性格特征，作为诗人的创作心态以及艺术至上的文学思想，均包蕴其中。

⑱ 相如：司马相如，汉代杰出辞赋家。逸才：出众的文才。亲涤器：《汉书·司马相如传》载，相如曾在临邛（今属四川）开酒店，让妻子卓文君当垆，他亲自洗涤酒器。

⑲ 子云：汉代辞赋家扬雄，字子云，博学多才，通古文字。投阁：《汉书·扬雄传赞》载，王莽时，刘棻因献符命得罪，连累扬雄（刘棻曾师从扬雄识奇字），当时扬雄正在天禄阁校书，官府派人来抓，他从阁上跳下，几乎摔死。以上二句是以古人的遭遇来自慰。

⑳ 归去来：《归去来兮辞》。晋代诗人陶潜弃官归隐时作，其辞云："田园将芜胡不归？"石田：贫瘠的田地。

㉑ 儒术：儒家的思想、学说。何有：有什么用处。此句说儒术于己无用，是牢骚语，杜甫一生思想基点实为儒学。

㉒ 盗跖：柳下跖，春秋末年奴隶起义领袖，旧时被诬称为盗跖。俱尘埃：统统化作尘埃。意谓无论贤愚，终归一死。

㉓ 此：指这首《醉时歌》。

㉔ 且：暂且。衔杯：饮酒。

投简咸华两县诸子

此诗当作于天宝十三载（754）深秋，杜甫居长安城南的下杜城。多年困居，使杜甫满腔悲愤，遂以诗代简，投寄给咸华两县友人。诗中诉说生活的苦况，斥责浅薄的世情，对自己惨痛遭遇之原因也进行了反思。王嗣奭说："疏懒在性，公之致贫在此，公之立品亦在此。"（《杜臆》）杜甫终生未移此性。咸，指咸宁县，今湖北咸宁市，天宝七载（748）改万年县置，治所与长安县同城，今并入长安县。华，指华原县，今陕西省铜川市耀州区。

赤县官曹拥才杰①,软裘快马当冰雪②。长安苦寒谁独悲?杜陵野老骨欲折③。南山豆苗早荒秽④,青门瓜地新冻裂⑤。乡里儿童项领成⑥,朝廷故旧礼数绝⑦。自然弃掷与时异,况乃疏顽临事拙⑧。饥卧动即向一旬⑨,敝衣何啻联百结⑩。君不见空墙日色晚⑪,此老无声泪垂血⑫。

【注释】

① 赤县:京都所治的县。《通典》:"大唐县有赤、畿、望、紧、上、中、下七等之差。"唐代赤县有长安、万年两县。这里以赤县代指京都长安,是为避免与第三句的地名犯重。官曹:官署。拥才杰:谓人才济济。语含贬义,由下句可知。

② 此句是说,这些官员穿软裘骑快马在冰雪中戏耍。当:对着。

③ 杜陵野老:杜甫自称。杜陵,汉宣帝的陵墓,在长安城东南。杜甫祖先居此,杜甫困居长安时也在此地住过,故称。骨欲折:写无衣御寒而寒气彻骨的感受。以上四句用对比手法,道出不平之声。

④ 南山:终南山。杜甫在山下杜曲有些田产。早荒秽:谓不善耕耘,没有收成。与陶潜"种豆南山下,草盛豆苗稀"相类。

⑤ 青门瓜地:青门,汉长安城东南门,门涂青色,故称。秦朝东陵侯邵平,入汉后隐居青门外种瓜。此句用典,谓瓜菜无收。

⑥ 乡里儿童:应指杜甫的同族晚辈,如居住在下杜城的族孙杜济等辈。项领成:脖子变得挺硬,意为不把饥寒的长辈放在眼里。

⑦ 朝廷故旧:在朝中做官的亲友。礼数绝:谓与自己断绝来往。以上二句慨叹世情浇薄,朝野上下,亲族故旧,均无情义可言。真个是"贫居闹市无人问"了。

⑧ "自然"二句为思考遭到弃置的主观原因,有三:其一,"与时异",即不与时俗(如讨好权贵、投机钻营等)相合;其二是"疏顽",即疏懒愚钝;其三是"临事拙",遇事不擅应酬。这些实际上是杜甫耿直、纯朴性格的表现,在昏暗的政局下,却成了仕进的阻碍。

⑨ 动即向一旬:动不动就是十来天。向:近也。

⑩ 啻(chì):止。百结:形容衣服破烂,补丁相叠。

⑪ 君：指咸、华两县诸子。空墙：即家徒四壁之意。日色晚：夕晖暗淡。用以烘托艰难处境，有日暮途穷之叹。

⑫ 此老：杜甫自谓。无声：见出难以为诉的心情。

贫 交 行

此诗约作于天宝十三载（754）。杜甫困居长安，衣食无着，饱尝世态炎凉，深感世人交道之薄，故愤而作此，以遣忧怀。"贫交行"是杜甫自创的乐府新题。

> 翻手作云覆手雨①，纷纷轻薄何须数②！
> 君不见管鲍贫时交③，此道今人弃如土。

【注释】

① "翻手"句，形容势利之交如天气变化一样迅速无常。此句警策而生动，为杜甫首创，后人据此而成"翻云覆雨"一词。

② 轻薄：轻佻浮薄。何须数：不值一谈，表示轻蔑。

③ 管鲍：管仲、鲍叔牙。两人相知最深。后常用以比喻交谊深厚的朋友。《史记·管晏列传》："管仲夷吾者，颍上人也。少时常与鲍叔牙游，鲍叔知其贤。管仲贫困，常欺鲍叔，鲍叔终善遇之，不以为言。已而鲍叔事齐公子小白，管仲事公子纠。及小白立为桓公，公子纠死，管仲囚焉。鲍叔遂进管仲。管仲既用，任政于齐，齐桓公以霸，……管仲曰：'……生我者父母，知我者鲍子也。'"

官定后戏赠

此诗作于天宝十四载（755）十月，杜甫在长安。原注："时免河西尉，为右卫率府兵曹。"唐代铨选时间为每年十月初一至翌年三月三十日。杜甫困居长安达十年之久，方被授予河西县尉，未赴，又改任右卫率府兵曹参军，官阶从八品下，职责为掌管太子的卫戍、仪仗事务，与"致君尧舜"的政治抱负相去甚远。然而迫于生活，只好屈就，遂作此诗以戏语自赠，故曰"戏赠"。诗中详细陈述了受此微职的原因，是一派坦诚之言，也是一番无奈之语。

不作河西尉，凄凉为折腰[①]。
老夫怕趋走，率府且逍遥[②]。
耽酒须微禄，狂歌托圣朝[③]。
故山归兴尽，回首向风飙[④]。

【注释】

① 河西尉：河西县尉。河西县，即今陕西合阳县。县尉职务为掌管盗贼及水火之事。折腰：弯腰行礼。指迎拜上级官员。唐代京县县尉官阶为从八品下，上、中县县尉为从九品上，中下、下县县尉为从九品下。以上二句用陶潜不肯为五斗米折腰事。

② 老夫：杜甫自称。趋走：奔走，指趋奉上司。率府：全称为"太子左右卫率府"，置有仓、兵、胄三曹参军，公事不多。且：权且。

③ "耽酒"二句从个人所好的角度来陈述受职的原因。一是说自己喜好饮酒，总需弄点俸禄；二是说自己喜好狂歌，圣朝不加责罪，所以也就应该为朝廷做点事情。虽属戏语，实亦无奈。另外，"狂歌托圣朝"，可见唐代文禁之松弛，这是唐诗繁荣的重要原因。杜甫对此是赞赏的。

④ 故山：故乡。归兴尽：归乡的兴致已无。因有官职在身，故称。回

首:摇头。此句是说,受此微职,于心有违,却又无奈,故而面对狂风,频频摇头。"风飙"一景,只为心情而设。杜甫善于捕捉细节入诗,以概括其复杂的、矛盾的、难以表述的心情。

自京赴奉先县咏怀五百字

此诗作于天宝十四载(755)十一月,安史之乱前夕。杜甫得到官职后,赴奉先县(今陕西蒲城县)探看客居在那里的家属,为沿途所见的荣枯之异和到家后得知幼子饿死等诸事所激发,创作了这首名诗。诗中陈述素怀济世之志却不得伸展,虽艰难困苦却又不愿改其初衷;深刻地揭露了当时君臣的腐化堕落,对社会上严重的贫富两极分化以及动乱的苗头表示了沉重的忧虑。全诗以"穷年忧黎元"为思想主线,标志着诗人忧国忧民的现实主义创作思想已经成熟。它是杜甫困居长安十年的生活与思想的总结,是"沉郁顿挫"主体风格的代表作。诗押入声韵,故今读多不谐。

　　杜陵有布衣,老大意转拙①。许身一何愚,窃比稷与契②。居然成濩落,白首甘契阔③。盖棺事则已,此志常觊豁④。穷年忧黎元,叹息肠内热⑤。取笑同学翁,浩歌弥激烈⑥。非无江海志,萧洒送日月⑦。生逢尧舜君,不忍便永诀⑧。当今廊庙具,构厦岂云缺⑨?葵藿倾太阳,物性固难夺⑩。顾惟蝼蚁辈,但自求其穴⑪。胡为慕大鲸,辄拟偃溟渤⑫?以兹悟生理,独耻事干谒⑬。兀兀遂至今,忍为尘埃没⑭?终愧巢与由,未能易其节⑮。沉饮聊自遣,放歌破愁绝⑯。岁暮百草零,疾风高冈裂⑰。天衢阴峥嵘,客子中夜发⑱。霜严衣带断,指直不能结。凌晨过骊山,御榻在嵽嵲⑲。蚩尤塞寒空,蹴踏崖谷滑⑳。瑶池气郁律,羽林相摩戛㉑。君臣留欢娱,乐动殷胶葛㉒。赐浴皆长缨,与宴非短褐㉓。彤庭所分帛,本自寒女出㉔。鞭挞其夫家,聚敛贡城阙㉕。圣人筐篚恩,实愿邦国活㉖。臣如忽至理㉗,君岂弃此物?多士盈朝廷,仁者宜战栗㉘。况闻内金盘,尽在卫霍室㉙。中堂舞神仙,烟雾蒙玉质㉚。煖客貂鼠裘,悲管逐清瑟㉛;劝客驼蹄羹,霜橙压香橘㉜。朱门酒肉臭,路有冻死骨㉝。荣枯咫尺异,惆怅难再述㉞。北辕就泾渭,官渡又改辙㉟。群冰从西下,极目高崒兀㊱。疑是崆峒来,恐触天柱折㊲。河梁幸未坼,枝撑声窸窣㊳。行旅相攀援,川广不可越㊴。老妻寄异县㊵,十口隔风雪。谁能久不顾?庶往共饥渴㊶。入门闻号咷,幼子饿已卒㊷。吾宁舍一哀,里巷犹呜咽㊸。所愧为人父,无食致夭折。岂知秋禾登,贫窭有仓卒㊹。生常免租税,名不隶征伐㊺;抚迹犹酸辛,平人固骚屑㊻。默思失业徒,因念远戍卒㊼。忧端齐终南,澒洞不可掇㊽。

【注释】

①杜陵:地名,见前《投简咸华两县诸子》注。布衣:平民。此诗首段回顾长安十年生活和思想,故从"布衣"说起。"意转拙"与"老大"构成意思逆转,从常理上说,人的年纪一大,就会变得世故,而杜甫却说自己反而笨拙起来(拙,指言行不合时宜),遂使笔意顿生波澜。杜诗风格之"顿挫",每每体现于一句或两句之间意思发生逆转,或针锋相对。此诗这类情况很多。

②许身:对自己的期许。一何:多么。窃比:心中暗比。稷与契(xiè):传说中辅佐尧舜的两位贤臣。稷佐尧,教民种植五谷;契佐舜,对百姓进行教化。《孟子·离娄下》:"禹思天下有溺者,由己溺之也;稷思天下有饥者,由己饥之也。"这种己溺己饥的爱民思想,就是杜甫以稷契许身的内容和目的。此二句又成一对矛盾。

③居然:果然。瓠(huò)落:同"廓落",空大而无所容的样子。《庄子·逍遥游》:"惠子谓庄子曰:'魏王贻我大瓠之种,我树之,成,而实五石。以盛水浆,其坚不能自举也;剖之以为瓢,则瓠落无所容。'"杜甫是说,以稷契许身,这种理想过大,不被世俗所容。甘契阔:甘心遭受困

顿。二句又呈对立关系。

④盖棺：指死去。事：指下句的"此志"，稷契之志。觊（jì）：希望。豁：达到。二句意谓死则作罢，倘一息尚存，总望能实现稷契之志。

⑤穷年：整年，一年到头。黎元：百姓。肠内热：因忧虑而产生的火辣辣的内心感受。

⑥取笑：为他人所窃笑。同学翁：同学佬。语含贬义。浩歌：指理想之歌。弥：更加。二句语势对立。

⑦江海志：放浪江海之志，指隐逸。萧洒：潇洒，悠闲自在、无拘无束的样子。

⑧尧舜君：借指唐玄宗。称玄宗为尧舜君，是由于对早年曾开创开元盛世的李隆基仍存有幻想。永诀：长别，指避世隐居。

⑨廊庙具：指国家栋梁之材。构厦：构造大厦。二句意谓国家构厦并不缺少自己这块材料。

⑩"葵藿"二句对前文作出解释：不愿离君而去，是由于本性难移。葵：冬葵，一种蔬菜，其叶向阳遮根，又称"卫足葵"。一说指向日葵。《中国大百科全书》1876页记载："向日葵，原产北美洲，1716年后欧洲栽培作油料作物。中国栽培向日葵已有近400年的历史。"又，冬葵的花十分琐细，呈穗状，生在叶与茎的交点部位，无法随阳而转，"向阳"仅指其叶子而言。藿：指豆叶。也有向阳之性。夺：用强力使之改变。

⑪顾惟：反思。蝼蚁辈：比喻目光短浅、追名求利的小人。但：只。求其穴：经营自己的安乐窝。

⑫胡为：为什么。辄拟：总是打算。偃溟渤：栖息于大海。二句承上文而自问，既然蝼蚁辈们如此，为什么自己却羡慕那栖息于大海的鲸鱼，总想实现云水之志？

⑬以兹：由此。由蝼蚁辈的行径。生理：谋生之道。干谒：求请权贵。二句语意逆转。意谓虽由蝼蚁辈那里懂得了谋生之道，但又以求请权贵为耻辱。

⑭兀兀：孤独穷困的样子。忍：岂能忍心。尘埃：指世俗之情。

⑮巢与由：巢父、许由。两人都是唐尧时避世隐居的高士。易：改变。其：代指作者自己。节：意志。指上文所说的稷契之志。

⑯沉饮：沉湎于酒。自遣：自我排遣。破：消解。愁绝：极端的愁闷。以上为全诗的第一层，叙述自己一贯的忧国忧民的情志。

⑰岁暮：年终。杜甫此行在十一月。高冈裂：高山岩石被冻裂。极言寒风酷烈。二句虽是描写景物、气候，亦在揭示心情。

⑱天衢：天空。峥嵘：本意是形容山的高峻，比喻阴寒湿气弥漫之状。客子：杜甫自称。中夜：半夜。二句景中寓情。

⑲骊山：在长安东六十里，今陕西省西安市临潼区境地。山中有温泉，置有温泉宫，后改名为华清宫。玄宗每年十月与贵妃到此避寒。御榻：皇帝的坐榻。此处代指玄宗。嵽嵲（dié niè）：高峻的山。指骊山。

⑳蚩尤：传说中与黄帝作战的一个部落首领，能兴大雾。此处以"蚩尤"作为雾的代称。蹴：踏。二句写诗人行路艰危，与下二句呈强烈对比。

㉑瑶池：传说中西王母与周穆王宴会之处。此处借指骊山的温泉宫。郁律：暖气蒸腾的样子。羽林：皇帝的禁卫军。唐制，禁卫军分为左右神策、左右羽林、左右龙武六军。摩戛：指兵器相互摩擦时的声响，形容卫兵极多。

㉒乐：音乐。殷（yǐn）：震动。胶葛：深远广大的样子。此处状写天空。

㉓赐浴：指玄宗赏赐臣子在温泉池内洗澡。长缨：权贵领下的冠带。此处指代权贵。与宴：赐予宴餐。短褐：粗布短衣。指代平民百姓。二句互文，表达了杜甫的众生平等意识。

㉔彤庭：朝廷。彤，朱红色。古代宫殿多用朱红色涂饰。帛：绢帛。寒女：贫家女子。出：生产。

㉕聚敛：搜刮。城阙：京城，皇家。

㉖圣人：古时对皇帝的习惯称呼。此处指玄宗。筐篚恩：指皇帝用筐篚盛放金、帛，赏赐群臣。筐篚，皆为竹器，方的叫筐，圆的叫篚。活：有生气，即兴旺之意。

㉗忽：忽视。至理：终极之理。指上文所说的君赐臣受、以活邦国。

㉘多士：群臣。仁者：指心存兴国之志的臣子。战栗：恐惧。由不恤国事的现象而生。

㉙内金盘：宫禁中所用的珍贵器物。卫霍：卫青、霍去病，两人皆为汉武帝的外戚。此处借指杨国忠兄妹。二句斥玄宗赏赐无度。乐史《杨太真外传》："（玄宗）又赐虢国照夜玑，秦国七叶冠，国忠锁子帐，盖希代之珍。"

㉚神仙：美女。唐人习惯称美女为神仙。此处当指杨贵妃姐妹，杨贵妃擅"霓裳羽衣舞"。烟雾：比喻轻薄的舞衣。玉质：形容莹洁的肌肤。

㉛煖：温暖。客：指宠臣。悲管：激昂的管乐。清瑟：清细的弦乐。

㉜驼蹄羹：用骆驼蹄肉做的汤，为当时罕见的珍馐。霜橙、香橘：均为南方出产的珍贵果品，且新鲜可口。压：摞、垛。写果品之多。

㉝朱门：指权贵之家。酒肉臭（chòu）：酒肉多得吃不完而变味。李时珍《本草纲目·烧酒》云："烧酒非古法也，自元时始创其法。"烧酒也称白酒。可知我国白酒自元代（一说宋末元初）才有。唐代仅有低度的米酒和果酒，因当时尚未发明蒸馏技术，故酒精浓度低。这样的酒日久则腐败变味，故唐人喜饮新酿的酒。杜甫曾对以陈酒招待客人表示歉意，说"樽酒家贫只旧醅"。白居易则以"新醅"盛情邀客，说："绿蚁新醅酒，红泥小火炉。晚来天欲雪，能饮一杯无？"另据《艺文类聚·人部八》引王孙子《新书》："楚庄王攻宋，厨有臭肉，樽有败酒，将军子重谏曰：'今君厨肉臭而不可食，樽酒败而不可饮，而三军之士皆有饥色。'"可知，白酒之外的米酒、果酒可腐败变质。路：即杜甫所行之路。"冻死骨"乃杜甫所目击。

㉞荣：指"朱门"。枯：指"冻死骨"。咫尺：比喻距离很近。古代八寸为"咫"。难再述：因痛苦而不忍细述。以上为全诗第二层，以骊山为视点，揭露玄宗君臣腐化堕落以及由此而造成的尖锐的社会矛盾。

㉟北辕：车向北行。就：靠近。泾渭：见前《同诸公登慈恩寺塔》注。官渡：公家在泾渭二水的合流处设立的渡口。改辙：改路而行。官渡的地点因水势大小而经常更移，此时渡口移动，故须改路而就之。写此细节，折射出杜甫对人生旅途的整体感受。

㊱群冰：指河面上漂浮的众多冰块。崒兀：高峻的样子。形容上游冰块东下的景象。

㊲崆峒：山名，在今甘肃省平凉市西。此句紧承"崒兀"而生发想

象,疑是崆峒山顺水漂下来,极言"群冰"来势之凶险。唯其如此,故有下句"恐触天柱折"之忧。天柱折:"昔者共工与颛顼争为帝,怒而触不周之山,天柱折,地维绝。"(《淮南子·天文训》)古人每以"天柱"喻国家。王嗣奭说此句是"隐语,忧国家将覆也。"此时,安禄山已经起兵范阳,只是消息尚未传到长安。

㊳河梁:桥梁。枝撑:桥的支柱。窸窣(xī sū):象声词。桥梁动摇声。

㊴行旅:行人。相攀援:相互搀扶。"川广"句乃担心之辞。以上几句围绕过河一事细笔描写,一波三折,步步维艰,可看作杜甫长安十年坎坷生涯的缩影。

㊵寄:客居。异县:指奉先县。

㊶庶:庶几,希望之辞。共饥渴:共受艰难。写心愿之小,是为加重下文的悲剧气氛。

㊷入门:进入家门。号咷:大哭声。卒:死。

㊸宁:岂能。舍一哀:唐代遵从《礼经》规定,有不哭丧婴的习俗。此句反言之。下句申说原因。里巷:邻居。呜咽:哭泣声。

㊹登:成熟。贫窭(jù):贫穷。此处指贫穷的人家。仓卒(cù):即仓猝,指突然发生意外事故。言秋粮成熟而人被饿死,加重悲剧分量。

㊺"生常"二句,唐代实行租庸调法和府兵制,凡官僚家庭都享有免租税和免兵役的特权。杜甫出生于"奉儒守官"家庭,亦有这种特权。隶征伐:名列征兵之册。

㊻抚迹:追思所历之事(指幼子饿死)。平人:平民。唐人避太宗李世民讳,改"民"为"人"。骚屑:本指风声,这里意为骚动不安,指百姓的动荡生活。杜甫每由个人的不幸而思及尚不如自己的苦难百姓,这是其人格的伟大之处、过人之处。

㊼失业徒:失去土地的农民。远戍卒:远戍边疆的士兵。二句是对上文"平人固骚屑"的具体展示。

㊽终南:终南山,见前《奉赠韦左丞丈二十二韵》注。此句形容忧愤之高。澒(hòng)洞:无边无际的样子。掇:收敛。此句形容忧思之广。全诗结在感情无法收结之处,正是杜甫提倡的"篇终接混茫"的美学境

界。以上为第三层,以过河事写忧国,以家事入忧民,思想深宏博大,感情凝重郁结。

月 夜

此诗作于唐肃宗至德元年(756)八月。这年六月,安史叛军攻陷潼关,杜甫将其家属由奉先向北转移,到鄜州(今陕西富县)附近的羌村住下来。长安沦陷,玄宗西逃。七月,肃宗即位于灵武(今宁夏回族自治区灵武市)。杜甫得知消息,离开羌村投奔灵武,途中被叛军俘获,押至长安。此诗当于八月中秋夜晚作,诗写思念妻儿之情,深挚坦诚。

今夜鄜州月,闺中只独看①。
遥怜小儿女,未解忆长安②。
香雾云鬟湿,清辉玉臂寒③。
何时倚虚幌,双照泪痕干④?

【注释】

① "今夜"二句,为作者的想象之辞。传统习俗,中秋乃合家团聚之节;又因月亮能引人思亲,故有闺中独看(kān)的想象。此处下一笔而兼写二人,见出杜甫对妻子的怜恤。

② "遥怜"二句,写儿女幼小无知,不理解母亲望月思亲之愁,是进一层的恤妻之笔。此联为流水对,两句实为一句,"小儿女未解忆长安"是"怜"的宾语。"小"与"忆"为形容词对动词,这是对仗规则所允许的。

③ 香雾:雾气因接触膏沐之鬟而变香,故云。云鬟:蓬松如云的环形发髻。湿:被雾气濡湿。见出望月时间之久。清辉:指月光。玉臂寒:玉臂因久望而寒。裸臂望月,颇见时令特征,杜诗写实,毫厘不爽。香

雾、云鬟、玉臂,词不避丽,思妻坦诚,无假道学的面孔,是杜甫的可亲之处。

④虚幌:薄而透明的帷幕。二句为期盼团圆之辞,意谓何时才能同倚薄帷共赏明月,让月光映照我们无泪的脸呢?用他日的"泪痕干"反映出此时的泪痕盛,语言高度省净。黄生说:"(尾联)'照'字应'月'字,'双'字应'独'字,语意玲珑,章法紧密。"

对 雪

此诗作于至德元年(756)冬,杜甫被安史叛军拘押在沦陷的长安。这年十月,宰相房琯奉肃宗之命,与叛军大战于陈陶斜、青坂,皆败,士卒牺牲惨重。杜甫得知消息,忧心如焚而又无奈,遂将此种心绪寄于"乱云薄暮""急雪回风"的景物描写和"瓢弃"、炉寒的细节刻画之中。感情凝重而郁结,笔墨富于蕴藏。

战哭多新鬼,愁吟独老翁①。
乱云低薄暮,急雪舞回风②。
瓢弃樽无绿,炉存火似红③。
数州消息断,愁坐正书空④。

【注释】

①新鬼:指近日阵亡的士兵鬼魂。回风凄厉,似闻鬼魂在哭。老翁:作者自称。此联,"多"与"独"相照应,颇增感情波澜,有战士多亡可哀、老翁独存何益之叹。

②薄暮:黄昏。回风:回旋的风。此联景物寄寓愁情,且象征时局。

③瓢:指酒瓢,古时取酒之具。樽:似壶而口大的盛酒器。无绿:无

酒。酒为绿色，故以代称。火似红：是写错觉，实际是说炉中无火。此联，字面上的"红""绿"美色与实际的贫白生活构成反差，用笔顿挫。

④数州：指肃宗政府控制的地区。书空：愁闷无聊，用手在空中画字。《世说新语》载，晋人殷浩治军不力，被贬为庶民，终日用手在空中画"咄咄怪事"四个字。此处借用这个典故，表达因官军战败而产生的苦闷不解的心情。

春　望

此诗作于至德二载（757）三月，杜甫身拘沦陷的长安。诗写忧时伤乱的感慨，使用迂回的笔法，将春色与人事进行对比，写出丽景之下的苦情，可谓沉郁顿挫之至。

国破山河在，城春草木深①。
感时花溅泪，恨别鸟惊心②。
烽火连三月，家书抵万金③。
白头搔更短，浑欲不胜簪④。

【注释】

①国：指国都长安。山河在：山河依旧。首句写出"破"与"在"一对矛盾，蕴含风景不殊、人事已非之伤叹。春：谓春天来临。草木深：草木丛生。形容城郭荒凉，人烟稀少。此句中的事物又呈对立关系，春天来临自是喜人，然而草木却是一片荒深。在语意逆转之中，显示出感情的沉重。

②感时：感伤时局。花溅泪：因见花开而溅泪。恨别：怨恨离别。鸟惊心：因听鸟鸣而惊心。花鸟是春天丽景，乃娱人之物，而杜甫却不堪见

闻,盖因其将人事与自然相比而导致心理失衡,即:时局维艰,竟不如花草之有颜色;家人远隔,竟不如鸟儿之能团聚。

③烽火:指战争。三月:指整个春季。《通鉴》载,这年正月,叛将史思明等围攻太原,受到李光弼的顽强抵抗。叛将尹子奇攻睢阳,张巡、许远据城力战。二月,郭子仪与叛将崔乾祐战于蒲州,叛将安守忠进攻武功,李光弼破蔡希德于太原城外,郭子仪击潼关,安庆绪援救,官军大败。三月,叛将尹子奇攻睢阳,安守忠攻蒲州。"家书"句:谓家书难得。抵:值。此时,长安至鄜州皆为战场,故书信难传。此联前句承申"感时",后句承申"恨别"。

④"白头"二句,意谓惶急无奈而频搔白头,以致白发愈加稀疏,简直就要插不上簪了。浑:简直。簪(zān):用以绾结发髻的饰具。"簪"字平水韵分属"侵""覃"二韵部,此处按"侵"韵读音。尾联以搔首作结,总括一篇情感,形象鲜明且蕴含丰富。

哀江头

此诗作于至德二载(757)春,杜甫被叛军拘禁于长安,尚有在城中行动的自由。曾于春日潜行于曲江池边,目睹沉寂冷落的景象,追思当年的盛事,不禁哀从中来。此时王室的兴衰代表着民族的存亡,故杜甫为王室哀歌实际是为国家民族哀歌。诗中所忆的曲江游幸,并不具有批判用意,而是作为太平盛世来追怀的。题目"哀江头"之"哀"字,确定了感情基调,全诗写"哀"而非写"斥"。

少陵野老吞声哭①,春日潜行曲江曲②。江头宫殿锁千门③,细柳新蒲为谁绿④?忆昔霓旌下南苑⑤,苑中万物生颜色⑥。昭阳殿里第一人⑦，同辇随君侍君侧⑧。辇前才人带弓箭⑨，白马嚼啮黄金勒⑩。翻身向天仰射云⑪，一笑正坠双飞翼⑫。明眸皓齿今何在⑬？血污游魂归不得⑭。清渭东流剑阁深⑮，去住彼此无消息⑯。人生有情泪沾臆⑰，江草江花岂终极⑱！黄昏胡骑尘满城⑲，欲往城南望城北⑳。

【注释】

① 少陵野老：杜甫自称。少陵，汉宣帝许后的陵墓，在长安城东南，杜陵附近。杜甫居长安时，曾住少陵附近，故以自称。吞声哭：饮泣。

② 曲江曲：曲江的弯曲角落。曲江，见前《丽人行》注。

③ 江头宫殿：曲江边建有紫云楼、芙蓉苑、杏园。锁千门：宫殿之门尽锁，荒无人迹。

④ 细柳新蒲：细嫩的柳条，新生的蒲叶，极写曲江春色之美。为谁绿：谓冷落萧条，无人欣赏。此句将人事与自然构成强烈反差，尤见感情沉痛。

⑤ 霓旌：皇帝仪仗中如云霓般的彩色旗帜。南苑：即芙蓉苑，在曲江南岸，皇帝游猎的园林。

⑥ 生颜色：意谓增生光辉。

⑦ 昭阳殿：汉朝宫殿名，汉成帝皇后赵飞燕居住此殿。第一人：指皇帝最宠爱的人。此处借赵飞燕指杨贵妃。

⑧ 同辇：谓与玄宗同坐一辆辇车。辇，天子所乘之车，由人力推挽。

⑨ 才人：宫中女官名，妃嫔的称号，官阶正四品。

⑩ 嚼啮（niè）：咬住。黄金勒：用黄金制成的马嚼口。

⑪ 翻身：谓反扭上半身。仰射云：仰射云中的飞鸟。

⑫ 一笑：谓杨贵妃。此句是说，但见贵妃粲然一笑，原来是才人射下了双飞之鸟。将"一笑"提前，突出了杨贵妃为众人瞩目的地位，从而与下文所写"血污游魂"形成强烈对比。

⑬ 明眸皓齿：写杨贵妃的美貌。

⑭ 血污游魂：指马嵬驿兵变，贵妃被缢杀之事。《旧唐书·后妃传》："从幸至马嵬，禁军大将陈玄礼密启太子诛国忠父子。既而四军不散，玄

宗遣力士宣问。对曰：'贼本尚在。'盖指贵妃也。力士复奏，帝不获已，与妃诏，遂缢死于佛室。"客死异地，故曰游魂。长安沦陷，故曰魂归不得。

⑮清渭：渭水。马嵬驿在今陕西省兴平市西，南靠渭水，杨贵妃葬于此处。剑阁：关名，在今四川省剑阁县境，是由长安入蜀的必经之地。深：远。

⑯去住：指入蜀的唐玄宗和入葬的杨贵妃。彼此无消息：意谓二人不得互通音讯。由以上四句可见杜甫对杨妃之死是痛心的，作为这种感情的依托，是国家民族至上的思想，此时的杨妃是以"国母"的身份存在于杜甫心中的，而在战乱之前（国家民族未处于危亡时刻），她是杜甫批判的对象。

⑰泪沾臆：泪洒胸前。呼应首句的"吞声哭"。此句明确点出对杨妃之死的痛心，这种痛心是以国都沦丧为出发点的，所以才生动感人。

⑱江草江花：写曲江景物。岂终极：岂有穷尽的时候。埋怨花草无情，不解人愁，年年依旧泛红吐绿。语虽无理，情则凸现，是悖理达情的手法。

⑲胡骑（jì）：指安史叛军。尘满城：写叛军的肆虐。

⑳城南：作者原注"甫家居城南"。望城北：向城北。北方口语，说"向"为"望"。此时杜甫一为悲情所笼，二为胡尘所扰，竟辨不清南北方向了。

自京窜至凤翔喜达行在所三首

这组诗作于至德二载（757）四月。头年九月，肃宗政府由灵武南移至彭原（今甘肃宁县），本年二月，又西移至凤翔（今属陕西），凤翔在长安西面,两地相距约四百里。杜甫投奔肃宗的心思再次萌动,经过周密的准备,他冒着生命之危从长安西门逃出,历经千难万险,终于到达凤翔。诗记逃亡经过和抵达之后的喜悦心情,生动体现了杜甫为救国难而勇于献身的精神。行在所,又称行在,指天子离开京都后的临时驻地。

其 一

西忆岐阳信,无人遂却回①。
眼穿当落日,心死著寒灰②。
雾树行相引,连山望忽开③。
所亲惊老瘦:辛苦贼中来④。

【注释】

①岐阳:凤翔,因在岐山之南,故称。信:指杜甫逃亡之前给凤翔亲故捎去的联络信函(用以取得接应)。"无人"句:是说久久不见有人回音。遂:如愿。却回:回信。二句申说冒死出逃的原因。

②"眼穿"句是说对着落日的方向望眼欲穿。凤翔在长安西面,正是落日所在的方位。此句写归心急切。"心死"句是说已做好了被叛军捕杀的心理准备,不复有生还的希望。此句写情势之危急,当时叛军正在长安西郊修筑工事。

③雾树:指驿道两旁的树木。杜甫不敢走驿道,又怕迷失方向,只好远远地傍着驿树的列向行进,故称"雾树""相引"。此句写潜逃之情景,历历如在目前。"连山"句是说望着前面连绵的群山愁于无法越过,坚持往前走,忽见山开路豁,凤翔已在望中。杜甫沿途所经的武功山、太白山都在凤翔附近。

④所亲:指在凤翔的亲友。老瘦:杜甫自绘形貌。"辛苦"句是亲友对杜甫的慰问之辞。

其 二

愁思胡笳夕,凄凉汉苑春①。
生还今日事,间道暂时人②。
司隶章初睹,南阳气已新③。

喜心翻倒极，呜咽泪沾巾[4]。

【注释】

①首联回忆身拘长安时的见闻感受。愁思（sì）：愁绪。胡笳：指叛军的号角。首句言在胡笳悲鸣的夜晚，自己愁绪连绵。汉苑：借指曲江池、南苑等地。

②间（jiàn）道：取道于偏僻小路。指逃亡时的情形。暂时人：暂时为人，说不定哪一刻就会被叛军捕杀。此联意谓得以生还是今日才确定了的，昨日尚且生死难料。语极沉痛。

③"司隶"句，《后汉书·光武帝纪》载，刘玄任光武（刘秀）为司隶校尉，于是置僚属，作文移，一如旧章。三辅吏士见司隶僚属，皆欢喜异常，有个老吏垂泪说："不图今日复见汉官威仪！"此处以光武帝比肃宗，肃宗讨伐叛逆重整朝纲，与光武帝把汉王朝从王莽手中恢复过来相似。又据《后汉书·光武帝纪》载，望气者苏伯阿至南阳，遥望见春陵郭，叹道："气佳哉！郁郁葱葱然。"光武是南阳人，起兵于春陵（今湖北省枣阳市）。此处以光武比肃宗，意谓初到凤翔即见到中兴气象。

④尾联写自己喜极而悲，呜咽流泪。翻倒极：反而逆转到极点。

其 三

死去凭谁报？归来始自怜[1]。
犹瞻太白雪，喜遇武功天[2]。
影静千官里，心苏七校前[3]。
今朝汉社稷，新数中兴年[4]。

【注释】

①首联乃痛定思痛之辞。凭谁报：是说连个报凶信的人都没有。此为自伤，亦有怨意。杜甫逃奔凤翔之前，曾托人捎信与凤翔联系，以求得接应，但无回音（见组诗第一首的首联），只好独自冒险行动，故有"死去凭谁报"之感叹。热心人遭遇冷漠世，也只有"自怜"而已。

②犹：还能之意，侥幸之辞，意承首联。太白：山名，在今陕西省眉县东南，凤翔附近，最高峰海拔四千多米，终年积雪。喜：欢悦之辞，意

启颈联。武功：山名，在今陕西省武功县南，山势亦高，《三秦记》："武功太白，去天三百。"武功山与凤翔相距不远。

③此联写身列朝班的欣慰。影：身。静：安。千官：指朝中群臣。杜甫到凤翔后，肃宗授以左拾遗官职，故能身列朝班。心苏：心神复苏、振发。七校：泛指武官。

④汉社稷：借指唐王朝。唐人习惯以汉代唐。数（shù）：记数。中兴：复兴。中，此处依律诗声律读去声。尾联意谓大唐王朝的中兴之年从今朝开始记数。表达对国家复兴的坚定信念。

述 怀

此诗作于至德二载（757）夏，杜甫在凤翔。受任左拾遗之后，杜甫一方面积极工作，忠于职守；一方面思念家属，忧心如焚，遂作此诗以述情怀。诗中猜测妻儿们的生死，愁肠百转，语言朴白，如叙家常，慈父良夫的形象跃然纸上。

去年潼关破，妻子隔绝久①。今夏草木长，脱身得西走②。麻鞋见天子，衣袖露两肘③。朝廷愍生还，亲故伤老丑④。涕泪受拾遗，流离主恩厚⑤。柴门虽得去，未忍即开口⑥。寄书问三川⑦，不知家在否。比闻同罹祸，杀戮到鸡狗⑧。山中漏茅屋，谁复依户牖⑨？摧颓苍松根，地冷骨未朽⑩。几人全性命，尽室岂相偶⑪？嶔岑猛虎场，郁结回我首⑫。自寄一封书，今已十月后⑬。反畏消息来，寸心亦何有⑭？汉运初中兴，生平老耽酒⑮。沉思欢会处，恐作穷独叟⑯。

【注释】

①潼关破:玄宗天宝十五载(756)六月,安史叛军攻破潼关。潼关告急之际,杜甫将家属由奉先北移到鄜州附近的羌村。七月,杜甫告别家属,投奔灵武肃宗政府,途中为叛军抓获。至此时将近一年未与妻儿相见,故曰"隔绝久"。

②草木长:便于隐身,写出潜逃的有利时机。西走:指向西逃往凤翔。

③"麻鞋"二句写抵达时衣履不整的窘状,透露出潜逃时的艰辛。衣破露肘,可见一路上多有艰辛。

④愍:哀怜。老丑:杜甫自谓。

⑤受拾遗:至德二载五月十六日,杜甫受任左拾遗。左拾遗,属门下省,官阶从八品上,掌供奉讽谏,扈从乘舆。据钱谦益《钱注杜诗》所称,他曾于杜甫后裔杜富家中见到授职诰文,文曰:"襄阳杜甫,尔之才德,朕深知之。今特命为宣议郎行在左拾遗,授职之后,宜勤是职,毋怠!命中书侍郎张镐赍符告谕。至德二载五月十六日行。"并说诰文用黄纸,长宽皆可四尺,字大二寸许,年月有御宝,宝方五寸许。"流离"句,是说在乱离中得此官职,尤感皇帝之恩厚。

⑥"柴门"二句写出思家与效国的矛盾心情,亦见坦诚性格和精神境界。柴门:指羌村寓所。去:前往。开口:指请假探亲。

⑦问三川:问候家人。三川,旧县名,在今陕西富县南,唐时属鄜州。

⑧比闻:近闻。罹(lí)祸:遭遇祸患。《资治通鉴》载,安禄山初反,"自京畿、鄜、坊至于岐、陇皆附之"。可知鄜州已成敌占区。又据《资治通鉴》载:"贼每破一城,城中衣服、财贿、妇人皆为所掠。男子壮者使之负担,老幼皆以刀槊戏杀之。"

⑨山中茅屋:杜甫家属寄居羌村,羌村在鄜州西北二十五里之山中。"谁复"句,谓妻儿生死未卜。

⑩"摧颓"二句是想象妻儿已死,希望能收到他们的尸骨。摧颓:形容凌乱。

⑪"几人"二句意谓当此战乱的岁月能有几人保全性命?一家人岂能侥幸齐全?相偶:共处,在一起。

⑫ 嵚岑（qīn cén）：形容山势高峻。此指鄜州一带山野。猛虎场：比喻叛军横行之地。郁结：愁肠百结。回首：摇头叹息。

⑬ 十月后：指去年寄家书至此时已过十个月。

⑭ "反畏"句，由于久久不得回音，疑虑日增，反倒害怕来信，那信中很可能是噩耗。"寸心"句意谓心神散乱，一片空虚。

⑮ "汉运"二句意谓国运有了转机，自己的嗜好也得到了满足。言喜是为下二句言忧制造感情波澜。汉运：唐朝的国运。耽酒：嗜酒。

⑯ "沉思"二句意谓在我默想着一家人欢聚的此刻，恐怕实际上我已是一个孤苦的老头了。处：这里作"时候"解。"欢会"与"穷独"，写出主观愿望与客观存在的巨大冲突，突出了悲剧性。晚唐诗人陈陶《陇西行》云："可怜无定河边骨，犹是春闺梦里人。"盖出于此。

送灵州李判官

此诗作于至德二载（757），杜甫在凤翔行在供职。此间，杜甫写了不少送武官出任的诗，勉励对方为平息叛乱、复兴国家而效力，这是其中的一首。灵州，即灵武，为朔方节度使驻地。李判官，生平不详。判官，节度幕府官职名。

> 羯胡腥四海，回首一茫茫①。
> 血战乾坤赤，氛迷日月黄②。
> 将军专策略，幕府盛才良③。
> 近贺中兴主，神兵动朔方④。

【注释】

① 羯胡：古族名，源于小月支。这里指安史叛军。安禄山之父为月支

种,安禄山所率将士多为胡人。腥四海:意谓祸乱天下。茫茫:形容胡兵众多。

②乾坤赤:意谓战血把天地染红。氛:尘氛,战争烟尘。日月黄:形容烟尘之盛。二句大处落墨,高度概括了战争的酷烈。《通鉴》载,仅潼关战役,哥舒翰所部二十万人全军溃散,死者数万;陈陶战役,房琯所部官军一日死伤四万。

③将军:指郭子仪。《通鉴》载,安禄山反叛后,肃宗以郭子仪为灵武太守,充朔方军节度使,为抗敌的主力部队。专策略:精于用兵之策。"幕府"句,谓郭子仪军幕人才济济。含有勉励李判官之意。二句从主将与属官两个角度落笔,写出大业可期之势。

④中兴主:指唐肃宗。"神兵"句,谓郭子仪大军出征讨逆。

北 征

此诗作于至德二载(757)九月。题下原注:"归至凤翔,墨制放往鄜州作。"杜甫初任左拾遗,便遇到肃宗罢免房琯宰相事,因上疏为房琯辩护,触怒肃宗,遭到审讯,虽结论无罪,亦遭肃宗疏远。不久,肃宗允许他回鄜州探亲。此诗为回家后作。因鄜州在凤翔东北,故题曰北征。作者以真实的笔墨记录了临行前的恋阙之情,上路后目睹战争所造成的农村凋敝惨象,到家后所见家境的困苦之状,对安史之乱这场空前浩劫作了高度的艺术概括,堪称"诗史"。贯穿于全诗的思想是忧国忧民。作者用谏臣的身份和笔墨,对当时的国政提出了弥足珍贵的建议,诸如向回纥借兵的规模应予节制等等,皆具先见之明。此诗与前作《自京赴奉先县咏怀五百字》俱为杜甫五古长篇的代表作,不仅全面地反映了作者的思想、感情和个性特征,也充分地显示了杜诗"沉郁顿挫"的主体风格。此诗亦押入声韵，故今读多不谐。

　　皇帝二载秋，闰八月初吉①。杜子将北征，苍茫问家室②。维时遭艰虞③，朝野少暇日。顾惭恩私被，诏许归蓬荜④。拜辞诣阙下，怵惕久未出⑤。虽乏谏诤姿，恐君有遗失⑥。君诚中兴主，经纬固密勿⑦。东胡反未已，臣甫愤所切⑧。挥涕恋行在，道途犹恍惚⑨。乾坤含疮痍，忧虞何时毕⑩？靡靡逾阡陌，人烟眇萧瑟⑪。所遇多被伤，呻吟更流血⑫。回首凤翔县，旌旗晚明灭⑬。前登寒山重，屡得饮马窟⑭。邠郊入地底，泾水中荡潏⑮。猛虎立我前，苍崖吼时裂⑯。菊垂今秋花，石戴古车辙⑰。青云动高兴，幽事亦可悦⑱。山果多琐细，罗生杂橡栗⑲。或红如丹砂，或黑如点漆⑳。雨露之所濡，甘苦齐结实㉑。缅思桃源内，益叹身世拙㉒。坡陀望鄜畤，岩谷互出没㉓。我行已水滨，我仆犹木末㉔。鸱鸟鸣黄桑，野鼠拱乱穴㉕。夜深经战场，寒月照白骨。潼关百万师，往者散何卒㉖！遂令半秦民，残害为异物㉗。况我堕胡尘，及归尽华发㉘。经年至茅屋，妻子衣百结㉙。恸哭松声回，悲泉共幽咽㉚。平生所娇儿，颜色白胜雪㉛。见耶背面啼，垢腻脚不袜㉜。床前两小女，补绽才过膝㉝。海图拆波涛，旧绣移曲折。天吴及紫凤，颠倒在短褐㉞。老夫情怀恶，呕泄卧数日㉟。那无囊中帛，救汝寒凛栗㊱。粉黛亦解苞，衾裯稍罗列㊲。瘦妻面复光，痴女头自栉㊳。学母无不为，晓妆随手抹㊴。移时施朱铅，狼藉画眉阔㊵。生还对童稚，似欲忘饥渴。问事竞挽须，谁能即嗔喝㊶？翻思在贼愁，甘受杂乱聒㊷。新归且慰意，生理焉得说㊸？至尊尚蒙尘，几日休练卒㊹？仰观天色改，坐觉妖氛豁㊺。阴风西北来，惨淡随回纥㊻。其王愿助顺，其俗善驰突。送兵五千人，驱马一万匹。此辈少为贵，四方服勇决㊼。所用皆鹰腾，破敌过箭疾㊽。圣心颇虚伫，时议气欲夺㊾。伊洛指掌收，西京不足拔㊿。官军请深入，蓄锐可俱发㉑。此举开青徐，旋瞻略恒碣㉒。昊天积霜露，正气有肃杀㉓。祸转亡胡岁，势成擒胡月㉔。胡命其能久，皇纲未宜绝㉕。忆昨狼狈初，事与古先别㉖。奸臣竟菹醢，同恶随荡析㉗。

不闻夏殷衰，中自诛妹妲(59)。周汉获再兴，宣光果明哲(60)。桓桓陈将军，仗钺奋忠烈(61)。微尔人尽非，于今国犹活(62)。凄凉大同殿，寂寞白兽闼(63)。都人望翠华，佳气向金阙(64)。园陵固有神，扫洒数不缺(65)。煌煌太宗业，树立甚宏达(66)！

【注释】

①皇帝二载：指肃宗至德二载。初吉：朔日，即农历初一。

②杜子：杜甫自称。苍茫：迷茫的样子。一指路途旷远，二指心绪迷茫。问：探望。

③维时：此时。艰虞：艰难，忧患。指国家处于战乱之中。

④顾惭：自觉惭愧。恩私被：皇恩独加于个人。肃宗允许杜甫回家探亲，主要是出于对他的厌恶。此处说"恩私被"，实为门面话。蓬荜："蓬门荜户"的略语，穷人所居的房屋。此指羌村茅屋。

⑤诣阙下：拜见皇帝。诣，前往。阙下，宫阙之下。怵惕：惊惧不安。心忧国事所致。久未出：意谓不忍离开朝廷。下文说明原因。

⑥"虽乏"句，针对不久前因抗旨疏救房琯、激怒肃宗一事而言。谏诤姿：直言规劝的能力。遗失：指谋划不周，执政失当。拾遗之官名和职务，正在于拾补遗失。此处可见杜甫对职守的忠诚。

⑦"经纬"句，意谓肃宗为谋划救国大略费尽了心力。经纬：本指纺织物的纵线和横线，用以比喻治国的方略。密勿：周密勤勉。

⑧东胡：指安史叛军。臣甫：杜甫自称。这种称呼是奏章的字面，可见杜甫作此诗是想给肃宗看的。

⑨行在：见前《自京窜至凤翔喜达行在所》注。"道途"句，意谓上路以后依旧心情不安。

⑩"乾坤"句，意谓普天之下到处都是战争创伤。忧虞：忧患。以上二十句为第一层，写行前恋君忧国的心情。

⑪靡靡：步履迟缓。是因心事重重，对国事放心不下。逾：跨越。阡陌：此指田野。"人烟"句，意谓田野萧条，很少见到人烟。

⑫被伤：带伤。至德元年（756），房琯有陈陶、青坂之败；二载，郭子仪有清渠之败，百姓受到叛军摧残，故云。

⑬ 晚明灭：在落日余晖中忽隐忽现。写顾恋的目光仍未收回。

⑭ 重：重叠。得：遇到。饮马窟：军队挖的饮马泉洞。古诗中常以"饮马窟"形容边地荒凉和战争频仍。

⑮ 邠：邠州，在今陕西省彬州市。泾水从邠州北郊流过，形成盆地，杜甫当时站在城南的山崖上向北望，觉得邠郊如入地底。中：指邠郊之中。荡潏（yù）：水涌流的样子。

⑯ "猛虎"二句，意谓路边的怪石像猛虎一样立在面前，苍崖的巨缝似乎是它怒吼时震裂的。写出身居乱世的心态。

⑰ 戴：印着。

⑱ 动高兴：引发出高雅的兴致。幽事：指幽雅的景物。即以下六句所写。钟惺曰："当奔走愁绝时，偏有闲心清眼，看景入微。"此说实皮相之见。杜甫写此自然幽景，并非闲心，乃是以草木的欣欣自得反衬人世的戚戚可悲（即上文所写的"所遇多被伤，呻吟更流血"），有沉痛的慨叹蕴于其间。这即是"沉郁顿挫"的具体表现。

⑲ 罗生：罗列生长。橡栗：橡树的果实，似栗而小。

⑳ 点漆：形容黑而小的山果。

㉑ "雨露"二句，意谓在雨露的滋润下，山果无论甜的苦的，都一齐结了。言外之意，比乱世中的百姓强得多。

㉒ 缅思：遥想。桃源：陶潜所描写的桃花源。杜甫由眼前山中的幽景而遥想桃源胜境，对现实人生的苦难愈加伤叹。身世：此指自身与世界。"益叹身世拙"揭示出描写山中幽景的意图。

㉓ 坡陀：冈峦起伏的样子，指鄜州一带的地形。鄜畤（zhì）：春秋时秦文公所筑的祭天神的台坛。这里用以指鄜州。互出没：交互隐现。

㉔ "我行"二句是说自己已行至水边，而仆人还在山坡上。木末，树梢。山坡生有树木，故仰望仆人下山，如见其走在树梢上。描写视觉逼真。二句写出望家心切。

㉕ 鸱（chī）：古指鸱鹰。拱乱穴：在乱穴中拱手而立。南朝宋刘敬叔《异苑》："拱鼠形如常鼠，行田野中，见人即拱而立。人近欲捕之，跳跃而去。秦川有之。"二句所写即下文"战场"景象。

㉖ "潼关"二句，《资治通鉴》载，天宝十五载（756）六月，哥舒翰

率二十万兵守潼关，拒贼西进。杨国忠逼迫哥舒翰出关迎敌，导致全军溃散。"百万师"非实数，极言兵众。散何卒：溃散何其之快。卒，同"猝"，匆促。

㉗令：致使。半秦民：秦地半数百姓。秦，指关中。异物：已死的人。以上三十六句为第二层，记一路上所见所闻所感，重点表现战乱造成的社会惨境。

㉘堕胡尘：指被叛军俘获，关押在长安的遭遇。尽华发：谓头发全白。

㉙经年：杜甫至德元年（756）七月离开羌村，至德二载闰八月回来，故曰"经年"。妻子：妻和儿女。衣百结：谓衣服破烂不堪。

㉚"恸哭"二句，写与家人相见时的悲喜交加场面，具有鲜明的动乱时代特征。松声回应哭声，溪泉同声鸣咽，烘托之笔甚妙。

㉛白胜雪：形容面色因饥饿而苍白。

㉜耶：见前《兵车行》注。背面啼：转过脸去啼哭。不袜：没穿袜子。

㉝补缀：此指打补丁的衣服。才过膝：言衣服短小不合身。

㉞以上四句是写衣服上的补丁情况，以见穷困。海图，即绣着海景的图障，把它剪成碎块补在衣服上，故波涛断裂。天吴，障上所绣的水神（传说为虎身人面，八手八足八尾）。紫凤，也是障上所绣。"颠倒"句，是说天吴和紫凤七颠八倒地缝补在短褐上。短褐，见前《自京赴奉先县咏怀五百字》注。此处可见杜甫对妻子在艰难岁月中养儿育女的敬意，是"家贫仰母慈"的一个注脚。

㉟情怀恶：心情不好。呕泄：上吐下泻。

㊱那无：怎会没有。囊中帛：指行囊中带来的帛。二句意谓虽说官微路远，但为妻儿御寒的帛还是带来一些。

㊲"粉黛"句是说解开了装有粉黛的包裹。这也是杜甫远道为妻儿们带来的。粉黛，是女子化妆品，粉以搽脸，黛以描眉。衾：被子。裯：床帐。罗列：添置。

㊳面复光：脸上重现光泽。头自栉：自己动手梳头。

㊴"学母"句是说化妆诸事都仿照母亲去做。随手抹：信手涂抹。

㊵ 移时:过了一段时间。施朱铅:在脸上涂了胭脂铅粉。狼藉:纵横散乱。画眉阔:眉毛画得粗蠢可笑。由此可知,女儿此前未学梳妆,亦可知妻子无梳妆之事。白居易诗:"青黛点眉眉细长……天宝末年时世妆。"可知当时以细眉为美,到中唐贞元年间始尚粗眉。

㊶ 竞挽须:争着拉胡须。嗔喝(chēn hè):发怒喝止。以上十句细写闺房琐事,不独表现杜甫为夫为父的慈爱,也反映了动乱时代侥幸生还者的心理,具有很强的时代感。

㊷ 翻思:回想。在贼愁:身陷叛军营中思家的忧愁。杂乱聒:指孩子们的杂乱吵嚷。

㊸ "生理"句意谓家庭生计问题暂且不议,议则影响新归的快慰。生活之拮据可想而知。以上三十六句为第三层,写到家以后的情事,无论悲与喜,都深留着苦难岁月的印记。

㊹ 至尊:封建时代对皇帝的称呼。此指肃宗。蒙尘:皇帝流落在外。此时肃宗在凤翔,故称。休练卒:是说平息叛乱,停止战争。练卒,精兵。弃谈家庭生计,而念国家大事,见出杜甫胸襟。

㊺ "仰观"二句,意谓由秋高气爽的节令而感到时局将变得清明。坐觉:遂觉。妖氛豁:意谓叛军气焰消散。

㊻ "阴风"二句,《资治通鉴》载,至德二载九月,郭子仪奏请向回纥借兵,以平息叛乱。肃宗同意。阴风、惨淡,形容回纥兵过处一片肃杀,以见其剽悍。回纥:今维吾尔族的祖先,唐时为西北邻国。

㊼ 其王:指回纥王怀仁可汗。助顺:帮助朝廷。驰突:骑马冲锋。《资治通鉴》载,怀仁可汗派遣其子叶护、将军帝德,率领精兵四千余人,来到凤翔。

㊽ 此辈:指回纥兵。少为贵:杜甫认为在借兵的数字上应有节制,以免发生意外。服勇决:意谓回纥兵素以骁勇善战折服四方。

㊾ "所用"二句意谓回纥兵皆如雄鹰冲腾,破敌之速超过飞箭。

㊿ 圣心:指肃宗的心思。虚伫:虚心期待。即寄希望于回纥援军。《资治通鉴》载,肃宗为取得回纥的满意,让太子李俶与叶护结为兄弟,又约定:"克城之日,土地、士庶归唐,金帛、子女皆归回纥。"这为后来回纥大掠两京提供方便之门。时议:指不同意向回纥借兵的朝臣议论。气欲

夺：意谓慑于肃宗的威严而不敢再坚持。

(51) 伊洛：伊水和洛水。此处代指东京洛阳。指掌收：很容易收复。西京：长安。不足拔：不值得一攻。

(52) 官军请深入：即“请官军深入”，杜甫之意，是待两京克复之后，即应辞退回纥援军，由官军深入敌区，直捣叛军老巢。蓄锐：积蓄的锐气，指官军而言。俱发：一齐喷发，即全面反攻。

(53) 开青徐：打下青州、徐州。旋瞻：很快就能看到。略恒碣：攻取恒山、碣石山。唐时的恒山指河北曲阳县之大茂山，碣石山，在河北昌黎县。两地为叛军的老巢。

(54)“昊天”二句，意谓秋天霜露降、正气生，是扫荡枯朽的季节，平定叛逆的时机来到了。昊（hào）天：指秋天。古代神话中少昊为秋天之神，故称。

(55)“祸转”二句，意谓今年秋季必定是叛军灭亡、被擒的日子。二句互文见义。

(56) 胡运：胡人的命运。其：岂。皇纲：唐王朝的纲纪。二句对比言之，一言胡运短促，一言皇纲永存，态度鲜明，激昂痛快。以上二十八句为第四层，陈述平息叛乱的策略和信心，重点在于提醒肃宗慎用回纥援军和以官军清剿河南河北余孽两个方面，是“恐君有遗失”的具体体现。

(57)“忆昨”二句是指安史叛军攻破潼关后，玄宗君臣仓皇西逃，行至马嵬驿，诛杀杨氏集团之事。古先：古代。别：不同。不同之处，下文详述。

(58) 奸臣：指杨国忠。竟：终于。菹醢（zū hǎi）：剁成肉酱。《新唐书·外戚传》：“右龙武大将军陈玄礼谋杀国忠，不克。进次马嵬，将士疲，乏食。玄礼惧乱，召诸将曰：‘今天子震荡，社稷不守，使生人肝脑涂地，岂非国忠所致！欲诛之以谢天下，云何？’众曰：‘念之久矣，事行身死，固所愿。’……杀之，争啖其肉且尽，枭首以徇。”同恶：指杨国忠家族和党羽。荡析：清除。《新唐书·外戚传》载，杨国忠被杀后，其党羽御史大夫魏方进亦被杀，翰林学士张渐、窦华，中书舍人宋昱，吏部郎中郑昂逃入山谷。杨国忠儿子杨暄被乱箭射死，杨晞和国忠妻裴柔亦为追兵所斩。

(59)“不闻”二句是说玄宗能够在内部自行清洗祸国的女宠，是古代的亡国之君所不能做到的。把玄宗与古代亡国之君相类比，实含讽意。妹妲：妹喜、妲己。妹喜是夏桀的宠妃，妲己是殷纣王的女宠。此依仇兆鳌《杜诗详注》，其他各本“妹妲”均作“褒妲”。顾炎武《日知录》解释云：“‘不闻夏殷衰，中自诛褒妲。’不言周，不言妹喜，此古人互文之妙。”可备一说。

(60)宣光：指周宣王、汉光武帝，皆中兴之主。此处比肃宗。明哲：明智。

(61)桓桓：武勇的样子。陈将军：指陈玄礼，当时任右龙武大将军，负责护驾。仗钺：手持黄钺，表示将帅的权威。钺，大斧。

(62)微：非，无。尔：指陈玄礼。此句是说，如果没有你，人民将受到异族的野蛮统治。“于今”句是说，由于有了你，国家至今依然存在。二句互文，文字净省。

(63)大同殿：在长安南内兴庆宫中，勤政楼的北面。昔日玄宗常在此殿朝见群臣。白兽闼：白兽门，长安宫中禁苑的南门。此时长安仍被叛军占据，故以“凄凉”“寂寞”形容之。点此二处，既表达杜甫的故国之思，也有激励肃宗收复京都之意。

(64)都人：长安百姓。望翠华：盼望皇帝入京。翠华，天子的仪仗。佳气：瑞气。指国家复兴的气象。向金阙：朝向京都而来。金阙，金殿，指长安。

(65)园陵：指唐王朝历代帝王的陵墓。有神：意谓英灵犹在。《安禄山事迹》载，潼关之战，官军既败，忽见黄旗军数百队，与贼将交战。黄旗军不胜，退而又战者数次，俄而消失。其后，太宗昭陵守吏报告：此日灵宫前石人石马大汗淋漓。此传闻或许为杜甫所知，故有此说。数：礼数。此句提醒肃宗祭扫陵园，不止于礼节，重要的是不忘继承祖先太宗的伟业，即结尾二句所云。

(66)煌煌：光明宏大。太宗业：指太宗李世民所创建的辉煌的大唐帝业。宏达：宏伟。二句以太宗的伟业勉励肃宗。太宗的“贞观之治”与玄宗的“开元盛世”，为唐王朝的两大治世，此处只以太宗事业相勉，则褒贬自见。以上二十句为第五层，从君、臣、民三个角度分析克敌的优势，勉励肃宗宏图再起,振兴国家。在当时的历史条件下,杜甫无法舍弃君主而另谋兴国之路。

羌村三首

这组诗与《北征》同为归羌村后作。诗写与家人团聚的悲喜交集之状。羌村父老的淳朴言行,以及作者的忧国之思,皆历历如画,语浅情真,质朴动人。

其 一

峥嵘赤云西,日脚下平地①。柴门鸟雀噪,归客千里至②。妻孥怪我在,惊定还拭泪③。世乱遭飘荡,生还偶然遂④。邻人满墙头,感叹亦歔欷⑤。夜阑更秉烛,相对如梦寐⑥。

【注释】

①峥嵘:形容云峰高耸。赤云:火烧云。日脚:从云缝处下泻的夕阳光柱。二句写回到羌村的时间,夕阳西沉而临家门,暗示出赶路的匆急和抵达的喜悦。

②鸟雀噪:雀,应作"鹊"。《西京杂记》:"陆贾曰:乾鹊噪而行人至。"《开元天宝遗事》:"时人之家,闻鹊声,皆以为喜兆,故谓灵鹊报喜。"杜甫此句既是纪实,也暗中用典,表达喜悦之情。归客:杜甫自谓。

③妻孥:妻子儿女。怪:惊讶。在:在世。此句概括了战乱年代人命危浅的事实,语极沉痛。"惊定"句,是说家人惊魂已定,悲喜交集,不禁泪水纵横。二句描绘情事细腻传神:乍见而惊,惊而复定,定而生喜,喜而复悲。仅用十个字,即表达了复杂的心理过程,曲尽人情,堪称大手笔。

④飘荡：颠沛流离。偶然：意谓侥幸。遂：如愿。二句是对前文作出的解释。

⑤"邻人"二句，以邻人的行动和表情，侧面表现自家的不幸和侥幸。同时也反映出杜甫对农民的亲情。歔欷（xū xī）：悲泣声。"墙头"之景，描绘生动。

⑥夜阑：夜深。更：却，反而。秉烛：持蜡烛以照明。如梦寐：如同在梦境中。担心团聚是在做梦，故夜深持烛相照，写出欲信还疑、唯恐失真的心情，是细腻语，也是沉痛语。

其 二

晚岁迫偷生，还家少欢趣①。娇儿不离膝，畏我复却去②。忆昔好追凉，故绕池边树③。萧萧北风劲，抚事煎百虑④。赖知禾黍收，已觉糟床注⑤。如今足斟酌，且用慰迟暮⑥。

【注释】

①晚岁：晚年。迫偷生：为情事所迫而苟且存活。杜甫心怀稷契之志，而仕途坎坷；稍稍进身，即逢战乱；初任拾遗，便遭肃宗疏远。对照平生之志，故有偷生之感。这也是虽然还家亦少欢趣的主要原因。"少欢趣"是这首诗的主旨。

②"娇儿"二句，不离膝，是写初见时的父子亲情。复却去，是写数日之后的感情变化。孩子的走开是由于"畏我"，我之可畏就是由于"少欢趣"。

③忆昔：回忆去年六月在羌村安家时。追凉：乘凉。故：因此。绕：环绕，散步。二句写焦虑、烦躁的心情。去年绕树乘凉，是因为炎夏所致，而此时已是九月，天气已寒，犹去乘凉，是因为心情所致。

④"萧萧"二句是写绕树乘凉的结果。北风劲吹，落叶飘零，触景生情，抚念国事、家事、个人之事，百种忧思，如火焚心。乘凉未遂，适得其反。用笔顿挫，感情厚重。

⑤赖知：幸而得知。糟床：榨酒器具。注：谓酒液下流。"已觉"二字则写出盼酒的心情。如此盼饮，是为了以酒浇愁，即下文所写。

⑥足斟酌：有足够喝的酒。慰迟暮：宽慰晚年。即排遣愁怀。

其 三

群鸡正乱叫,客至鸡斗争。驱鸡上树木,始闻叩柴荆①。父老四五人,问我久远行②。手中各有携,倾榼浊复清③。苦辞酒味薄,黍地无人耕。兵革既未息,儿童尽东征④。请为父老歌,艰难愧深情⑤。歌罢仰天叹,四座泪纵横⑥。

【注释】

①前四句,是向父老们解释迟开柴门的原因,说明本心未有怠慢之意,见出杜甫对老农的尊重。驱鸡上树:古时养鸡,有些地区让鸡栖息在树上。驱鸡上树,就等于使它们回了窝,会安静下来。柴荆:柴门。

②父老:羌村的老农。问:携带礼物慰问。礼物,即下文所说的酒。酒乃杜甫所爱之物,已为父老所深知。

③各有携:人各有赠,见出父老们的厚意。倾榼:倒出酒浆。榼(kē),盛酒的器具。浊复清:是说父老们倒出的酒浆,颜色混浊,稍事沉淀,颜色变清。对酒浆颜色的关注,见出杜甫确为嗜酒者。

④苦辞:一再地道歉。酒味薄:因用以酿酒的粮食不足,故酒味浅淡。兵革:指战乱。儿童:指青年一辈人,因是父老的口气,故称。以上是父老们对杜甫说的话,由道歉酒味薄,引出土地荒芜,又引入劳力缺乏,而归结到战乱,层层剥示,入情入理,使这场酒宴带上动乱年代的特点。杜诗之所以被称为"诗史",不只表现为直接叙述重大事件,即如一些生活琐事的描写,笔墨间亦蕴含时代的烟尘。

⑤"请为"二句,是杜甫对父老们的谢词。歌:写诗并吟唱。杜甫吟唱的就是这首诗。艰难:指父老们的苦况。愧:因无以酬谢父老而愧疚。深情:指父老们携酒慰问。

⑥泪纵横:泪流满面。

送郑十八虔贬台州司户,伤其临老陷贼之故,阙为面别,情见于诗

此诗当作于至德二载(757)冬,杜甫由羌村回到长安,任左拾遗。京都于本年九月克复,肃宗十月入京。郑十八虔,即郑虔,十八是他的排行。《新唐书·郑虔传》载,叛军攻破长安后,将其押至洛阳,逼受水部郎中,他托病未受,求摄市令(掌管市场交易),其间曾将叛军情况写成密件,托人送到灵武(肃宗政府驻地)。两京收复后,朝廷将接受伪职者六等定罪(据《通鉴》载,六等即:一、"刑之于市";二、"赐自尽";三、"重杖一百";四、五、六等"流、贬",郑虔被远贬为台州(今属浙江)司户参军,仓促上路。杜甫未能给他饯行,深为惆怅,遂写此诗,为他遭到"严谴"而鸣不平,表现了杜甫不忘故交的良好品德。

郑公樗散鬓成丝,酒后常称老画师①。
万里伤心严谴日,百年垂死中兴时②。
苍惶已就长途往,邂逅无端出饯迟③。
便与先生应永诀,九重泉路尽交期④。

【注释】

①首联记郑虔战乱之前的状况,内容含量极丰。樗(chū)散:樗木(即臭椿)为散材,比喻不为世所用,此其一;鬓成丝:谓年岁已老,此其二;生性嗜酒,饮辄取醉,此其三;不称官职,而称"老画师",盖以艺术为上,而不以时俗轻视画家为念,此其四。

②颔联对郑虔年老而遭遇严谴,表示伤心和不平。万里:极言贬地遥远。严谴:严苛的处罚。杜甫认为罚不当罪。今按,据《新唐书·郑虔传》所记,郑虔未受水部郎中,而求任管理市场交易之职,乃借与外地商人接触之便,向肃宗政府传递叛军情报,其实际作为,如同今之"地下工作者",只是未经官方委派而已,而当时官方惶惶,也未有委派之举。杜甫评人论事总以国家大局为重,不会以私情践踏国法。百年垂死:谓郑虔

年事已高,又遭严谴,生命历程将到终点。语极沉痛。中兴时:国家复兴之时。(中,依声律读为去声)于国家复兴之时而贬死远方,更为可悲。"百年垂死",可悲,是为一"顿";"中兴时",可乐,是为一"挫"。以乐衬悲,悲上加悲,为人情所难忍者。

③颈联叙述未能为之饯别的原因,抒写惆怅之情。苍惶:匆促。就:就道,上路。长途:前往台州的路途。此句是就郑虔方面而言,走得匆促,未及辞行。邂逅无端:意谓遇到意外的事故。出饯:举办饯别酒宴。此句是就自己方面而言,有后悔不及之意。

④尾联写与郑虔作泉下之约。应:意料之词。永诀:永别。九重泉路:谓死后葬于地下。尽交期:完成交谊。生不能尽交往之谊,托之于死后,语极沉痛。其后郑虔死于台州,二人果未生逢。顾宸曰:"少陵当二公(指李白、郑虔)贬谪时,深悲极痛,至欲与同生死。古人不以成败论人,不以急难负友,其交谊真可泣鬼神。"漫称古人皆如此,未免夸辞,但杜甫确为其中最出色的一个。

春宿左省

此诗作于乾元元年(758)春,杜甫在长安供职。左拾遗掌讽谏,属门下省,门下省在殿庑之左,故称左省,又称左掖。"宿"是值夜。诗写左省值夜时不能成寐,表现了对国事的关注和勤政守职的精神。

> 花隐掖垣暮,啾啾栖鸟过①。
> 星临万户动,月傍九霄多②。
> 不寝听金钥,因风想玉珂③。
> 明朝有封事,数问夜如何④。

【注释】

① 首联点题，交代时令、地点。花隐：花被暮色遮隐。掖垣：唐代称中书、门下两省为掖垣。此指门下省。啾啾（jiū jiū）：鸟的细碎叫声。栖鸟：投宿的鸟。两句绘声绘色，写出入暮景象，拉开"值夜"的序幕。

② 颔联从视觉活动的角度写不寐。万户：指宫殿的众多门户。动：闪烁。九霄：天之最高处，这里指耸入高空的殿顶。多：指殿顶月光特别明洁。

③ 颈联从听觉活动的角度写不寐。金钥：开宫门的钥匙声。黎明时，宫人打开宫门，以待百官上朝，故听见金钥声响可知时辰。此处是写错觉，因心盼天明，耳旁似闻金钥声响。"因风"句，是说风吹铎动，疑是百官骑马上朝。玉珂：马络头上的贝制装饰物。

④ 尾联点明彻夜不寐、盼望天明的原因。有封事：有密封的奏疏需要呈上。京都收复之后，肃宗为巩固帝位，开始排斥玄宗旧臣，此举对于彻底平息安史之乱不利，杜甫时为谏官，所云"封事"，当与此有关。数（shuò）问：频频询问。夜如何：夜几何时，即何时天亮。写出急于上书的心情。

送贾阁老出汝州

此诗作于乾元元年（758）春，杜甫在长安供职。此时，肃宗在宦官李辅国的挑唆下，实施排挤玄宗旧臣的步骤，第一步是罢免贾至中书舍人的职务，出为汝州（今属河南）刺史。杜甫写此诗为贾至送行，诗中表达了对友人遭贬的惆怅和对友人的宽慰。阁老，是对舍人年深者的称呼。

西掖梧桐树，空留一院阴①。
艰难归故里，去住损春心②。
官殿青门隔，云山紫逻深③。
人生五马贵，莫受二毛侵④。

【注释】

①西掖：中书省。因其在殿庑之西，故称。首联叹息贾至离开中书舍人之职。梧桐乃凤凰所栖之树，古人习以凤凰比喻位重才高之人，而且中书省亦称为"凤凰池"，中书舍人又是该机构之要职。这些，都为将贾至比作凤凰提供依据。二句字面写景，实含凤去梧空之叹。黄生曰："起语醇深雅健，兴体之妙，无出其右，三唐之绝唱也。"

②归故里：贾至故乡在洛阳，汝州在其附近，故称。去住：离去者与留下者。指贾至和作者。损春心：伤心。春字，仅表示送别的时令。贾至被贬为汝州刺史，新旧《唐书》本传均无记载，此诗可补史书之缺。

③颈联为想象之辞，设想二人分别之后两地相望而不得相见。青门：汉朝长安城东南门，其门青色，故称，后泛指京都东门。汝州在长安东部。此句写贾至西望杜甫而被青门所隔。紫逻：山名，在河南汝阳县东北，汝州之西。深：远。此句写杜甫东望贾至而被紫逻所阻。二句皆以地寓人，含蓄蕴藉。

④尾联是安慰之辞。五马贵：意谓作得刺史也算身贵。古代诸侯乘车用五匹马。太守为一地之长官，乘车也用五马，故时人呼太守为"五马"，以显其贵。刺史与太守官职相当。二毛：谓头发斑白。此句劝贾至不要为此而愁白了头发。

曲江二首

这组诗作于乾元元年（758）暮春，杜甫在长安供职。虽身为左拾遗，而所谏不被采纳（同期所作《题省中院壁》即云："衮职曾无一字补"），志不得展，无可奈何，只好取醉江边，借酒浇愁。诗以行乐之语寄托忧愤之情，用笔曲折。

其 一

一片花飞减却春，风飘万点正愁人①。
且看欲尽花经眼，莫厌伤多酒入唇②。
江上小堂巢翡翠，苑边高冢卧麒麟③。
细推物理须行乐，何用浮名绊此身④！

【注释】

①一片：一瓣。减却春：使春色顿减。一瓣落花尚且如此，"风飘万点"则春光殆尽，故而愁人。

②颔联承"愁"字而展开。意义节奏均为"二——三——二"。且看：姑且欣赏。欲尽花：将要落光的残花。经眼：过眼。伤多酒：过多的酒。伤，过度。面对残花，大量饮酒，其愁可想。

③颈联由春色消亡而推及他物，写人事盛衰变化之巨。江上：指曲江之滨。翡翠：鸟名。翡翠建巢于堂上，则堂之荒废可知。苑：芙蓉苑，在曲江西南。高冢：贵人之坟墓。麒麟：墓前的石兽。石兽仆倒，表明冢废不修，贵人身后凄凉。

④细推：仔细推究。物理：事物盛衰变化的规律，即盛必有衰，生必有死等等。物理扭转不得，故须及时行乐。浮名：虚名。身为谏官，而所言皆被冷漠，故觉徒有其名。尾联字面旷达，实泄忧愤之情。

其　二

朝回日日典春衣，每日江头尽醉归①。
酒债寻常行处有，人生七十古来稀②。
穿花蛱蝶深深见，点水蜻蜓款款飞③。
传语风光共流转，暂时相赏莫相违④。

【注释】

①朝（cháo）回：退朝回来。典：典当。江头：曲江边。指江边酒店。典衣买酒，日日取醉，非为兴豪，职闲而愁多也。

②颔联承"醉"字，继续写痛饮，并陈述原因。春衣典尽，便去赊欠，而且到处欠债，只为人生苦短。此联对仗使用借对法，"寻常"一词，在内容上取其"平常"之义，在对仗上取其数目意义，古时以八尺为一寻，两寻为一常，与"七十"相对，显得工稳而风趣。

③颈联描写饮酒时对美好风景的注目，进一步表示要及时行乐。蛱蝶：蝴蝶。深深见（xiàn）：在花丛深处时隐时现。款款：缓缓。二句取物小，描写细，写出专注的目光。

④传语：寄语嘱咐。风光：指春天的景物，作者传语的对象。共流转：与我共同盘桓。莫相违：不要抛我而先去。尾联向风光传语，极尽谏官无聊之情状。王嗣奭曰："此二诗盖忧愤而托之行乐者。时已暮春，至六月，遂出为华州掾。"

义 鹘 行

此诗当作于乾元元年（758）春，杜甫在长安。诗中描写一只仗义行侠的大鹘杀死巨蛇、为鹰报仇的故事，形象生动，爱憎分明，表现出作者疾恶如仇的刚烈性格和渴望为知己而死的侠义精神。杜甫思想精神中有侠的成分，他不顾当局的忌恨，为遭到贬谪的李白、郑虔、贾至、严武、房琯等鸣冤叫屈，就是具体的表现。鹘（hú），是一种猛禽。

阴崖二苍鹰，养子黑柏颠①。白蛇登其巢，吞噬恣朝餐②。雄飞远求食，雌者鸣辛酸。力强不可制③，黄口无半存④。其父从西归，翻身入长烟⑤。斯须领健鹘⑥，痛愤寄所宣⑦。斗上捩孤影，嗷哮来九天⑧。修鳞脱远枝，巨颡拆老拳⑨。高空得蹭蹬，短草辞蜿蜒⑩。折尾能一掉⑪，饱肠皆已穿⑫。生虽灭众雏，死亦垂千年⑬。物情有报复，快意贵目前⑭。兹实鸷鸟最⑮，急难心炯然⑯。功成失所往⑰，用舍何其贤⑱！近经滟水湄，此事樵夫传⑲。飘萧觉素发，凛欲冲儒冠⑳。人生许与分，只在顾盼间㉑。聊为《义鹘行》，用激壮士肝。

【注释】

①颠：顶部。

②吞噬（shì）：吞咽。恣：肆意。

③力强：谓白蛇力大。

④黄口：鹰雏。无半存：全部被吃掉。以上写白蛇之残暴，憎恨之情见于笔端。

⑤"翻身"句写雄鹰寻找健鹘援助。入长烟：飞入长空，消失在云雾中。

⑥斯须：顷刻。

⑦"痛愤"句意谓雄鹰把一腔悲愤倾诉给健鹘。

⑧"斗上"二句意谓健鹘发现长蛇后，陡然飞上高空，旋转着一点孤影，接着便号呼着俯冲下来。斗：通"陡"。捩（liè）：回旋。嗷（jiào）哮：厉声长鸣。

⑨修鳞：长蛇的身躯。脱远枝：从高枝上掉下。巨颡（sǎng）：指蛇的巨大额头。拆老拳：被鹘的翼骨击裂。拆，同"坼"，破裂。老拳，指鹘翼劲骨。称之老拳，有老辣娴熟之意，痛快之至。以上四句以赞美之笔触描写健鹘的英姿，破敌之伟力。

⑩"高空"二句意谓长蛇在空中坠落时还能困顿地挣扎几下,落地后再也不能在草间自在地爬行。蹭蹬(cèng dèng):困顿的样子。

⑪一掉:摆动一下。

⑫穿:破。以上四句细描白蛇垂死之状,昭示恶者下场,乃快意之笔。

⑬垂千年:指白蛇之死永为恶者垂训,即恶有恶报。

⑭"物情"二句意谓报复乃人之常情,令人快意的是现世现报,不必等待很久。

⑮兹:此,代指健鹘。鸷鸟:猛禽。《淮南子·览冥训》:"鸷鸟不忘搏。"最:杰出,拔尖。

⑯急难:解救危难。心炯然:心地光明磊落。

⑰失所往:不知飞往何处去了。意谓不求恩谢。是为侠义之举。

⑱"用舍"句:意谓健鹘能做到"用之则行,舍之则藏"(孔子语),有功而不居,是何等的贤能!

⑲潏(jué)水:水名,又称沋水,源出陕西终南山,北流经西安市入渭水。湄:水滨。二句交代故事的来源。樵夫能传,可见侠义思想在民间的影响很大,亦能看出杜甫对民间文化的重视。

⑳"飘萧"二句是写杜甫听罢此事的感受。飘萧:鬓发稀疏的样子。素发:白发。凛:敬畏。

㉑"人生"二句意谓人与人之间能够结交引为知己的情分,做到士为知己者死,只在于对方能给予礼遇就成。许与:谓结交为知己。分:情分。顾盼:瞧得起,礼遇。二句由叙述故事谈到人间义士。健鹘因得到雄鹰的看重,便来行侠报仇;人若能受到礼遇,便可为知己者死。郭曾炘曰:"公(杜甫)虽备员朝右,未蒙国士之知,无可建功,故闻义鹘事而有慨焉,曰'人生'云云,所谓士为知己用也。"王嗣奭曰:"借端发议,时露作者品格性情。"则此诗之作意,在于杜甫以义鹘自许,而盼望有礼遇之人。

至德二载，甫自京金光门出，间道归凤翔。乾元初，从左拾遗移华州掾，与亲故别，因出此门，有悲往事

此诗作于乾元元年（758）六月。肃宗排挤玄宗旧臣更进一步，将房琯、严武等人贬职，杜甫因曾疏救房琯，被视为同党，亦外放为华州司功参军。临行前，为与住在城西的亲故告别，遂从金光门出城，经过此门时，不禁想起头年四月，正是从这里冒死逃出长安投奔肃宗的。抚今追昔，感慨万千。遂借两出金光门之题，发忠臣反遭放逐之叹。杜甫对肃宗的失望，起于此时。金光门，长安西城有三门，金光门居其中间。间道，取道于偏僻小路。华州，今陕西省渭南市华州区。掾（yuàn），古代属官的通称。杜甫所任华州司功参军，为华州刺史的属官。

此道昔归顺，西郊胡正繁[1]。
至今犹破胆，应有未招魂[2]。
近侍归京邑，移官岂至尊[3]？
无才日衰老，驻马望千门[4]。

【注释】

[1] 此道：出金光门向西的道路。归顺：指脱离贼营投奔肃宗政府。西郊：指长安西郊。胡正繁：言叛军正在密集设防。

[2] 犹破胆：仍在心惊胆战。未招魂：有一部分吓丢了的魂未能召回身上。道家认为人有三魂七魄。

[3] 近侍：指左拾遗官职。因是皇帝近臣，故称。京邑：指华州。华州为京畿近州，故称。移官：指外放为华州司功参军。岂至尊：难道是皇帝的主意吗？杜甫是皇帝的近侍，遭贬自然是肃宗的主意。此为反语，表面开脱，而讽意自明。

[4] 无才：是抱怨自己没有劝谏肃宗思入正轨（如放弃排挤玄宗旧臣

的做法）的才干。千门：指京都长安。临行驻马，回望长安，诸多感慨，万千悬念，尽在其中。结句含蓄，引人深思，属于"篇终接混茫"者。

望　岳

此诗作于乾元元年（758）夏，杜甫任华州司功参军。岳，指西岳华山，在华州（今陕西省渭南市华州区）东南。诗中描写华山的险峻之势，与早年《望岳》所写泰山的雄伟之势完全不同。盖因仕途艰阻，在作者心中投下阴影，故所写华山亦带上作者的心境特征，即如王国维所云："以我观物，故物皆著我之色彩。"

西岳崚嶒竦处尊，诸峰罗立如儿孙[1]。
安得仙人九节杖，拄到玉女洗头盆[2]？
车箱入谷无归路，箭栝通天有一门[3]。
稍待秋风凉冷后，高寻白帝问真源[4]。

【注释】

[1] 西岳：华山，五岳之一。崚嶒（léng céng）：高峻突兀的样子。竦处尊：意谓最高峰如同一位长者。诸峰：指主峰周围的群峰。罗立：罗绕而立。儿孙：比喻较矮和更矮的山峰。以人的长幼来比喻山峰的高低、主次，为杜甫所首创。更应注意的是，以人体喻山，还有形容山势陡峭之意。写华山之陡险，以透视作者对人生的感悟，是此篇的主旨所在。以下各句均从于这种构思。

[2] 仙人九节杖：据《列仙传》载，王烈授赤城老人九节苍藤竹杖，拄此竹杖，行走如风，马不能追。玉女洗头盆：据《集仙录》载，明星玉女居华山祠，祠前有五个石臼，称"玉女洗头盆"。二句重在"安得"二字，

③"车箱"二句是写华山山路险阻,难以攀登。车箱进入山谷,便不能转头回归,可见山谷之狭。箭筈(guā):箭杆尾部扣弦处,为一槽形。此处用以比喻山峰顶端的凹陷处。通天一门:极言其高。车箱、箭筈,均非华山局部地名,诗题为"望岳",二物皆为作者远望华山山谷、山巅形势而生发的想象。他注皆非。

④白帝:古代传说少昊为白帝,白帝管辖华山,又是秋天之神,故云秋来登山,寻访白帝。真源:本源。杜甫处在逆境中,精神苦闷,故拟求仙访道,以解人生之疑惑。

洗 兵 马

此诗当作于乾元二年(759)二月。头年冬末,杜甫离开华州前往洛阳探亲,此时仍居洛阳。当时的军事形势很好,郭子仪、李光弼等九个节度使合兵二十万,将安庆绪围困在邺城(今河南安阳市),取胜指日可待。杜甫认为,此战结束即可彻底平息叛乱,洗净兵器和战马,故以"洗兵马"为题赋诗庆贺。诗中对国家走向复兴表示喜悦,同时对朝廷弊政进行了批评,提出了警告。全诗内容分为四层,每层各押一韵,转换清晰;虽为歌行体,却多用律句和对仗,声韵铿锵,气势恢宏。题目又作《洗兵行》。题下原注:"收京后作。""收京后",是个较宽泛的时间概念,并不限定收京后的几个月内。而且,它具有政治意味,作者对京都收复之后朝廷应须注意的重大国策问题(如不能为局部胜利冲昏头脑,应远离群小、复用良臣等),发表政见。

中兴诸将收山东①,捷书夜报清昼同②。河广传闻一苇过③,

胡危命在破竹中④。只残邺城不日得⑤，独任朔方无限功⑥。京师皆骑汗血马⑦，回纥喂肉葡萄官⑧。已喜皇威清海岱，常思仙仗过崆峒⑨。三年笛里关山月，万国兵前草木风⑩。成王功大心转小⑪，郭相谋深古来少⑫。司徒清鉴悬明镜⑬，尚书气与秋天杳⑭。二三豪俊为时出⑮，整顿乾坤济时了⑯。东走无复忆鲈鱼⑰，南飞觉有安巢鸟⑱。青春复随冠冕入⑲，紫禁正耐烟花绕⑳。鹤驾通宵凤辇备，鸡鸣问寝龙楼晓㉑。攀龙附凤势莫当㉒，天下尽化为侯王㉓。汝等岂知蒙帝力㉔，时来不得夸身强㉕！关中既留萧丞相，幕下复用张子房㉖。张公一生江海客，身长九尺须眉苍；征起适遇风云会，扶颠始知筹策良㉗。青袍白马更何有㉘？后汉今周喜再昌㉙。寸地尺天皆入贡㉚，奇祥异瑞争来送㉛。不知何国致白环，复道诸山得银瓮㉜。隐士休歌紫芝曲，词人解撰清河颂㉝。田家望望惜雨干，布谷处处催春种㉞。淇上健儿归莫懒㉟，城南思妇愁多梦㊱。安得壮士挽天河，净洗甲兵长不用㊲！

【注释】

①中兴诸将：指成王李俶、郭子仪、李光弼、王思礼等。山东：指华山以东地区。两京收复后，安庆绪东走，肃宗命诸将东进歼敌。

②"捷书"句言捷报日夜频传。

③"河广"句言官军迅速而轻易地渡过了黄河。《诗经·河广》："谁谓河广？一苇航之！"一苇，喻指小舟。

④胡：指安史叛军。命在破竹中：灭亡即在眼前。破竹，劈竹子，比喻迅速破解的形势。

⑤只残邺城：只剩下邺城尚为叛军所据。不日得：很快即可攻下。《资治通鉴》载，乾元元年（758）九月，肃宗命郭子仪等节度使合兵剿叛军。十月，郭子仪渡过黄河，与诸节度歼灭叛军三万余人，并将安庆绪包围于邺城。

⑥独任：专任。朔方：指郭子仪统领的朔方军。朔方军是当时朝廷平叛最倚重的力量，但在围攻邺城之役中，肃宗却未任郭子仪为主帅，致使攻城不力。《资治通鉴》载，至德二载（757），肃宗对李泌说："今郭子

仪、李光弼已为宰相，若克两京平四海，则无官以赏之，奈何？"可见，他不在围邺军中设主帅，是有隐情的。此处，杜甫明确表示应以郭子仪为主帅。

⑦京师：指京都官员。汗血马：汉朝西域大宛国出产的良种马，汗出似血，故称。此指回纥援助的良马。

⑧喂肉：以肉为食而养之。葡萄宫：汉朝宫殿名，汉元帝曾在此处设宴招待单于。后用以指异族人在长安的住处。

⑨"已喜"二句，前句说初功可贺，后句说前危莫忘。二句语意逆转，顿挫有力。海岱：指今山东一带。仙仗：天子的仪仗。崆峒：山名，在今甘肃省平凉市。肃宗由马嵬奔灵武时经过此山，当时情况窘急，十分狼狈。

⑩"三年"二句言初胜来之不易，兵民牺牲惨重，告诫肃宗宜自珍惜。语言极为概括而警肃，是杜诗名句。三年，从安史之乱爆发（天宝十四载十一月，即公元755年12月）到此时，共三年零三个月。笛里关山月，是说兵士用笛吹奏《关山月》曲。《关山月》：汉乐府《横吹曲》名，内容多为写兵士久戍不归，与家人互伤离别。万国：万方，天下各地。兵前草木风，言战乱中人心惶恐，风声鹤唳，草木皆兵。

以上十二句为第一层，歌唱平叛初功，警告肃宗须居安思危。

⑪成王：肃宗之子李俶的封号。乾元元年（758）三月，李俶自楚王徙封成王。李俶在收复两京时任天下兵马元帅，故云"功大"。心转小：变得小心谨慎。

⑫郭相：指郭子仪。乾元元年（758）八月丙辰，郭子仪为中书令。

⑬司徒：指李光弼。至德二载（757）四月，李光弼为检校司徒。清鉴悬明镜：言其具有远见卓识。

⑭尚书：指王思礼。时任兵部尚书。气：气度。秋天杳：如秋空一样高远。

⑮二三豪俊：指上述诸人。为时出：应时而出。

⑯"整顿"句意谓完成了光复国家、挽救时危的大业。《通鉴》载，两京收复后，肃宗接见郭子仪，说："吾之家国，由卿再造。"

⑰"东走"句意谓如今官员们可以安心任职，不必像张翰那样辞官东

归故里以避世乱。《晋书·张翰传》载,吴郡人张翰,在洛阳做官,预知天下将乱,便以思念故乡鲈鱼美味为由,辞官东归。

⑱"南飞"句意谓如今百姓也有家可归了。曹操《短歌行》:"月明星稀,乌鹊南飞。绕树三匝,何枝可依?"此处反用其意。

⑲青春:明媚的春光。冠冕:臣子上朝的服饰,代指朝臣。此句言朝仪恢复如旧。

⑳紫禁:皇帝的居处。正耐:正宜。烟花:烟云般繁盛的鲜花。此句言宫廷气象喜人。

㉑"鹤驾"二句意谓如今肃宗父子也得与玄宗叙天伦之乐。鹤驾:太子的车驾。此处代指太子李俶。凤辇,天子的车驾,此处代指肃宗。父子相随,每日黎明前往龙楼向玄宗问安。

以上十二句为第二层,从多种角度歌颂郭子仪等中兴诸将的丰功。

㉒攀龙附凤:指攀附肃宗和张皇后的王玙、李辅国之辈。《通鉴》载,乾元元年(758)五月乙未,以王玙为中书侍郎、同平章事。肃宗好鬼神,王玙专依鬼神以求媚,每议礼仪,多杂以巫祝俚俗。又《通鉴》载,乾元元年(758)二月癸卯,以殿中监李辅国兼太仆卿。辅国依附张淑妃(三月立为皇后),判元帅府行军司马,势倾朝野。

㉓"天下"句意在批评朝廷封爵太滥。两京收复后,加封了不少扈从玄宗和肃宗的臣子,甚至以官爵赏功,给空名告身。言"天下",言"尽化",是夸张说法,以达愤慨之情。

㉔汝等:贱称王玙、李辅国之辈。蒙帝力:蒙受皇帝的偏恩。

㉕"时来"句意谓王、李之辈不过是乘时走运,并非自身有什么才德。

㉖"关中"二句意谓当年在关中先后起用房琯、张镐为相,如今还应该重新起用他们为相。二句互文,"留"既指房琯,又指张镐;"用"既指张镐,又指房琯。萧丞相,萧何,曾为汉高祖丞相,此处借指房琯。房琯于至德元载(756)十月为肃宗相,至德二载(757)五月,因遭谗被贬为太子少师,乾元元年(758)六月,又被贬为邠州刺史。杜甫认为房琯有才德,宜重用。张子房:张良,汉初大臣,深受刘邦赏识,此处借指张镐。至德二载(757)五月,张镐代房琯为相,在收复两京中建功,且预言史思明降而复叛,有远见卓识。乾元元年(758)五月罢相,贬为荆州

防御使。房琯、张镐先后罢相,根本原因在于他们都是玄宗旧臣。

㉗"张公"四句,皆写张镐。江海客:放情江海,不以权势为重的人。《通鉴》载:"张镐性简淡,不事中要。"中要:中人居权要者。身长九尺:写其身躯伟岸。《旧唐书》本传称其"风仪魁岸"。征起:征召起用。天宝末年,张镐以布衣入玄宗朝,拜左拾遗。扶颠:拯救王室。筹策良:言收复两京多有良策。

㉘青袍白马:南朝梁时,河南王侯景叛梁,侯景骑白马,兵士穿青衣,攻破建康(今江苏省南京市),自立为汉帝。后因以"青袍白马"咏叛乱事。此处借指史思明、安庆绪。更何有:意谓不足道。此就张镐眼中而言。

㉙后汉:指东汉光武帝。今周:指周宣王。句意是说,一个像汉光武、周宣王时期那样的中兴之世将再度出现。此亦指张镐的功德而言。

以上十二句为第三层,批判肃宗亲奸佞、远良臣的弊政。

㉚寸地尺天:言天下各地。入贡:献纳贡品。

㉛"奇祥"句意谓全国各州县官吏争先恐后地向肃宗献祥瑞之物。古时把奇珍异宝的出现视为国家的吉兆,献瑞者因之得宠。"争"字表达杜甫对此种行径的反感。

㉜"不知"二句具体描写争献祥瑞的情况。相传虞舜时西王母来朝,献白环玉玦。又传说王者刑罚适当,则银瓮出。"白环""银瓮",代指所献祥瑞之物。"不知""复道",写献者之多,纷至沓来,其热心远远超过救国。讽意辛辣。

㉝"隐士"二句意在讽刺投机取利之徒。谓战乱中隐居山野的人如今也不再隐居了,庸俗文人亦大作歌颂清平的文章以取悦于帝王。紫芝曲,汉初隐士商山四皓,曾作《紫芝歌》。清河颂,古时以黄河清澄象征天下太平。宋文帝元嘉年间,河济俱清,时人以为吉兆,鲍照遂作《河清颂》。

㉞"田家"二句写农田旱灾严重(史载,这年春天,关中地区旱情异常),与上述献瑞、歌清之举针锋相对,揭露其伪,是顿挫笔法。

㉟淇:水名,在邺城附近。此处代指邺城。健儿:指包围邺城的官军。归莫懒:是希望战士努力攻城,早日回归。这里表现了杜甫对邺城战役的隐忧。自去年十月九个节度使包围邺城,至此时已有五个月,因军中

无帅,导致攻城不力。

㊱城南思妇:泛称战士家中的妻子。

㊲"安得"二句写渴望早日平息叛乱,使天下太平,人民得以安居乐业。

以上十二句为第四层,讽刺地方官吏和庸俗文人报喜不报忧,唯知取利,不图报国;并站在百姓的立场上,呼吁天公降雨,呼吁洗净甲兵。

新 安 吏

此诗与其后《石壕吏》《潼关吏》《新婚别》《垂老别》《无家别》通称"三吏""三别",作于乾元二年(759)三月。郭子仪等九个节度使合兵围攻邺城,因肃宗未在军中设主帅,而以宦官鱼朝恩为观军容宣慰处置使,致使攻城不力,围城五个月而无建树。这年二月,史思明降而复叛,从河北调兵来解邺城之围。三月初,双方交战,官军溃败。为补充兵力,实行毫无章法的抓丁政策。此时杜甫正从洛阳返回华州,一路上亲眼看到了种种抓丁惨象,遂写成这组诗篇。杜甫晚年有诗云:"曾为掾吏趋三辅,忆在潼关诗兴多。"潼关为官军防地,这组诗盖作于此。诗以纪实的笔墨描写了战乱时期人民群众所遭受的兵役之苦。作者的心情是痛苦的,又是矛盾的,一方面同情民众的悲苦,一方面又不得不含泪劝慰人民投入这场平叛救亡战争。作者的民族意识和民本思想在矛盾中得以深刻体现。这组诗是杜甫现实主义诗歌创作的光辉顶点。在表现手法上,"三吏"通过主客体交往以构成故事,"三别"则纯然采用客体人物独白的方式。本篇所写为作者经过新安县(今属河南)时所见县吏征点少年入伍的惨事。

客行新安道①,喧呼闻点兵②。借问新安吏,县小更无丁③?

府帖昨夜下，次选中男行④。中男绝短小，何以守王城？肥男有母送，瘦男独伶俜⑤。白水暮东流⑥，青山犹哭声⑦！莫自使眼枯⑧，收汝泪纵横。眼枯即见骨，天地终无情⑨。我军取相州⑩，日夕望其平⑪。岂意贼难料⑫，归军星散营⑬。就粮近故垒⑭，练卒依旧京⑮。掘壕不到水⑯，牧马役亦轻。况乃王师顺⑰，抚养甚分明⑱。送行勿泣血⑲，仆射如父兄⑳。

【注释】

①客：杜甫自谓。新安：县名，在今洛阳市西面。

②喧呼：县吏的吆喝声。点兵：按军帖点名征丁。

③丁：成年男子。据《通鉴》载，天宝三载（744），政府规定男子二十三岁为丁。杜甫见被征者年龄较小，故有此问。叙事简洁，是杜诗一大特色。若他人来写，定要交代所见皆为少年云云，然后发问。

④"府帖"二句写县吏的答词。府帖：府里的征丁文书。当时实行府兵制，故称。中男：据《通鉴》载，天宝三载（744），政府规定男子十八岁为中男。

⑤有母送：暗示已无父亲。伶俜（líng pīng）：孤独无依的样子。暗示父母双亡者。"肥男""瘦男"已为不幸，又要出征，真如雪上加霜。杜甫善于在客观叙述中暗寓感慨，读杜诗真应在字缝中下功夫。

⑥"白水"句借暮水东流，写无奈之意，且暗示队伍已向东走远。新安县城南有河东流入洛水。

⑦"青山"句是说送别的哭声在山间回荡，似觉青山亦放悲声。移情入物的手法，加重了悲剧氛围。

⑧"莫自"以下各句均为杜甫对送行者的劝慰之词。眼枯：眼睛哭瞎。

⑨"天地"句是说终究留不住孩子。字面指斥天地，实则影射朝廷。

⑩相州：邺城。乾元元年（758）十月，郭子仪、李光弼等九个节度使合兵数十万包围邺城。

⑪"日夕"句是说人们一天到晚盼望克复它。

⑫贼难料：指史思明降而复叛。《通鉴》载，两京收复后，史思明率

部投降,肃宗任命他为范阳节度使,封归义王。乾元元年(758)十月,安庆绪被官军包围于邺城,向史思明求救,且答应以皇位相让,史思明遂重举逆旗,发范阳兵十三万救邺,导致官军溃败。当然,若从主观方面检讨,是由于肃宗昏庸,未在军中立帅造成的后果。

⑬归军:溃归本营的官军。《通鉴》载,乾元元年(758)三月,官军与史思明大战于邺城之下,双方死伤相半,忽然狂风大作,吹沙拔木,天地昏暗,咫尺不相辨,两军皆溃。诸节度各溃归本镇。郭子仪的朔方军"战马万匹,惟馀三千,甲杖十万,遗弃殆尽"。惟李光弼、王思礼两部全军而归。星散营:言官军归营像星星一般散乱无序。

⑭就粮:就食。故垒:旧的营地。当时郭子仪屯军于河阳(今河南孟州西)。

⑮练卒:练兵。意谓不是去前线打仗。旧京:洛阳。河阳在洛阳附近。

⑯壕:战壕。不到水:言壕浅役轻。

⑰王师顺:官军合乎正义。

⑱抚养:是说对士兵体恤爱护。

⑲勿泣血:不必过于悲伤。

⑳仆射(yè):官职名,尚书省长官。此处指郭子仪。《通鉴》载,至德二载(757)五月,司空郭子仪与叛军战于清渠,败绩,降为左仆射。如父兄:言郭子仪爱护士兵如同父兄。当此危亡时刻,杜甫也只能出此言语以慰民愁。

石壕吏

此诗记录夜宿石壕村所遇抓丁之事,被抓者是一位本无从军义务的老妇，选材典型，主题深刻。全诗采用寓主观于客观的手法，通过客观叙述事件，将同情与憎恨之情表达出来。又采用剪裁和以答代问的手法，故事繁而文简。石壕，村名，在今河南省新安县西面之陕州区东。

　　暮投石壕村，有吏夜捉人①。老翁逾墙走②，老妇出看门③。吏呼一何怒，妇啼一何苦④。听妇前致词⑤：三男邺城戍。一男附书至，二男新战死。存者且偷生，死者长已矣⑥！室中更无人，惟有乳下孙。有孙母未去，出入无完裙⑦。老妪力虽衰，请从吏夜归。急应河阳役，犹得备晨炊⑧。夜久语声绝⑨，如闻泣幽咽⑩。天明登前途，独与老翁别⑪。

【注释】

① 起笔二句在时间上（由暮到夜）和事件（由投宿到捉人）上跳跃很大，剪掉投宿琐事，直奔中心事件。

② 逾：翻越。行动果决，正见深夜捉人之事频仍。老翁出逃前与老妇商议对策之情节，亦被剪掉，却从下文老妇向差吏报家中人口情节中翻出。

③ 看门：应对门外差吏。

④ "吏呼"二句用对比手法，使暴者愈显其暴，哀者愈显其哀。

⑤ 致词：回答差吏的问话。差吏的问话未正面写出，而以老妇人的答话间接表现。老妇人的答话共十三句，依韵脚的转换分为三层，每一层的答话都间接表现了差吏的一层逼问。故不得将这十三句答话使用一组引号。

⑥ 以上五句为答话的第一层，说儿子们都已献给了国家，言外之意是不该再向我家要人。戍：这里指参加攻打邺城的战役。附书：托人捎信。新战死：指在刚刚结束的邺城战役中阵亡。且偷生：暂且生存，朝不保夕。长已矣：永远地完了。

⑦ 以上四句为答话的第二层，因差吏继续逼问，故有对"室中"人的介绍，意在说明无可应征者。更无人：是说再也没有可以当兵的人了。乳下孙：吃奶的小孙子。未去：没有改嫁。孤儿寡母，气氛更悲。出入：偏义复词，意谓出门。无完裙：没有遮体的衣裳。

⑧以上四句为答话的第三层,由于差吏立逼要人,出于无奈,亦为保护儿媳和孙子,只好自请服役;急着要走,是怕夜长梦多。老妪(yù):老妇自称。河阳:在今河南省孟州市西。当时为郭子仪的屯军之地。备晨炊:给部队做早饭。

⑨语声:指差吏和老妇的对话声。

⑩如闻:好像听到。言哭声低微。泣幽咽:低微断续的哭声。应是老妇的儿媳所发。

⑪"独与"句暗示老妇已被抓走。同时也补充了开头老两口双双迎接诗人入门的情节。如此前后照应,互为补充,遂使简短的篇幅容纳丰富的内容。

潼 关 吏

此篇在组诗中是唯一陈述战略思想的作品。潼关,故址在陕西省潼关县东南,古为桃林塞,地形险要,是通往长安的咽喉要地。杜甫有感于官军溃败的形势,告诫潼关守将切勿轻易出关迎敌,表现了对国事的关注。诗中采用对话方式,既描绘了潼关的坚固工事、险要地形,又表现了战略思想,笔墨生动灵活。

士卒何草草①,筑城潼关道。大城铁不如,小城万丈余②。借问潼关吏:"修关还备胡③?"要我下马行④,为我指山隅⑤:"连云列战格⑥,飞鸟不能逾⑦。胡来但自守,岂复忧西都⑧?丈人视要处⑨,窄狭容单车。艰难奋长戟⑩,万古用一夫⑪。""哀哉桃林战,百万化为鱼。请嘱防关将,慎勿学哥舒⑫。"

【注释】

① 草草：辛苦忙碌的样子。
② "大城"二句，互文见义，意谓大城小城均坚固胜铁，高耸入云。由于城筑山上，故有"万丈"之说。
③ 还：复，又。因天宝十五载（756）哥舒翰曾备胡于此，故云。备胡：防御叛军侵入关中。
④ 要（yāo）：邀请。
⑤ 指：指点，介绍。山隅：山角。这里泛指潼关的地形。
⑥ 连云：极言其高且长。战格：战栅，御敌的障碍物。
⑦ 逾：越过。
⑧ 忧西都：忧虑长安陷落。
⑨ 丈人：关吏对杜甫的称呼。要处：险要之地。
⑩ 艰难：言战争紧急之时。
⑪ "万古"句意谓自古以来都是用一人把守就足够了。以上八句为关吏对杜甫所言，也是杜甫借关吏之口表达自己的军事思想。
⑫ "哀哉"四句，是杜甫对关吏所言，感叹哥舒翰的失利，提醒潼关守将引以为戒。天宝十四载（755）十二月，哥舒翰率兵守潼关，转年六月，因宰相杨国忠促战，被迫出关与叛军交战，大败于桃林塞，兵士坠河死者数万人，潼关失守，京都随即陷落。桃林：潼关古名。百万：极言其多。化为鱼，指官军坠河溺死。《后汉书·光武帝纪》："赤眉今在河东，但决水灌之，百万之众，可使为鱼。"

新 婚 别

此篇写一个"暮婚晨告别"的青壮年男子被抓去当兵，时间的特殊性带来主题的深度，选材典型。全诗以新娘独白的形式写成，深刻地展示了她内心世界的方方面面,笔触曲折,凄婉动人。

兔丝附蓬麻,引蔓故不长①。嫁女与征夫,不如弃路旁。结发为妻子②,席不暖君床。暮婚晨告别,无乃太匆忙③。君行虽不远,守边赴河阳④。妾身未分明,何以拜姑嫜⑤?父母养我时,日夜令我藏⑥。生女有所归⑦,鸡狗亦得将⑧。君今往死地⑨,沉痛迫中肠⑩。誓欲随君去,形势反苍黄⑪。勿为新婚念,努力事戎行⑫。妇人在军中,兵气恐不扬⑬。自嗟贫家女,久致罗襦裳⑭。罗襦不复施,对君洗红妆⑮。仰视百鸟飞,大小必双翔;人事多错迕,与君永相望⑯。

【注释】

① 兔丝:菟丝子,一种茎成丝状的野草,多缠附在其他植物上生长。古时用以比喻女子之依附男人。蓬、麻:两种矮小植物。比喻所依附的男人非有权势者。引蔓:滋长藤蔓。比喻自身成长。二句以设喻开端,自叹身世之苦。

② 结发:古时男子二十岁、女子十五岁,始用簪子结发,表示已经成年,可以结婚。妻子:妻。古时民间俗语中已有这种称谓,这位新娘又是"贫家女",这种称谓正符合人物的身份。

③ 无乃:岂不是。

④ 河阳:见前《石壕吏》注。

⑤ "妾身"二句,古时女子出嫁三日,告庙上坟,才算成婚,妻子的身份才确定下来。今暮婚晨别,身份尚未明确,也就难以拜见公婆了。姑嫜:公婆。

⑥ 藏:谓深居闺中,不轻易见人。

⑦ 归:指女子出嫁。

⑧ "鸡狗"句即"嫁鸡随鸡,嫁狗随狗"之意。将:跟随。

⑨ 死地:指战场。

⑩ 中肠:内心。

⑪ "形势"句意谓担心反而把事情弄糟。从军本为歼敌,但由于妇人在军中会影响士气,反而使军情发生逆转。苍黄:变化,事与愿违。此句

意脉承接"鸡狗亦得将",说明新娘的处境极为可怜,连随鸡随狗的资格都没有。

⑫ 事戎行(háng):效力于军旅。

⑬ 兵气:士气。扬:振作。

⑭ "久致"句意谓辛苦多年才置办了这身嫁衣裳。罗襦:绸制的短衣。裳:裙子。

⑮ "罗襦"二句意谓脱掉嫁衣,不复打扮。这个细节的感情内蕴颇丰,"久致"之嫁衣不得再穿,其遗憾可想;对着丈夫洗掉脂粉,其坚贞可知。

⑯ "仰视"四句感叹人不如鸟,语极沉痛,与"恨别鸟惊心"同一机杼。杜甫每以人事同花鸟对比,布置感情波澜。错迕:不如意。

垂 老 别

此篇写一位"子孙阵亡尽"的老人,痛不欲生,决定去军中求得一死,与子孙同归于尽。深刻地反映了人民群众在战乱和黑暗兵役政策的摧残下对生的绝望。全诗以老人独白的形式写成,悲酸痛楚,愤慨万端。

四郊未宁静①,垂老不得安。子孙阵亡尽,焉用身独完②!投杖出门去③,同行为辛酸④。幸有牙齿存,所悲骨髓干⑤。男儿既介胄,长揖别上官⑥。老妻卧路啼⑦,岁暮衣裳单⑧。孰知是死别⑨,且复伤其寒⑩。此去必不归,还闻劝加餐⑪。土门壁甚坚⑫,杏园度亦难⑬。势异邺城下⑭,纵死时犹宽⑮。人生有离合,岂择衰盛端⑯?忆昔少壮日⑰,迟回竟长叹⑱。万国尽征戍⑲,烽火被冈峦⑳。积尸草木腥,流血川原丹㉑。何乡为乐土㉒,安敢尚盘桓㉓!弃绝蓬室居,塌然摧肺肝㉔。

【注释】

① 未宁静：指战争频仍。
② "焉用"句言何必保全自己这条老命。完：保全。
③ 投杖：扔掉拐杖。已拄拐杖，可见年老。
④ 同行：同去参军的人。
⑤ 骨髓干：意谓年老力衰。
⑥ "男儿"二句，写老人的耿介性格。男儿：老人自称。既介胄：既已着上盔甲。长揖：拱手施礼。意谓不行跪拜之礼。
⑦ 卧路啼：横卧在路上啼哭。意谓阻止老人前往。
⑧ 岁暮：年老。
⑨ 孰知：熟知，分明知道。
⑩ 且复：却还是。其：指老伴。
⑪ 劝加餐：是老伴的叮嘱之词。以上四句互文，写二位老人虽作死别，却仍心忧对方衣食，细节之笔，曲尽人情。
⑫ 土门：地名，地点不详，当在河阳附近。壁：壁垒。
⑬ 杏园：镇名。《大清一统志》载："杏园镇在汲县东南，旧为黄河津济处，设戍守。"度亦难：意谓叛军难以渡过。度，同"渡"。
⑭ "势异"句，承上文之意，言军事情况与邺城战役不同。
⑮ "纵死"句意谓即便战死，也还有一段较长的时间。以上四句是对老伴的宽慰。
⑯ "人生"二句意谓人生在世总会有分手的时候，哪管是盛年还是老年。离合：偏义复词，指分离。
⑰ 少壮日：年轻时期。当指开元盛世。
⑱ 迟回：低回，流连。
⑲ 万国：见前《洗兵马》注。征戍：战争。
⑳ "烽火"句意谓烽火燃遍了群山。
㉑ 川原丹：川原被鲜血染红。
㉒ "何乡"句意谓没有一块安乐的土地。
㉓ 安敢：怎敢。盘桓：徘徊，流连。
㉔ 塌然：哀痛、颓丧的样子。摧肺肝：五内俱碎。极言痛苦之状。

无 家 别

此篇写一个邺城战败后开小差回来的老兵,回到家乡所见的田园荒芜景象,虽想聊耕故土,却又被县吏抓去服兵役,离开家乡时竟然无亲可别。全诗亦由人物独白的形式写成。

寂寞天宝后①,园庐但蒿藜②。我里百余家③,世乱各东西。存者无消息,死者为尘泥④。贱子因阵败⑤,归来寻旧蹊⑥。久行见空巷,日瘦气惨凄⑦。但对狐与狸⑧,竖毛怒我啼⑨。四邻何所有?一二老寡妻。宿鸟恋本枝,安辞且穷栖⑩。方春独荷锄⑪,日暮还灌畦。县吏知我至,召令习鼓鞞⑫。虽从本州役⑬,内顾无所携⑭。近行止一身,远去终转迷⑮。家乡既荡尽,远近理亦齐⑯。永痛长病母⑰,五年委沟溪⑱。生我不得力⑲,终身两酸嘶⑳。人生无家别,何以为蒸黎㉑!

【注释】

① 天宝:唐玄宗年号。天宝十四载(755)十一月,安史之乱爆发,中原农村遭到严重破坏,人口剧减,故云"寂寞"。

② 园庐:田园房舍。但蒿藜:只剩下一片荒草。

③ 里:家乡。唐制,百户为一里。

④ "存者"二句写战乱年代人命微贱,极富时代性。

⑤ 贱子:老兵自谓。阵败:邺城之败。

⑥ 寻旧蹊:寻找曾经走熟的乡间道路。"寻"字,见出荒草埋路,与上文"蒿藜"相承。

⑦ 日瘦:言日光暗淡。以"瘦"状日,是杜甫创语,颇具达情效果。

⑧"但对"句言所遇到的只是些野兽。见出无人踪迹。狸:俗称野狸子,一种似猫的野兽。

⑨怒我啼:向我愤怒嚎叫。可见人宅已成兽穴。

⑩安辞:怎能舍弃,指故乡而言。且穷栖:姑且困窘地住下来。

⑪独:独自一人。承接上文"一二老寡妻"。

⑫习鼓鞞:练习敲打军鼓。

⑬从本州役:在本州服兵役。

⑭"内顾"句意谓回顾家里,没有可与告别的人。携:分离。

⑮"近行"二句,自幸之语。意谓在本州服役者只有自己一人,如果像其他人被派到远处当兵,就会居无定所。

⑯"家乡"二句,自伤之语。言家乡既已荡然无存,那也就无所谓远与近了。揭示无家者的心情,细腻入理。

⑰长病母:长期患病的母亲。

⑱五年:谓其母已死五年。此诗写于乾元二年(759),上距天宝十四载(755)安史之乱爆发,整整五年,说明其母死于战乱之初。委沟溪:指死去。

⑲不得力:意谓没有得到儿子的救助。

⑳两酸嘶:母子二人共同饮恨。酸嘶:失声痛哭。

㉑"人生"二句意谓活在世上却无家可别,还怎么能称得上是天子的百姓!蒸黎:黎民百姓。极悲之语,亦极愤之语。百姓不配称为百姓,天子又怎配称为天子?味外之味,弦外之音,不难得之。

赠卫八处士

此诗当作于乾元二年(759)春,杜甫由洛阳返回华州的途中。诗中记录在动乱年月里与一位分别二十载的故友重逢的情事,叹离别,庆团聚,感流年,伤逝友,既书重逢之惊喜,又道分手之惆怅,生动表达了杜甫对美好友情的依恋与赞颂,是杜甫淳厚品格的集中体现。作为一首小叙事诗,具有选材典型、场面集中、剪裁得当、语言生动等诸多长处。卫八处士,名不详,"八"是他的排行;处士,隐居不仕的人。

人生不相见,动如参与商①。今夕复何夕②?共此灯烛光。少壮能几时,鬓发各已苍③。访旧半为鬼,惊呼热中肠④。焉知二十载,重上君子堂⑤!昔别君未婚,儿女忽成行⑥。怡然敬父执,问我来何方⑦。问答未及已,儿女罗酒浆⑧。夜雨剪春韭,新炊间黄粱⑨。主称会面难⑩,一举累十觞⑪。十觞亦不醉,感子故意长⑫。明日隔山岳⑬,世事两茫茫⑭。

【注释】

①动如:动不动就像。参与商:参星与商星,二星一出一没,永无见期。

②"今夕"句意谓今日夜晚又是怎样的夜晚。表现相逢之出乎意料和难得。

③苍:灰白色。

④访旧:打听旧友。半为鬼:意谓多半已死去。安史之乱中,人死于兵刃、饥寒者甚众,此句具有鲜明的时代性。惊呼:谓震惊于亡友之多而发出呼叫。热中肠:心中热辣辣地难受。杜甫痴情于旧交,一生如此。

⑤"焉知"二句意谓此番重逢实在出乎意料。君子:指卫八处士。

⑥成行:言儿女众多。十个字概括了二十年的巨变,岁月流逝固可悲,儿女成行尤可喜,在残酷的战乱年代,有儿女出生就有希望。这就是何以在如此短篇中用五句详写儿女的原因所在。

⑦怡然:喜悦的样子。父执:父亲的朋友。此句写儿女知礼。"问我"句写儿女伶俐。

⑧未及已:没等说完。罗酒浆:把酒摆到桌上。二句写儿女勤快。

⑨"夜雨"二句写卫八以酒食款待。春韭:春天的嫩韭菜,味道鲜美。间黄粱:当是指黄白二米饭。间:掺和。黄粱:小米。

⑩ 主：主人，即卫八。
⑪ "一举"句，一连喝了十杯酒。觞：酒杯。
⑫ 子：古时对人的尊称。故意长：念旧情意深长。
⑬ 隔山岳：被山岳隔断。指二人分手。
⑭ "世事"句意谓世事难料，彼此将不清楚对方的命运如何。

夏 日 叹

此诗当作于乾元二年（759）夏，杜甫在华州供职。这年入春以来，关中地区大旱，百姓饥馑，流离失所。诗中描写旱情的严重，感慨政令失当，表现了对苦难人民和动乱时局的深切关注。

夏日出东北①，陵天经中街②。朱光彻厚地③，郁蒸何由开④？上苍久无雷，无乃号令乖⑤？雨降不濡物⑥，良田起黄埃。飞鸟苦热死，池鱼涸其泥⑦。万人尚流冗⑧，举目惟蒿莱。至今大河北，化作虎与豺⑨。浩荡想幽蓟⑩，王师安在哉⑪？对食不能餐，我心殊未谐⑫。眇然贞观初⑬，难与数子偕⑭。

【注释】
① 夏日：夏天的太阳。出东北：从东北方出升。
② 陵天：高入天宇。中街：谓黄道。
③ 朱光：毒烈的阳光。彻：射透。
④ 郁蒸：闷热之气。
⑤ 无乃：莫非。号令乖：喻指政令失误。古时认为天与人相互感应，政令失则天灾降。杜甫在《洗兵马》等诗中，对肃宗弊政多有指斥。
⑥ 濡：沾湿。

⑦涸（hé）其泥：被干死在泥里。
⑧"万人"句谓众多的灾民仍在流亡。流冗：流离失所。
⑨"至今"二句意谓河北地区至今已成为虎狼的巢穴。《通鉴》载，邺城战役之后，史思明杀死安庆绪，乾元二年（759）四月，史思明自称大燕皇帝。
⑩浩荡：形容忧思广远。幽蓟：幽州和蓟州。在河北北部，为史思明控制的中心地区。
⑪"王师"句意在感叹官军缺乏应有的克敌之力。
⑫殊未谐：言心情异常杂乱。
⑬眇然：渺然，遥远的样子。贞观：唐太宗年号，为我国古代三大治世之一。此句怀想一代明主太宗皇帝，有斥肃宗之意。
⑭数子：指太宗贞观时任用的几个贤相，如房玄龄、杜如晦、王珪、魏徵等。偕：同。即生活在同一个时代。此句怀想贞观贤臣，意在叹息时无良佐。对肃宗君臣的失望，使杜甫的人生道路发生重大的转折，这年初秋，他便辞官走向山野。

秦州杂诗二十首（选五）

　　这组诗当作于乾元二年（759）秋，杜甫辞掉华州司功参军的职务，携家长途跋涉，来到秦州。秦州，即今甘肃天水市，位于陇山西部，为唐代边防重镇。组诗共二十首，内容主要描绘陇右山川之异、民俗之独特，抒发忧时伤乱的感慨，说明杜甫虽身离仕途而心仍忧国。杜甫在秦州的诗歌创作特征有三：一是创作的密度高，二是皆为五言体，三是对声律和其他诗艺的刻苦追求。

其 一

满目悲生事,因人作远游①。
迟回度陇怯,浩荡及关愁②。
水落鱼龙夜,山空鸟鼠秋③。
西征问烽火,心折此淹留④。

【注释】

①首联写辞官远行的原因。悲生事:旧注以为此年关中旱情严重,杜甫为求食而远行。此说尤为不通。杜甫身有官职,饥饿不会加在他的头上。况且一己之悲,何云"满目"?杜甫所悲的"生事",应指昏君庸臣的政治失误所造成的时局之危和民生之苦,至于天灾,在杜甫看来也是政令失误造成的。这些,使杜甫对肃宗朝廷完全失望,故离职而远行。因人:投靠他人。秦州附近的东柯谷,有杜甫之侄杜佐居住。

②颔联记旅途艰辛。两句均为"上四下一"句式。陇山路曲,故度而生怯;陇关遥远,故及之生愁。迟回:言山路曲折。《三秦记》载,陇坂九回,不知高几里,欲上者七日乃得越。陇坂:陇山,六盘山南段的别称,山势陡峻,南北走向,是渭河平原与陇西高原的分界。浩荡:阔远的样子。关:指陇关,又称大震关,在今陕西陇县西陇山下。

③颈联写秦州一带的物候特征,有怪异、荒凉意味。水落、山空,写秋天景象。鱼龙、鸟鼠:秦州地名。鱼龙,即鱼龙川,今名北河,传说河中生有五色鱼,俗以为龙,故名"鱼龙"。鸟鼠,即鸟鼠山,因鸟鼠同穴而得名,在今甘肃渭源县东南。

④尾联正面写入秦心情,亦全篇笔墨之总括。西征:向西远行。秦州在长安西面,故称。问烽火:打听秦州一带有无边警。当时吐蕃已为西部的主要边患。心折:形容极度哀伤。此淹留:指此番留居秦州。

其 五

南使宜天马,由来万匹强①。
浮云连阵没,秋草遍山长②。
闻说真龙种,仍残老骕骦③。
哀鸣思战斗,迥立向苍苍④。

【注释】

① 首联忆当年南使牧场盛况。南使：唐代掌管陇右牧养马匹事务的官职名。《旧唐书·职官志》载："凡诸群牧，立南、北、东、西四使以分统之。"南使的辖区在秦州北部。宜天马：言此地适宜牧养良马。由来：从来，一直。万匹强：超过万匹。

② 颔联记今日牧场之空虚，寓伤时之叹。二句皆为作者目击景象，且为流水对法，言牧场的浮云连同马阵俱没，徒见遍山秋草离离。慨叹连年征战，马匹尽赴战场，而后继牧监者不力，故成此空虚景象。或曰"浮云"喻马阵，"阵没"指邺城溃败，非老杜本意。

③ 颈联意转，于昏暗中复见光明。言马阵虽空，而龙种犹存，复兴牧监盛事，犹可期待。龙种：指骏马，古传骏马为龙所生。《开山图》云，陇西神马山有渊池，为龙马所生之地。残：余，存。骕骦：骏马名。二句为流水对，"老骕骦"即"真龙种"之一。旧注以为龙种指赵王李适，以为骕骦指郭子仪，均属断章穿凿。杜甫关心战马，即是关心战事，也就足够。以为事事影射，对号入座，便是把诗看成谜语。

④ 尾联为龙种骕骦写貌传神，表达作者对胜利的信念和不屈的性格。哀鸣：悲愤嘶鸣。迥立：屹立。苍苍：苍天。浦起龙曰：此诗为杜甫"见秦州牧马，而动殄寇之思"。

其 七

莽莽万重山，孤城石谷间①。
无风云出塞，不夜月临关②。
属国归何晚，楼兰斩未还③。
烟尘一长望，衰飒正摧颜④。

【注释】

① 首联写秦州地处荒远，以"万重"山岭衬托"孤城"，愈显其孤。莽莽：无边无际的样子。孤城：指秦州城。

② 颔联写秦州天象之异，间接状写地貌特征。秦州城被群山簇拥，故风不得入，人不知有风，但见云出关塞。又因孤城处于东西走向的山谷

里，故颇得夕照而早见月出。杜诗壮语，亦有实据。

③颈联写身处边城而感念国事。属国：典属国，汉代官职名，负责民族交往事务，此处代指使臣。当时应有出使吐蕃而被扣留者。楼兰：汉代西域国名。汉昭帝时，楼兰与匈奴通好，不亲汉朝。傅介子至楼兰，斩其王首而归。此处反用典故，慨叹时无壮士。当时西部边患除吐蕃外，还有党项、羌、奴剌等少数民族。

④尾联写遥望边地烽烟和衰败的秋景，容颜为之憔悴。烟尘：烽烟。长望：久久遥望。衰飒：谓秋天的衰败景物。此景引发对国事的联想，故而"摧颜"。

其十七

边秋阴易夕，不复辨晨光①。
檐雨乱淋幔，山云低度墙②。
鸬鹚窥浅井，蚯蚓上深堂③。
车马何萧索，门前百草长④。

【注释】

①首联言边地秋天阴雨连绵，天黑得早而亮得晚。曰"夕"曰"晨"，见出秋雨不止；易夕而迟明，见出阴云之重。皆为令人生愁之景。

②颔联写雨中景物，而暗写居舍简陋。乱雨淋幔，可见屋檐之短，不能遮雨；低云入院，可见墙头之矮，不能阻云。

③颈联继写雨中景物，亦暗写居舍简陋。鸬鹚：又名鱼鹰，性喜捕鱼。浅井：指院内积水。鸬鹚窥视积水，以为有鱼可捕，此实可笑，亦复可哀，所可哀者，院基低洼，已成汪洋。蚯蚓乃喜潮湿之物，今入深堂而来，可知雨中堂地之湿。而人何能与蚯蚓共处？

④尾联写人事交游冷漠，门前草盛，不仅因雨，亦因车马无踪。而车马绝迹，不仅因雨，更因主人贫居。是一篇以雨见贫、雨中叹贫的佳作。

其二十

唐尧真自圣，野老复何知①！
晒药能无妇？应门亦有儿②。

藏书闻禹穴，读记忆仇池③。
为报鸳行旧，鹪鹩在一枝④。

【注释】

① 首联作痛愤之语，尖锐指斥肃宗刚愎自用，正面陈述远离朝廷的原因。唐尧：借称肃宗。自圣：天生圣明。《尚书》云："惟木从绳则正，后从谏则圣。"此言"自圣"，是杜甫做肃宗谏官的切身体会。野老：杜甫自称。称自己无知，是顺着"自圣"者的心思说的牢骚话。

② 颔联写家居自得之乐：晒药有妇，应门有儿，以表示对肃宗冷遇的抗争与反讽。杜甫困居长安期间，曾以卖药谋生，又因身体多病，久病成医，懂得药理。晒药：就是把采来的药材洗净晒干。应门：支应门户。

③ 颈联写秦州附近有名胜古迹可以游赏，进一步表示抗争与反讽。禹穴：旧注地点有三，一在浙江绍兴会稽山上，相传为禹藏书处；一在陕西洵阳县（今陕西旬阳市）东；一在蜀地石纽（古地名，在今四川省汶川县境）。此三说皆不切秦州地理。近人冯国瑞认为禹穴在今甘肃永靖县炳灵寺石窟中，李济阻赞同此说并详加考证，可作定论。仇池：山名，在唐成州同谷县（今甘肃成县）西，因山上有仇池而得名。山在秦州西南二百余里。《宋书·氐胡传》载："仇池地方百顷，因以百顷为号；四面斗绝，高平地方二十余里，羊肠蟠道，三十六回。"

④ 尾联为向旧时同僚的寄语，言今日自己则如小鸟一样寄身于一枝。仍是以自得之语写愤激之情。鸳行（háng）：比喻朝官的行列，引申为同僚。鹪鹩（jiāo liáo）：一种以昆虫为食的小鸟。《庄子·逍遥游》："鹪鹩巢于深林，不过一枝。"意谓以一枝为满足。

月夜忆舍弟

此诗当作于乾元二年（759）白露节的夜晚，杜甫在秦州（今属甘肃省天水市）。诗中描写边城秋夜的凄凉景象，抒发思乡忆弟的感慨。景真情切，语言凝练。"月是故乡明"，五字垂留千载，道出万众心曲，显示出语言大师的艺术腕力。舍弟，即胞弟。杜甫有弟四人，名颖、观、丰、占。此时唯杜占相随。

戍鼓断人行，边秋一雁声①。
露从今夜白，月是故乡明②。
有弟皆分散，无家问死生③。
寄书长不达，况乃未休兵④。

【注释】

① 戍鼓：谓戍楼上入夜时敲响的禁鼓。人踪敲断，见出边城警肃、寂静，于是得以听到雁鸣。一雁：孤雁。古人以雁行比喻兄弟，则孤雁哀鸣又引发忆弟之兴。首联二句，笔墨迤逦而入题旨。

② 颔联二句皆"上一下四"句式，即景抒发浓郁的羁旅思乡之情。言露水从今夜变白，不只是说明此日为白露节，更含有羁旅之思，即杜审言"独有宦游人，偏惊物候新"的季节感受。杜甫虽非宦游，却是游子，游子思乡，对于季节的变更是敏感的，哀伤的。月亮只有一个，说故乡的月亮明亮，是悖理的，然而对故乡的挚爱与思念，却由此得以传达。此所谓悖理达情之手法。

③ 颈联正面写出思念的对象，语极沉痛。杜甫之弟唯杜占跟随身边，另外三人皆在战乱中离散，流落他乡。而杜甫在洛阳附近的故居，已在战乱中毁掉，故无法打听生死消息。二句对仗工稳，却能剥落痕迹，盖以感情运作的结果。

④尾联进一层书写忆弟之情,感慨遥深。无家可问生死,已是可悲,又因路途遥远、战乱未止,连书信也不能寄到。况乃:何况。未休兵:《通鉴》载,九节度兵溃,邺城遂为叛军所得,九月,史思明复取洛阳。末句慨叹战乱不休,遂使这篇忆弟之作,带上时代烽烟。杜诗的现实性和时代性在此。

遣兴三首(选一)

这组诗当作于乾元二年(759)秋,杜甫客居秦州。所选为组诗的第一首。诗写行经古战场所见的惊人景象,批判了边将的邀功滋事和玄宗的穷兵黩武。描绘古战场,既有大笔渲染,又有细笔特写,构成惨烈场面之后,再对开边政策进行抨击,具有很强的艺术效果。

下马古战场,四顾但茫然①。风悲浮云去,黄叶坠我前②。朽骨穴蝼蚁,又为蔓草缠③。故老行叹息④:"今人尚开边⑤!"汉虏互胜负,封疆不常全⑥。安得廉颇将⑦,三军同晏眠⑧!

【注释】

①但:只。茫然:迷茫阔远的样子。
②风悲、黄叶,渲染之词,凸现悲凄氛围。
③"朽骨"二句,特写之笔,细致入微,惨烈之至。叹人命之微贱,无以复加。
④故老:土著老人。
⑤开边:扩充领土。反对开边战争是杜甫的一贯立场。此前在《前出塞》诗中曾说:"君已富土境,开边一何多!"开元末及天宝年间,玄宗好大喜功,诸将以战邀功,频频发动对周边邻国的战争。

⑥"汉虏"二句,写事与愿违的结果。敌我双方互有胜负,甚至连固有的疆土也经常不能保全。据《通鉴》载,开元十五年(727),吐蕃入寇凉州,被河西节度使王君㚟击破,君㚟以功迁左羽林大将军,玄宗由此益事边功。开元十七年(729),朔方节度使信安王李祎攻吐蕃,拓地千余里。开元二十六年(738),鄯州都督、知陇右留后杜希望攻吐蕃新城,以其地为威武军。开元二十八年(740),吐蕃入寇安戎城,发关中强兵救之,吐蕃引去。开元二十九年(741),吐蕃入寇石堡城,盖嘉运不能御。天宝五载(746),河西、陇右节度使与吐蕃战于青海、碛石,大捷。天宝八载(749),陇右节度使哥舒翰攻吐蕃石堡城,士卒死者数万,获吐蕃四百人。天宝十一载(752),吐蕃与南诏联军,为剑南兵击破。天宝十二载(753),陇右节度使哥舒翰击吐蕃,悉收九曲部落。安西节度使封常清击大勃律,破之。天宝十三载(754),剑南留后李宓击南诏,全军覆没。杨国忠发兵讨之,前后死者近二十万人。安史之乱中,吐蕃乘机侵扰,唐王朝西部领土更是日益缩小。

⑦廉颇:战国时赵国名将,屡立战功,能安边而又不滋事端。

⑧晏眠:高枕无忧。

即　事

此诗作于乾元二年(759)秋,杜甫客居秦州。《通鉴》载,乾元元年(758)七月,肃宗把宁国公主嫁给回纥毗伽可汗,以换取回纥的援兵。乾元二年(759)四月,毗伽可汗死,回纥人想让宁国公主殉葬。宁国公主据理力争,以毁容为代价,得以存命,同年八月,回归京都。诗题"即事",意为就眼前所见之事作诗抒怀。秦州地处交通要道,宁国公主回国当经此处,为杜甫所目击。诗中以凄凉的笔调描绘了宁国公主的神形,批判了唐肃宗的和亲政策，表现了可贵的民族自尊心。

> 闻道花门破，和亲事却非①。
> 人怜汉公主，生得渡河归②。
> 秋思抛云髻，腰支剩宝衣③。
> 群凶犹索战，回首意多违④。

【注释】

① 花门破：花门，即回纥，因回纥西南部有花门山堡，故称。《旧唐书·回纥传》载，乾元二年（759），回纥骨啜特勒率兵与唐九节度使合围邺城，战败。肃宗以公主嫁回纥，本想借回纥兵平息安史之乱，今回纥亦败，故云"事却非"，即举措失误。

② 汉公主：指宁国公主。"汉"字，有民族耻辱之叹。河：指黄河。宁国公主自回纥归还，需渡黄河。

③ 秋思：愁思，神情凄凉。抛云髻：蓬头散发。腰支：腰肢。泛指形体。剩（shèng）：剩余。此句极言形体消瘦。此联描摹公主惨淡神形，笔触细腻，是批判肃宗和亲政策的用力之处。

④ 群凶：指史思明等叛将。索战：挑战。《通鉴》载，乾元二年（759）九月，史思明分兵四道渡河，李光弼弃洛阳，守河阳。意：指肃宗嫁女求援以平战乱的意图。多违：多有违背事理之处。杜甫认为，肃宗把平乱寄托在回纥援军身上，又把求援寄托在嫁女事上，均于事理不通。

寓　目

此诗当作于乾元二年（759）秋，杜甫在秦州。寓目，即观看。诗中描写秦州一带奇异的物产、地理、气候和民俗，寄寓动乱之忧。层次清晰，章法谨严。

> 一县蒲萄熟，秋山苜蓿多①。
> 关云常带雨，塞水不成河②。
> 羌女轻烽燧，胡儿掣骆驼③。
> 自伤迟暮眼，丧乱饱经过④。

【注释】

① 首联写秦州物产之特异。蒲萄：葡萄。《永徽图经》载，陇西、五原、敦煌山谷多产葡萄。苜蓿（mù xu）：一年或多年生草本植物，马喜食。汉代张骞出使西域，从大宛国带回紫苜蓿种子。

② 颔联写秦州气候和地理之异。关云：关塞之云。"塞水"句，是说塞上的流水遍地奔窜，没有固定的河道。

③ 颈联写秦州异族民性之强悍。羌女：羌族妇女。轻烽燧：轻视烽烟，不把战争当回事。烽燧：古时边防报警点燃的烟火。掣骆驼：言体力强悍。掣，拽而使动。

④ 尾联自叹一双老眼，不知还要目睹多少战乱。是对前六句的意旨归总，表达对边城安危的深重忧虑。过，读平声。

捣 衣

此诗当作于乾元二年（759）秋，杜甫在秦州。古时妇人为征夫做寒衣，先将衣料放在石砧上用杵捣平，使之柔软便于缝纫。杜甫闻捣衣之声而作此诗，托戍妇之口吻，更见思念之真切。诗中深刻揭示了戍妇的内心世界：知不返而犹寄衣，力微薄而不辞倦，长离别而仍贞守。表现出作者对中国女性美好品德的赏识与赞叹，以及对她们艰难处境的同情。

亦知戍不返，秋至拭清砧①。
已近苦寒月，况经长别心②。
宁辞捣熨倦？一寄塞垣深③。
用尽闺中力，君听空外音④。

【注释】

① 戍不返：言丈夫戍守边关不会归来。拭清砧：擦净砧石。意谓开始捣衣。砧，捣衣石。

② 颔联二句为递进关系的流水对，由"苦寒月"的肌肤之痛，深入到"长别心"的精神之痛，由表及里，写尽思妇的艰苦人生。

③ 颈联写思妇的急切心情，由"捣"而"熨"，由"熨"而"寄"，只想把寒衣尽快送到遥远的边关。宁：岂。一寄：一下子寄到。塞垣：指北方边境地带，即征夫所在之处。深：远。

④ 尾联为思妇向征夫的遥嘱之辞。意谓我已用尽了柔弱之力，但愿你能听到那来自天外的捣衣声。写思妇希望以声递情，既见其深情绵邈，又见其悲苦无奈。至情与苦情，总摄全篇。

佳　人

此诗当作于乾元二年（759）秋，杜甫在秦州。诗中描写一位被丈夫遗弃的乱世佳人，幽居空谷，艰难度日，却能摒弃世俗，坚贞自守。作者在这个形象上寄寓了个人身世之感。诗中颇多细节描写，对揭示人物性格、塑造人物形象起到重要作用。诗押入声韵，今日读之，或不相谐。

绝代有佳人①，幽居在空谷②。自云良家子③，零落依草木④。

关中昔丧乱⑤,兄弟遭杀戮。官高何足论⑥,不得收骨肉⑦。世情恶衰歇⑧,万事随转烛⑨。夫婿轻薄儿,新人美如玉。合昏尚知时⑩,鸳鸯不独宿⑪。但见新人笑,那闻旧人哭。在山泉水清,出山泉水浊⑫。侍婢卖珠回,牵萝补茅屋⑬。摘花不插发,采柏动盈掬⑭。天寒翠袖薄,日暮倚修竹⑮。

【注释】

① 绝代:冠绝当代。

② 幽居:隐居。

③ 良家子:旧时指出身于名门贵族家庭的子女。

④ 零落:沦落。依草木:生活在草野之中。

⑤ 关中:函谷关以西地区称关中。此处指京都。丧乱:指安史叛军攻陷长安。

⑥ 官高:言此女之家庭出身。

⑦ 收骨肉:谓收敛兄弟的尸体。

⑧ 世情:世俗之情。恶(wù)衰歇:厌恶家道衰落。

⑨ 随转烛:如风中的烛火飘忽不定。

⑩ 合昏:合欢,又名马缨花,落叶乔木,其叶至晚而合,故云"知时"。

⑪ 鸳鸯:鸟名,雌雄不分离。以上二句以花木和鸟类作反衬,凸现丈夫之轻薄。

⑫ 泉水:佳人自喻。出山:比喻为丈夫所休弃。山,喻夫家。古时认为妇女被弃,是因其不清白,故称"泉水浊"。此为佳人蒙屈之叹。

⑬ 卖珠、补屋:写佳人生活艰难,与上文"零落"相照应,亦为下文写其坚贞性格作铺垫。

⑭ "摘花"二句,选炼细节富于精神内蕴。"摘花",见出女性特征。"不插发",又见其无心打扮,感情忧伤。"采柏"满把,是佳人对其身世和性格的认知和昭示,盖因柏枝苦涩而坚贞。动:常常,每每。掬:两手捧取。

⑮ "天寒"二句,从穿着(翠袖)和行为(倚竹)两个角度,把佳人

与修竹融为一体,修竹高标而劲节,用以映衬佳人的形象。所谓兴象,盖当指此。

天末怀李白

此诗当作于乾元二年(759)秋,杜甫在秦州。秦州地处边塞,故称天末(天边)。肃宗至德二载(757),李白因参加永王李璘的幕府,璘败,而被投入浔阳监狱。乾元元年(758)被判流放夜郎。乾元二年(759)春,行至白帝城时遇赦而还。此事杜甫尚不得知,故写此诗怀念之。

> 凉风起天末,君子意如何①?
> 鸿雁几时到?江湖秋水多②。
> 文章憎命达,魑魅喜人过③。
> 应共冤魂语,投诗赠汨罗④。

【注释】

① 首联因凉风引发摇落之思,思及李白,故问之心情如何。以问候之语发端,亲切而又自然。君子:称李白。意:指遭贬谪的心情。

② 颔联因见鸿雁南飞,不禁念及给李白的书信何时寄到。古人有雁足传书之说。南方江湖,秋水为多,行进不便,故忧念之。

③ 颈联慨叹李白命途多舛。文章憎命达:意谓文章与命达为敌,也就是说能写出好诗文的人其命运都不好。这是为李白而叹息,也是为个人而叹息,更是对千载优秀文人处境的高度概括。杜甫晚年作《丹青引》云:"但看古来盛名下,终日坎壈缠其身。"与此意同。魑魅(chī mèi):古代传说山泽中的鬼怪,喜吃人。李白要去的夜郎是魑魅之地,杜甫担心他会遭到不测。过,读平声。

④尾联将李白与屈原同论,着一"冤"字,点明全篇情感之所生。冤魂:指屈原。屈原无罪而遭放逐,投汨罗江而死。李白也是无罪而被流放,二人命运相同,所以有"共语""投诗"的推想。投诗:赠诗。汉代贾谊被贬长沙,过汨罗江时,曾作文祭奠屈原。

梦李白二首

这组诗与前首同为寓居秦州时作。两首均为记梦,描写梦中见到李白,醒后对其生死的猜测,以及对其坎坷命运的叹息。表现出杜甫对旧友情谊的诚笃。诗中所写李白"告归常局促""出门搔白首"等细节,不仅形象逼真,且富感情蕴藏。

其 一

死别已吞声,生别常恻恻①。江南瘴疠地,逐客无消息②。故人入我梦,明我长相忆③。君今在罗网,何以有羽翼?恐非平生魂,路远不可测④。魂来枫林青,魂返关塞黑⑤。落月满屋梁,犹疑照颜色⑥。水深波浪阔,无使蛟龙得⑦。

【注释】

①已:止。吞声:无声地悲泣。常恻恻:悲痛不已。首二句言生别之痛甚于死别,死别止于吞声一哀,生别则怀念不已,悲苦无尽。

②瘴疠:江南潮湿地区流行的恶性疟疾等传染病。逐客:指李白。李白被判流放罪,故称。二句写地危音断,既申明上文"恻恻"之因,又申明下文致梦之由。章法细密。

③明:知晓。言李白知晓我在苦思,故来入梦。

④"君今"四句写杜甫梦中见到李白时的思索:李白在拘押中,如鸟

儿身陷罗网，怎么会来到秦州呢？恐怕眼前所见是李白的鬼魂吧，须知夜郎路远，生死难料啊。平生魂：生时之魂。

⑤"魂来"句，为想象之辞。李白被放逐的江南地区多枫林，故有此语。关塞：指秦州。秦州地处边塞。"青"言昼，"黑"言夜，魂之来去仅在昼夜之间，叹息离别匆促。

⑥"落月"二句，写醒后心神恍惚，亦幻亦真，望着屋梁间的月光，仿佛仍见李白的面容。此为传神之笔，亦为至情之辞。

⑦"水深"二句，为李白祈祷之语。江南多湖泊，传说有蛟龙藏于其间，能食人。水深、蛟龙，兼喻政治环境险恶。杜甫《不见》云："世人皆欲杀"，可知李白的政治处境。

其 二

浮云终日行，游子久不至①。三夜频梦君，情亲见君意②。告归常局促③，苦道"来不易④，江湖多风波，舟楫恐失坠⑤。"出门搔白首⑥，若负平生志⑦。冠盖满京华，斯人独憔悴⑧。孰云网恢恢？将老身反累⑨！千秋万岁名，寂寞身后事⑩。

【注释】

① "浮云"二句，李白《送友人》："浮云游子意"，此用其意而思其人。

② 见君意：表现出李白对自己的深厚情意。

③ 局促：不安不乐的样子，即不忍离去。

④ 苦道：苦苦地诉说。"苦道"以下三句记李白的诉说。

⑤ 舟楫：船只。失坠：沉没。言江湖路险，兼有寓意。

⑥ 出门：指告别之际。搔白首：心绪烦乱之状。

⑦ "若负"句，像是惋惜平生之志未展。此句揭示"搔首"之因。李白一生追求政治建树，却落个流放的结局。

⑧ "冠盖"二句，为痛斥世道不正之辞。冠盖：士大夫的服饰和车驾。此处代指达官贵人。斯人：此人，指李白。憔悴：困顿萎靡的样子。"满"与"独"，对比鲜明，感情激烈。

⑨ "孰云"二句，为怒责天道不公之辞。孰云：谁说。反诘语，表示

对所云之否定。网恢恢:"天网恢恢,疏而不失。"(《道德经》)意谓天理广大无边,虽非面面俱到,却不会漏掉大善和大恶。李白获罪时已五十九岁,故云"将老"。反累:反而遭受忧患。

⑩"千秋"二句,意谓李白即便名垂千古,那也只是死后的荣耀,无补于生前。寂寞:指李白生前仕途无闻。

病 马

此诗当作于乾元二年(759)秋,杜甫在秦州。诗为所乘的一匹老马而作,歌颂其忍苦效力的驯良品格和对自己的情意。作者以"尔"称马,口气如对马语,表达出物我亲融的宇宙精神,其后有诗言道:"岸花飞送客,樯燕语留人""江山如有待,花柳更无私""一重一掩吾肺腑,山鸟山花吾友于"等,都是这种宇宙精神的体现。

> 乘尔亦已久,天寒关塞深①。
> 尘中老尽力,岁晚病伤心②。
> 毛骨岂殊众?驯良犹至今③。
> 物微意不浅,感动一沉吟④。

【注释】

① 首联从时、空两个角度,写马对人的情意。时间长久,关塞路远,马之辛苦,可以想见。关塞:指秦州。深:远。

② 颔联从马本身的困况"老""病"下笔,进一步颂其品格。二句意谓,在风尘之中你已衰老,却仍在为我尽力;岁暮之际你患疾病,怎能不让我伤心!马为人尽力,人为马伤心,物我亲融,仁者之怀。

③ 颈联又由马的外表说到内心世界,毛骨与众马无异(非具超凡之

力),而驯良之德一以贯之。强调的是马的品德。

④尾联总合一篇之旨,言马虽微物而对人情意匪浅,足令人感动而沉吟不已。物微:物之微贱者。上承"毛骨"句。沉吟:低声吟味。申涵光曰:"杜公每遇废弃之物,便说得性情相关。"之所以如此,与被弃置的遭遇相关。

空　囊

此诗当作于乾元二年(759)深秋,杜甫在秦州。空囊,意为钱袋已空。诗写寓居秦州时困苦生活的感受,以调侃的口吻戏言贫困,是杜甫顽强意志的表现,也是其幽默性格的表现。

> 翠柏苦犹食,明霞高可餐①。
> 世人共卤莽,吾道属艰难②。
> 不爨井晨冻,无衣床夜寒③。
> 囊空恐羞涩,留得一钱看④。

【注释】

①首联写饥饿中的遐想。《列仙传》:"赤松子好食柏实。"司马相如《大人赋》:"呼吸沆瀣餐朝霞。"食柏餐霞,乃仙人之所为,作者欲求食之,是以自嘲的方式暗写囊空。

②颔联写囊空的原因。二句为因果关系的流水对,是说由于世人皆粗率无礼,则我的人生之路自然归于艰难。卤莽:写出乱世人情浅薄,礼义淡漠,不复有同情之心。

③颈联正面描写囊空之困状,衣食皆无,难以度日。不爨(cuàn):无米可炊。爨,烧火煮饭。夜眠已寒,晨炊又断,可谓饥寒交迫。

④尾联正面点题，语颇调侃，言为保全脸面，故留下一枚铜钱看守钱囊。作此诙谐之语，是为获得片刻轻松，暂缓内心的重压。

发 秦 州

此诗题下原注："乾元二年，自秦州赴同谷县纪行。"这年（759）十月，杜甫接到同谷县（今甘肃成县）"佳主人"的邀请信，遂举家迁往。诗写离秦的原因，南行的目的，半夜出发的情景。其中自我检讨如"懒拙"、不擅"应接"等，透露出作者对其耿介性格的认识，并认识到这种性格会导致终生困顿。自秦州至同谷，共作纪行诗十二首，此为第一首。

我衰更懒拙①，生事不自谋②。无食问乐土③，无衣思南州④。汉源十月交⑤，天气如凉秋⑥。草木未黄落，况闻山水幽。栗亭名更嘉⑦，下有良田畴。充肠多薯蓣，崖蜜亦易求⑧。密竹复冬笋⑨，清池可方舟⑩。虽伤旅寓远，庶遂平生游⑪。此邦俯要冲⑫，实恐人事稠⑬。应接非本性，登临未销忧⑭。溪谷无异石⑮，塞田始微收⑯。岂复慰老夫⑰？惘然难久留⑱。日色隐孤戍，乌啼满城头⑲。中宵驱车去⑳，饮马寒塘流㉑。磊落星月高，苍茫云雾浮㉒。大哉乾坤内，吾道长悠悠㉓。

【注释】

① 懒拙：指懒于逢迎，拙于应酬。
② 生事：生计，维持生活的办法。
③ 乐土：安乐的地方。此指同谷。
④ 南州：指同谷。同谷在秦州南面。
⑤ 汉源：旧县名，今甘肃西和县，与同谷相邻。十月交：进入十月。

⑥"天气"句,是说虽入冬季,而此地尚不寒冷,可解决无衣之困。
⑦栗亭:镇名,属同谷县。
⑧"充肠"二句,言此地物产较丰,可解决无食之难。充肠:充饥。薯蓣:又称山药,地下块茎可食,又具药用。崖蜜:山崖间野蜂所酿的蜜。《重修政和证类本草》卷二〇:"《图经》曰,石蜜,即崖蜜也。其蜂黑色,似虻,作房于岩崖高峻处,或石窟中,人不可到。但以长竿刺令蜜出。以物承之,多者至三四石。味酸,色绿,入药胜于他蜜。"
⑨密竹:茂密的竹林。冬笋:因气候温暖,竹笋在冬季即已滋生。
⑩方舟:两船相并。言池面宽阔。以上十句,细述同谷气候、土产,可解衣食之困,不惟不觉琐碎,直可见出作者饥寒瑟缩之状。以乐事写哀情,是杜甫诗笔一大特色。
⑪庶:庶几,也许可以。遂:满足。
⑫此邦:指秦州。俯要冲:俯临交通要道。
⑬人事稠:人事繁杂。杜甫性爱清简,故不耐繁杂交际。早年居长安时,曾云"平明跨驴出,未知适谁门。权门多噂沓,且复寻诸孙"。居奉先时,又云"出门无所待,徒步觉自由。杖藜复恣意,免值公与侯"。晚年居成都时,又云"畏人成小筑,褊性合幽栖"。居夔州时,又云"不爱入州府,畏人嫌我真"。且"老病忌拘束,应接丧精神"。可知其清简之性一生如此,这也是他不适于官场的一个原因。
⑭"登临"句,言秦州山水平凡,不足以畅怀解忧。
⑮异石:奇石。
⑯塞田:秦州一带的田地。始:才,仅。微收:小有收成。
⑰老夫:杜甫自称。
⑱惘然:失意的样子。
⑲"日色"二句,写离别之夕秦州的景物。秦州虽不如意,一旦离别,尚有恋情,这是杜甫心性朴厚之处。孤戍:孤城,指秦州。
⑳中宵:半夜。半夜启程,也是为了避开人事应酬。
㉑饮马寒塘:言旅途艰辛。
㉒"磊落"二句,写星月历历,高悬天宇,云雾苍茫,浮罩大地。凸现夜境之阒寂,不胜旅途寥落之感。

㉓"大哉"二句,以乾坤之大,反衬一己之微,寓身世孤微之叹。结句亦实亦虚,实者,眼前征途也;虚者,一生飘荡也。

铁 堂 峡

此诗作于自秦州往同谷(今甘肃成县)的旅途中。铁堂峡,在今甘肃省天水市西南七十里的天水镇镇东北七八里处。峡的南北两口很窄而中间宽阔,有如厅堂;又因峡壁色青如铁,故称铁堂峡。诗记铁堂峡的险绝怪异之态,渗入了作者的乱世惊魂,或者说它是作者乱世心态的外化,因而具有强大的艺术生命力,是对中国山水诗的宝贵开拓。

山风吹游子,缥缈乘险绝①。硖形藏堂隍②,壁色立精铁③。径摩穹苍蟠,石与厚地裂④。修纤无垠竹⑤,嵌空太始雪⑥。威迟哀壑底⑦,徒旅惨不悦⑧。水寒长冰横,我马骨正折⑨。生涯抵弧矢⑩,盗贼殊未灭⑪。飘蓬逾三年⑫,回首肝肺热⑬。

【注释】
① 缥缈:形容山路高远,隐约若无。乘险绝:行走在险崖绝壁间。
② "硖形"句言峡谷的形状如同深藏的大厅。硖:通"峡"。堂隍:广大的厅堂。
③ "壁色"句言黑色的石壁有如精铁矗立。
④ "径摩"二句言山径盘曲,上触青天;绝壁开裂,深入地底。
⑤ 修纤:细长。无垠:无边无际。
⑥ "嵌空"句言山顶上太古之积雪玲珑在望。极言山高雪古。仇兆鳌解"嵌空"为"玲珑貌"。
⑦ 威迟:曲折绵延的样子。写行进之状。哀壑:悲凉的峡谷。

⑧ 徒旅：旅行的人。
⑨ 骨正折：腿骨偏偏折断。
⑩ "生涯"句意谓生逢战乱的年代。抵：当，逢。孤矢：弓箭，指战争。
⑪ 盗贼：指安史叛军。殊未灭：远未灭绝。
⑫ 飘蓬：喻漂泊不定的身世。逾三年：杜甫自天宝十五载（756）夏季，携家属北走避难，到写此诗时（乾元二年，759），已过三年。
⑬ 肝肺热：言内心焦躁烦忧。

石 龛

此诗亦作于自秦州赴同谷途中。石龛（kān），即石窟，在今甘肃省西和县南八十里之山腰上。诗写经过石龛时的困境和所见的百姓徭役之苦。

熊罴咆我东，虎豹号我西。我后鬼长啸，我前狨又啼①。天寒昏无日，山远道路迷。驱车石龛下，仲冬见虹霓②。伐竹者谁子③？悲歌上云梯④。为官采美箭⑤，五岁供梁齐⑥。苦云"直幹尽，无以充提携⑦。"奈何渔阳骑，飒飒惊蒸黎⑧！

【注释】

① "熊罴"四句写石龛一带环境险恶，野兽成群。从前后左右四方下笔，令人觉得生存无地。鬼：指山中的精怪。狨（róng）：猿类动物，俗称金丝猴。古今注家多认为此四句本于曹操《苦寒行》"熊罴对我蹲，虎豹夹路啼"和刘琨《扶风歌》"麋鹿游我前，猿猴戏我侧"，这是把"纪行"曲解为"抄书"了，是对杜诗现实性的否定。"江西诗派"的影响可谓深远。

②"仲冬"句写天象反常,仲冬之季本不该有虹霓出现。反常的天象折射着世间的乱象,外化出作者的乱世心态。

③谁子:何人。

④云梯:像梯子一样陡峭入云的山路。言采竹艰危。

⑤官:官府。箭:指箭杆。古时箭杆多用竹子制成。

⑥五岁:五年。指自安史之乱爆发(755)以来的五年。此句言采竹历时之久。梁齐:指河南、山东官军,当时梁齐一带为双方交战的主要地区。

⑦"苦云"二句记采竹者的说辞。苦云:苦苦诉说。直榦(gǎn):可作箭杆的小竹。充提携:充当作箭杆用的竹子。

⑧"奈何"二句就采竹一事,怒斥叛军,追究战乱的起因。奈何:为何。渔阳骑(jì):指安史叛军。安禄山所部皆渔阳突骑,故称。飒飒:风声。这里形容叛军骑队的奔驰声。蒸黎:百姓。

泥功山

此诗亦为自秦州赴同谷途中作。泥功山,在甘肃成县西北三十里,山多泥泞。诗写翻越此山的艰难情景和对行人生命的关注,表现了推己及人的仁者情怀。

朝行青泥上,暮在青泥中①。泥泞非一时②,版筑劳人功③。不畏道途远,乃将汩没同④。白马为铁骊,小儿成老翁⑤。哀猿透却坠,死鹿力所穷⑥。寄语北来人,后来莫匆匆⑦!

【注释】

①"朝行"二句言泥功山满路泥泞,行进艰难。

②"泥污"句言泥污四季皆有、满山都是。

③版筑：用土木营造路面。因满山都是泥污，难于版筑，故曰"劳人功"。

④"不畏"二句意谓不怕泥途漫长，怕的是一家人将被泥潭没顶。汩没：被泥污淹没。

⑤"白马"二句言马和人浑身皆被泥污。铁骊：黑色的马。小儿满脸泥巴，故曰"成老翁"。

⑥"哀猿"二句言猿猴陷入泥中跳跃难出，发出哀鸣，野鹿穷尽气力挣扎不出丧了性命。猿、鹿皆动物中敏于行走者，尚且如此，则上文所云"汩没"之忧，实有因由。透：跳跃。坠：陷没。

⑦"寄语"二句传话给北面过来的行人，让他们谨慎迈步。由己之困而念他人之困，以己之危而警他人之危，是杜甫一贯的仁者情怀。

凤 凰 台

此诗作于乾元二年（759）十月，杜甫到达同谷之后。凤凰台，在同谷县东南七里凤凰山上。题下原注："山峻，人不至高顶。"可知作者未曾登上此台，诗由地名生发想象而写成。作者表示愿意献出心肉和鲜血以喂养台上的孤凤雏，以期实现国家的中兴。"再光中兴业，一洗苍生忧"，乃杜甫一生心事之要处，可见他虽远离肃宗，却未放弃对国家和人民的关注，这是杜甫的超人之处。

亭亭凤凰台①，北对西康州②。西伯今寂寞，凤声亦悠悠③。山峻路绝踪，石林气高浮④。安得万丈梯，为君上上头？恐有无母雏，饥寒日啾啾⑤。我能剖心血⑥，饮啄慰孤愁⑦。心以当竹实⑧，炯然无外求⑨。血以当醴泉⑩，岂徒比清流⑪？所重王者瑞，敢辞微命休⑫？坐看彩翮长，纵意八极周⑬。自天衔瑞图⑭，飞下十二楼⑮。图以奉至尊⑯，凤以垂鸿猷⑰。再光中兴业，一洗苍生忧⑱。深衷正为此⑲，群盗何淹留⑳！

【注释】

① 亭亭：高耸的样子。

② 西康州：谓同谷县城。唐高祖武德初年置西康州，贞观初年改为同谷县。

③ 西伯：周文王。寂寞：此处指死亡。悠悠：邈远难闻。相传周文王时，有凤凰鸣于岐山。作者由凤凰台名而联想到儒家心目中的远古圣王执政时有凤鸣瑞，意在感叹今之乱世。

④ "山峻"二句写凤凰台位于山巅云气之上，无路可登。

⑤ "恐有"二句写诗人想象台上有无母之凤雏，每日都在饥寒哀鸣。啾啾：细碎的鸟鸣声。此时已是冬季，故"寒"字有据。

⑥ 剖心血：剖心洒血，以供其饮食。

⑦ 慰孤愁：宽慰无母凤雏的忧愁。

⑧ 竹实：竹米，竹子开花所结的果实。传说凤凰非竹实不食。《庄子·秋水》："夫鹓鶵，发于南海而飞于北海，非梧桐不止，非练实不食，非醴泉不饮。"练实，即竹实。

⑨ 炯然：显然。无外求：无须另去求索。因有心肉为食，故云。

⑩ 醴泉：甘泉。

⑪ "岂徒"句言鲜血胜过清流。

⑫ "所重"二句意谓自己所珍重的是国家祥瑞，为此可以牺牲自己的生命。古人认为凤凰出现是国家昌荣的征兆，故称其为"王者瑞"。

⑬ "坐看"二句言即将看到凤雏彩羽丰满，纵情地翱翔天下。坐：即将。八极：八方极远之处。

⑭ 自天：从天帝那里。衔瑞图："黄帝游玄扈、洛水之上，……凤凰衔图置帝前。帝再拜受图。"（《春秋元命苞》）瑞图，指神仙的策命。

⑮ 十二楼：传说为神仙所居之处。《十洲记》载："昆仑山三角，……

其一角有积金,为天墉城,面方千里。城上安金台五所,玉楼十二所。"

⑯奉:献。至尊:古时对皇帝的称呼。

⑰垂鸿猷:使伟业长存。

⑱"再光"二句写出作者的理想境域,国家昌盛,百姓安乐,是其一生苦苦追求的政治目标。作为实现这个目标的途径,则是"致君尧舜上,再使风俗淳。"

⑲深衷:深意。指剖心献血的意图。此:指"再光中兴业,一洗苍生忧。"

⑳群盗:指叛军余孽。何淹留:如何能够久留。意谓必被消灭。

乾元中寓居同谷县作歌七首

这组诗为乾元二年(759)十一月作,杜甫寓居同谷县。在此期间,杜甫一家生活陷入绝境。组诗记录了苦难经历和感受。七首诗结构相同,均为前六句叙事,末二句感叹。在韵律上,前六句押一韵,末二句换韵连押。内容沉郁,声韵顿挫。

其 一

有客有客字子美,白头乱发垂过耳①。
岁拾橡栗随狙公②,天寒日暮山谷里③。
中原无书归不得④,手脚冻皴皮肉死⑤。
呜呼一歌兮歌已哀⑥,悲风为我从天来⑦!

【注释】

①白头乱发:既见其貌,又见其神。

②岁:此指岁末。橡栗:橡树结的果实,似栗而小,为贫人充饥之

物。《后汉书·李恂传》:"时岁荒,……徙居新安关下,拾橡实以自资。"狙(jū)公:养猴的人。《庄子·齐物论》:"狙公赋茅曰,朝三而暮四。众狙皆怒。曰,然则朝四而暮三。众狙皆悦。"赋,给予。茅,橡子。可知狙公以橡子饲猴。曰"随狙公",即跟随狙公拾取橡子。所可悲者,一以饲猴,一以自食也。

③"天寒"句交代拾橡子的时间和地点,更见境况之可悲。

④中原无书:收不到来自洛阳的家书。中原,指故乡洛阳。

⑤皲(cūn):皮肤因受冻而裂开。死:触觉失灵。

⑥一歌:此歌为第一首,故称。

⑦"悲风"句言悲风自天而落,与自己的哀歌相唱和。极凄苦处,亦不失悲壮音响,此为老杜精神。

其　二

长镵长镵白木柄①,我生托子以为命②。
黄独无苗山雪盛③,短衣数挽不掩胫④。
此时与子空归来⑤,男呻女吟四壁静⑥。
呜呼二歌兮歌始放,闾里为我色惆怅⑦!

【注释】

①镵(chǎn):古时一种掘土工具。重复"长镵"二字,细写木柄形色,均表现对它的重视,与次句内容相谐。

②"我生"句意谓一家人的性命都托付给你。子:对长镵的敬称。

③黄独:一种野生的土芋,可食。无苗:因大雪封山而淹没了苗踪。

④数(shuò):屡,频。挽:往下拉拽。不掩胫:言衣短遮不住小腿。

⑤空:一无所获,没有挖到黄独。

⑥男呻女吟:指儿女们因饥饿而呻吟。四壁静:仇兆鳌解云,呻吟既息,四壁悄然,写得凄绝。又,《史记·司马相如传》曰,家居徒四壁立。后因以"四壁"指家贫如洗。

⑦"呜呼"二句言此悲歌刚一放声,邻里就已为我惆怅动容。闾里:邻里。首章言悲动天风,此章言悲动邻里,感天动地之想,见出胸次之博大。

其 三

有弟有弟在远方①，三人各瘦何人强②？
生别展转不相见，胡尘暗天道路长③。
东飞鴐鹅后鹙鸧，安得送我置汝旁④？
呜呼三歌兮歌三发⑤，汝归何处收兄骨⑥？

【注释】

①有弟：杜甫有弟四人，名颖、观、丰、占。此时只有杜占跟在身边，其他三人远在河南、山东。

②何人强：是说没有一人身体强壮。

③胡尘：胡人的兵马扬起的沙尘。喻叛军的凶焰。道路长：指兄弟相隔路远。此句申说"不相见"的原因。

④"东飞"二句，写眼望向东飞去的鴐鹅和鹙鸧，希望骑上它们飞到诸弟身旁。鴐（jiā）鹅：鸿雁。鹙鸧（qiū cāng）：鹙，秃鹙，似鹤而大；鸧，鹤类，毛苍色。

⑤三发：三唱。

⑥汝：指称诸弟。兄：指自己。因自己漂泊不定，不知将死在何处，故有此替弟作难之想。"发""骨"，属入声"月韵"。

其 四

有妹有妹在钟离①，良人早殁诸孤痴②。
长淮浪高蛟龙怒③，十年不见来何时④？
扁舟欲往箭满眼，杳杳南国多旌旗⑤。
呜呼四歌兮歌四奏，林猿为我啼清昼⑥。

【注释】

①有妹：杜甫有妹一人，嫁韦氏。钟离：古县名，故址在今安徽省凤阳县东北。

②良人：丈夫。早殁：过早地去世。至德二载（757）正月，杜甫作诗《元日寄韦氏妹》，有"郎伯殊方镇"句，可知其妹夫尚在，今云"早殁"，则"早"义为"过早"，非"早已"。诸孤痴：几个儿女都很幼小。

孤，古时称无父者。

③长淮：淮河。钟离在淮河南岸。蛟龙怒：形容水路难行。蛟龙，古代传说一种能发洪水的动物。

④来何时：言相会无期。来，指妹前来相会。

⑤"扁舟"二句意谓欲乘小舟前往探妹，而愁于兵乱阻隔。箭满眼、多旌旗，形容战乱之严重。杳杳：幽远的样子。南国：指南方。

⑥"林猿"句言林中之猿为悲歌所感动，竟于白昼哀啼。猿本夜间啼叫，今白昼而啼，极言歌声之悲切。

其　五

四山多风溪水急①，寒雨飒飒枯树湿②。
黄蒿古城云不开③，白狐跳梁黄狐立④。
我生何为在穷谷⑤？中夜起坐万感集⑥。
呜呼五歌兮歌正长⑦，魂招不来归故乡⑧。

【注释】

①四山：四面之山。同谷四面环山。

②飒飒：雨声。

③黄蒿古城：指黄蒿丛生的同谷县城。黄蒿，一种野生植物，高三四尺。云不开：阴云不散。

④跳梁：跳跃。以上四句写阴云湿雨、荒草野兽，极尽同谷之穷相，亦极尽诗人之穷愁。

⑤我生：我的所行。穷谷：荒僻的山谷，指同谷。

⑥中夜：半夜。

⑦长：长歌当哭之意。

⑧"魂招"句意谓神魂已飞到故乡，不能再招回来。此句为紧缩句，前四字一句，后三字一句，后三字是对前四字的说明，写出身居穷谷而极思故乡，以致失魂落魄之状。

其　六

南有龙兮在山湫①，古木巃嵷枝相樛②。

木叶黄落龙正蛰③，蝮蛇东来水上游④。
我行怪此安敢出，拔剑欲斩且复休。
呜呼六歌兮歌思迟⑤，溪壑为我回春姿⑥。

【注释】

①山湫（qiū）：山中的深潭。即万丈潭。《大清一统志》载，万丈潭在同谷"县东南七里，相传曾有黑龙自潭飞出"。杜甫有《万丈潭》诗，记其神异景象。

②巃嵸（lóng zōng）：错杂不齐的样子。樛（jiū）：盘绕，纠结。

③龙正蛰：龙在潜藏。此时为仲冬之季，故云。

④蝮蛇：毒蛇的一种。古今注家多认为此处"蝮蛇"有喻指，或以为指李辅国，或以为指史思明，均未能通圆全篇。求之过深，反成浅薄。今按，"蝮蛇"敢于冬季出游，正说明天气变暖，这正是"短衣数挽不掩胫"的杜甫所渴望的，此处"蝮蛇"乃春之信使，故下文说道虽"怪"而"欲斩"，却终于"复休"了。此章结句"溪壑为我回春姿"，则是正面道出欣喜天气回暖。因而"蝮蛇"句只是纪实，无所喻指。

⑤歌思迟：意谓诗情舒缓从容。

⑥"溪壑"句言溪流山谷已为饥寒的我回生春色。在杜甫心目中，自然界与人呈亲融关系，以上篇章如"悲风为我从天来""林猿为我啼清昼"皆是。

其 七

男儿生不成名身已老①，三年饥走荒山道②。
长安卿相多少年③，富贵应须致身早④。
山中儒生旧相识⑤，但话宿昔伤怀抱⑥。
呜呼七歌兮悄终曲⑦，仰视皇天白日速⑧。

【注释】

①身已老：此时杜甫已四十八岁，故云。

②"三年"句，见前《铁堂峡》注。

③"长安"句，讽刺肃宗排斥玄宗旧臣、培植少年新贵的愚蠢行径。

④致身：做官。此句讽刺庸俗之辈营求官位只为自身富贵，即《自京赴奉先县咏怀五百字》中所云："顾惟蝼蚁辈，但自求其穴。"此处为反话正说。

⑤山中儒生：可能是指李十一衔。杜甫晚年有诗《长沙送李十一衔》云"与子避地西康州"，西康州即同谷。

⑥宿昔：往昔。指往昔的壮志。伤怀抱：因志不得伸而感慨伤心。

⑦悄终曲：悄然停止吟唱。

⑧皇天：对天的尊称。白日速：太阳运行很快。此处写作者的感觉，因年老无成，故感到时光在迅速流逝。

剑 门

此诗作于乾元二年（759）十二月，杜甫在同谷寓居一个月，终因衣食困乏而前往成都，沿途纪行诗十二首，记录山川景象和行程的艰辛，此为其中一首，写剑门形势之险壮，对由此导致的军阀割据深感忧虑，提醒朝廷谨慎镇蜀人选。剑门，关名，在今四川省剑阁县东北二十五里，地形极为险要。《大清一统志》记录其状云："其山削壁中断，两崖相嵌，如门之辟，如剑之植，故又名剑门山。"

惟天有设险①，剑门天下壮②。连山抱西南，石角皆北向③。两崖崇墉倚④，刻画城郭状⑤。一夫怒临关⑥，百万未可傍⑦。珠玉走中原，岷峨气凄怆⑧。三皇五帝前⑨，鸡犬各相放⑩。后王尚柔远⑪，职贡道已丧⑫。至今英雄人⑬，高视见霸王⑭。并吞与割据，极力不相让⑮。吾将罪真宰⑯，意欲铲叠嶂⑰。恐此复偶然，临风默惆怅⑱。

【注释】

① 惟：发语词。天有设险：天帝在人间设下险阻。

② "剑门"句意谓剑门之险雄踞天下。

③ "连山"二句言连绵的群山抱护着西南蜀地，山壁的石角指向北方。写剑门的山势对蜀地拥兵自重者有利，交代作者产生忧怀的原因。

④ "两崖"句言两崖高耸，有如相互倚并的两堵高墙。崇墉：高峻的城墙。

⑤ "刻画"句言山石垒砌，呈现为城郭的形状。以上二句继续写剑门山势险峻，堪与关中朝廷为敌。

⑥ 临关：当关，拒守关隘。

⑦ 百万：指百万兵马。傍：靠近。

⑧ "珠玉"二句，意在提醒朝廷减轻对蜀地的剥削，以使民心归附。中原：此处指唐王朝的政治中心地区。岷：指岷山。峨：指峨眉山。均在四川。言岷峨气色惨淡，是移情于物的手法，见出民心沮丧。

⑨ 三皇五帝：古代传说中的帝王，此处代指上古时代。三皇，一般指燧人氏、伏羲氏、神农氏。五帝，指黄帝、颛顼、帝喾、尧、舜。

⑩ "鸡犬"句，言当时蜀地未通中原，蜀民古朴，不分彼此，连鸡犬都是杂乱畜养的。放：畜养。

⑪ 后王：指夏、商、周三代君主。柔远：对远方实行怀柔政策。

⑫ 职贡：指设置官吏，令百姓纳贡。《周礼》："制其职，各以其所能；制其贡，各以其所有。"道已丧：谓已丧失柔远的本意。此处有指斥唐王朝掠夺蜀民财物之意。

⑬ 英雄人：指地方割据势力。

⑭ "高视"句，谓野心家据此地以称王称霸。王（wàng）：称王。统一天下曰"王"，割据一方曰"霸"。

⑮ "并吞"二句，谓称王者要并吞，称霸者要割据，你争我夺，拼力相伐。

⑯ 罪真宰：向天帝问罪。

⑰ 铲叠嶂：铲平峰峦重叠的剑门山。

⑱"恐此"二句，意谓想到这种据险作乱的事情还会间或发生，不禁临风惆怅，惶恐无言。杜甫并非杞人忧天，一年后，梓州刺史段子璋造反，自称梁王；两年后，剑南兵马使徐知道在成都叛乱。

成 都 府

此诗作于唐肃宗上元元年（760）正月初，杜甫于头年十二月末到成都，稍事喘息，而作此诗。诗写初见成都的新鲜感受，表达对遥远故乡的思念之情。《元和郡县志》："剑南道成都府：天宝元年，改蜀郡大都督府。十五年，玄宗幸蜀，改为成都府。"成都府即今四川省成都市。

　　翳翳桑榆日①，照我征衣裳②。我行山川异③，忽在天一方④。但逢新人民⑤，未卜见故乡⑥。大江东流去，游子日月长⑦。曾城填华屋⑧，季冬树木苍⑨。喧然名都会⑩，吹箫间笙簧⑪。信美无与适⑫，侧身望川梁⑬。鸟雀夜各归，中原杳茫茫⑭。初月出不高，众星尚争光⑮。自古有羁旅，我何苦哀伤⑯！

【注释】

① 翳翳（yì yì）：光线暗弱。桑榆日：夕阳。古时以东隅为日出之处，以桑榆为日落之处。此句点明抵达成都的时间，见出行路急迫和辛苦。

② 征衣裳：旅人之衣。此句凸现风尘仆仆之行状。

③ 山川异：成都一带的山川面貌与北方不同，故云。

④ 天一方：有中原远隔之叹。

⑤ 新人民：谓异地陌生之人。

⑥ "未卜"句，谓难料此生能否见到故乡。初来人地两生，故乡遥远，故有此叹。又，汉代严君平曾在成都卖卜，闻名于时，杜甫暗用此

事,以切身置成都。

⑦"大江"二句,以大江奔流不止喻游子漂泊之久。大江:应指锦江,锦江为岷江分支,从成都市南流过。

⑧曾(céng)城:重城。曾,同"层"。成都有大城、少城,故称。填:布满。华屋:华丽的房屋。

⑨季冬:十二月。苍:青。

⑩喧然:喧哗热闹。名都会:著名的都市。成都曾是三国蜀汉、五代前蜀后蜀的国都,唐时此地经济也很繁荣。

⑪吹(chuī):管乐器。此处指笛。间(jiàn):夹杂。笙:管乐器。簧:乐器中用以发声的片状振动体。

⑫"信美"句,言此处诚然美好,但我这远客却心情不适。此处暗用王粲《登楼赋》"虽信美而非吾土兮"之意,表达思念故乡之情。

⑬望川梁:注目于川梁,表示欲乘舟远行东归故土之意。川梁,指锦江上的万里桥。此桥在成都南门外。三国时蜀国费祎出使吴国,诸葛亮在此设宴送别,费祎说:"万里之行,始于此矣。"因以名桥。

⑭"鸟雀"二句,以鸟雀归巢兴游子难归之叹。杜甫每每用鸟雀与人事作对比,抒发人不如鸟的感慨。中原:指洛阳故乡。杳茫茫:悠远渺茫。

⑮"初月"二句,为月初天象纪实。农历每月月初,新月出现在西天低空,不久便坠没。因月光不明,故众星争耀。二句只是写入夜未眠,见诗人之惆怅而已。古今注家或以为有政治寓意,谓以初月喻指肃宗,以众星喻指盗贼,实属断章穿凿,于诗脉未合。

⑯"自古"二句,紧承上文之游子怅怀,作自我宽慰语。言客居他乡者古来常见,我又何必如此深哀?羁旅:作客他乡。

堂 成

此诗作于上元元年（760）暮春。杜甫来成都后，在友人的帮助下，于成都西郊建造草堂。暮春时节，草堂落成。诗记草堂佳景，表达安居之乐，可从反面体会到诗人几年间的漂泊之苦。值得注意的是，诗人在庆幸居有定所的同时，还为乌鸦有处栖止、燕子有处筑巢而欢欣，表现出生灵同亲的仁者襟怀。

> 背郭堂成荫白茅，缘江路熟俯青郊[①]。
> 桤林碍日吟风叶，笼竹和烟滴露梢[②]。
> 暂止飞乌将数子，频来语燕定新巢[③]。
> 旁人错比扬雄宅，懒惰无心作《解嘲》[④]。

【注释】

① 首联记草堂的地理位置，背负城郭，面临江水。据四川省文史研究馆《杜甫年谱》，知草堂"在城西三里之浣花溪畔"，诗中所说的"江"即指浣花溪。荫（yìn）白茅：用白茅苫盖屋顶。荫，遮盖。缘江路熟：沿着江岸踏成一条小路。熟，成。俯青郊：俯视青青的郊野。写草堂处于较高的地势。

② 颔联写草堂林木之胜概。意谓桤林之叶碍日吟风，笼竹之梢和烟滴露。桤（qī）：落叶乔木。碍日：蔽日。吟风：在风中低声吟唱。笼竹：又名笼葱竹，南方所产的一种长节竹。和烟：环绕着雾气。

③ 颈联写乌鸦、燕子亦前来栖止、安巢，呈现出天人和乐的境界。止：栖息。将：携带。数子：几只雏乌。语燕：呢喃的燕子。定新巢：商定在草堂做窝。"定新巢"是对燕语的解译，颇具情趣，亦见杜甫爱物之心。

④ 尾联言旁人错把草堂比为扬雄之宅，自己出于懒散，无心像扬雄那

样作《解嘲》之文。扬雄宅,在成都少城西南角。扬雄曾在这里作《太玄经》(其宅因此又称"草玄堂"),被人嘲笑,便写了一篇《解嘲》文。杜甫所建草堂与扬雄宅邻近,故旁人有此类比。杜甫称其为"错比",是因为不想像扬雄那样撰写《太玄经》之类的作品,而愿作个诗人。此间,彭州刺史高适《赠杜二拾遗》中就曾说道:"草玄今已毕,此后更何言?"杜甫在《酬高使君相赠》中答道:"草玄吾岂敢?赋或似相如。"已表明自己的创作取向。总之,此联是借评论旁人之言,为草堂点染文化氛围。

蜀 相

此诗当为上元元年(760)春季,杜甫游成都武侯祠时所作。诗写武侯祠的庄严、肃穆景象,对诸葛亮一生的卓著功绩作出高度评价,为其未能收复中原完成统一大业而痛洒千秋之泪。虽为吊古,亦含伤今之意,此时战乱未止,朝廷正需武侯这样的贤相。蜀相,即诸葛亮,建安二十六年(221),刘备在成都即帝位,册封诸葛亮为丞相。

丞相祠堂何处寻?锦官城外柏森森[①]。
映阶碧草自春色,隔叶黄鹂空好音[②]。
三顾频烦天下计,两朝开济老臣心[③]。
出师未捷身先死,长使英雄泪满襟[④]。

【注释】

① 首联记武侯祠的远观景象,景中寓情。丞相祠堂,即武侯祠,在成都市南郊。锦官城:成都的别名。柏森森:柏树密集高耸,蔚然兴盛。此景既是对武侯祠景物的如实描绘,又是借柏树千秋凝翠以写武侯精神永在。

②颔联写武侯祠内的景物,亦兼写情。草碧莺鸣,祠中佳景,而着"自""空"二字,又将无心赏景、专事凭吊之意写出,语颇顿挫。映阶:遮覆台阶。形容碧草茂盛。自春色:自弄春色。意谓作者无心赏玩。空好音:空作好音。意谓作者无心听赏。

③颈联转笔写人事,对诸葛亮一生的才与德作出高度精确的概括,笔力雄健。三顾:刘备为请诸葛亮出山辅佐,曾三次到隆中草庐拜访。顾,访问。频烦:屡次烦劳。天下计:图谋天下之大策。诸葛亮在《隆中对》中为刘备制定"东连孙权,北抗曹操,西取刘璋"的策略。两朝:指刘备、刘禅父子两代。开济:开创大业,济世扶危。诸葛亮辅佐刘备建立蜀汉政权,是为"开";刘备死后,又辅佐刘禅济美守成,是为"济"。老臣心:指诸葛亮的忠厚之心。据《三国志·诸葛亮传》载,"先主病笃,谓亮曰:'嗣子可辅,辅之;如其不才,君可自取。'亮涕泣曰:'臣敢效忠贞之节,继之以死。'初,亮自表后主曰:'臣死之日,不使内有余帛,外有赢财,以负陛下。'及卒,如其所言"。

④尾联写凭吊之感,为诸葛亮未成统一大业而沉痛叹息,道出千古英雄的遗憾。出师:指讨伐北魏。身先死:《三国志·诸葛亮传》载,建兴十二年(234)春,诸葛亮出兵占据武功五丈原,与司马懿对垒,相持百余日,病死军中。英雄泪满襟,这种为诸葛洒泪之举是杜甫的,故所云"英雄"自当指作者。又云"长使",可知杜甫所指又是包括了后世的所有英雄人物,从而将英雄的泪花推入无限的历史长河之中,境界极为博大。

狂　夫

此诗当为上元元年(760)夏日作,杜甫居成都草堂。诗写无食之困,稚子饥色,却以翠竹、红荷之类的美景作反衬,形成自然与人事的强烈反差，从而凸显其狂放的性格特征。不肯随俗营谋自家生计，一味淡泊自守，这在世人眼中自是妄狂无知的人，故以"狂夫"自谓。

万里桥西一草堂，百花潭水即沧浪①。
风含翠筿娟娟净，雨裛红蕖冉冉香②。
厚禄故人书断绝，恒饥稚子色凄凉③。
欲填沟壑惟疏放，自笑狂夫老更狂④。

【注释】

①首联自述隐者身份。有自得之意。万里桥：在成都城南，跨锦江上。百花潭：据今人李谊考证，此潭是"与浣花溪相连的一个深渊，其故址在今日草堂之南，龙爪堰附近。"（见《杜甫草堂诗注》）杜甫《卜居》诗写道："浣花溪水水西头，主人为卜林塘幽。"可知草堂在浣花溪的西边。晚年在云安作《怀锦水居止二首》其二中写道："万里桥西宅，百花潭北庄。"可知草堂在百花潭的北面。如此，则古今注谓"百花潭即浣花溪"是不对的。沧浪（láng）：其说各异。《孟子·离娄上》："有孺子歌曰：'沧浪之水清兮，可以濯我缨；沧浪之水浊兮，可以濯我足。'孔子曰：'小子听之！清斯濯缨，浊斯濯足矣。自取之也。'"屈原《渔父》："渔父莞尔而笑，鼓枻而去，乃歌曰：'沧浪之水清兮，可以濯吾缨；沧浪之水浊兮，可以濯吾足。'遂去，不复与言。"文中渔父乃隐士，后因以沧浪称归隐之地。

②颔联极写草堂环境之佳美，用以反衬草堂生活之困乏。二句互文，前句"风"中有雨，故翠筿颜色明净；后句"雨"中有风，故红蕖冉冉飘香。翠筿（xiǎo）：绿色竹枝。娟娟：美好的样子。裛（yì）：通"浥"，沾湿。红蕖（qú）：红色荷花。冉冉：轻柔的样子。

③颈联写草堂生活之困乏。厚禄故人：享受丰厚俸禄的旧友。可能指高适、严武。高适此时任彭州（今属四川）刺史，彭州在成都西北，两地相距约五十公里。这年秋天，杜甫曾向高适求援，作诗道："为问彭州牧，何时救急难？"严武任巴州（今四川巴中）刺史，两地相距较远。恒饥：经常挨饿。稚子：杜甫有二男二女，此时皆十岁以下。上元元年（760）三月，对杜甫生活给予很大照顾的成都尹裴冕被朝廷调回，接替者是李若

幽,李若幽非文人之友,对杜甫不会有任何关照。

④尾联总合一篇之旨,指出生活困乏乃疏放性格所致,但不想更改以随世俗。欲:将。填沟壑:指贫困而死。惟疏放:一味地狂放不羁。狂夫:狂妄无知的人。作者自谓,是就世俗眼中取称。

野 老

此诗当作于上元元年(760)秋,杜甫寓居成都草堂。诗写草堂生活的不如意,欲归故乡而又愁于长路险阻、东都未复。野老,乡野老人,作者自谓。

野老篱边江岸回,柴门不正逐江开①。
渔人网集澄潭下,贾客船随返照来②。
长路关心悲剑阁,片云何意傍琴台③?
王师未报收东郡,城阙秋生画角哀④。

【注释】

①首联写草堂的建筑布局不如意。江岸回:是说浣花溪岸曲折迂回。浣花溪流经草堂的东边,柴门对溪而设,而非朝南,故云"不正"。

②颔联写草堂环境亦颇嘈杂,南面的百花潭边有众多渔民下网捕鱼,东面的浣花溪上有商贾的船只往来不断。集:聚集,言其众多。澄潭:百花潭。下:下网。贾客:商人。返照:夕照。傍晚犹有商船驶来,足见此处非清静之地。杜甫《绝句》写"门泊东吴万里船",可证其地乃商人汇集之处。以上两联是在为下文写归乡之思作铺垫。

③颈联写归乡之念,而愁于心愿难以实现。长路:漫长的归乡之路。关心:意谓归乡之路日夜绕在心头。悲剑阁:是为剑阁天险难越而生悲。

片云：孤云，作者自喻。琴台：汉代司马相如和卓文君的居住之处，在浣花溪附近，当与杜甫草堂邻近，故云"傍"。此句是说无意留居成都。

④尾联写东都洛阳尚未收复，故土难归。王师：官军。东郡：指东都洛阳及附近的州郡。杜甫故居在洛阳附近，此时洛阳一带尚在叛军控制之下。城阙：此指成都。《通鉴》载，至德二载（757）十二月，以蜀郡（即成都）为南京，故称。画角：饰有彩绘的号角。其声哀厉高亢，军中用以警昏晓。此诗前后两半之关系，前人多未省察。如《唐宋诗醇》引黄生语云："前摹晚景，真是诗中有画；后说旅情，几乎泪痕湿纸矣。"此解则前后不相关照。《唐诗别裁》云："前写晚景，后写旅情，不必承接，杜诗中偶有此格。"亦是未能详察景中之情。

遣　兴

此诗当作于上元元年（760），杜甫居成都草堂。诗写思亲苦情，意脉贯畅而笔墨多样，融叙述、描写、议论于一炉，中二联细笔刻绘与巨笔勾勒交互使用，抒情形象鲜明突出。遣兴，即抒发感情，散愁解闷。

干戈犹未定，弟妹各何之[①]？
拭泪沾襟血，梳头满面丝[②]。
地卑荒野大，天远暮江迟[③]。
衰疾那能久？应无见汝期[④]。

【注释】

①首联叙战乱不止，不知弟、妹何在。开端引发思亲之情，为以下三联张本。干戈：古时的两种兵器，此处指战乱。此时安史之乱尚未平息。何之：何往，何在。

②颔联用细笔状写思念之苦:衣襟拭泪,襟上沾血;梳头落发,满脸白丝。细节典型,形象鲜明。

③颈联用巨笔勾勒视野,描写遥望弟、妹之情状,但见地大天远,亲人渺然无踪。行为虽属无理,感情却因而得到强烈的表达。地卑:成都一带为盆地,故云"卑"。卑,低。江迟:江流迟缓。江入远天,遥望而觉其流动迟缓,意在表现张目极视。

④尾联用议论之笔,抒写此生难与亲人重逢之沉痛心情。衰疾:年老而多病。久:指久于人世。应:揣测之词。汝:指弟、妹。期,一作时。《瀛奎律髓汇评》引许印芳语云:"五、六写景不著一情思字,而孤危愁苦之意含蓄不尽。结语尤为沉痛。此等诗,老杜外,更无第二手。"

江 村

此诗当作于上元元年(760)夏,杜甫居草堂。诗写草堂生活的幽闲,但这仅是字面而已,骨子里则是写贫居和寂寞,以及达观处之的心态。尾联"多病所须惟药物,微躯此外更何求"道出了诗旨,微躯即言贫居寂寞,无求即言达观心态。袁枚以为"老妻"二句"琐碎极矣"(《随园诗话》),是未能体味诗中蕴涵。要之,非写有闲者的悠闲,而是写安贫者的悠闲,诗所表达的是作者对贫居生活所做的精神上的对抗。

清江一曲抱村流,长夏江村事事幽①。
自去自来梁上燕,相亲相近水中鸥②。
老妻画纸为棋局,稚子敲针作钓钩③。
但有故人供禄米,微躯此外更何求④?

【注释】

① 首联以清江抱村而流,引出"事事幽"三字,以总摄全篇笔墨。江:指浣花溪,草堂紧附浣花溪的西岸。长夏:指农历六月。

② 颔联写景物之幽,于幽中见寂寞,终日相伴,唯有鸥燕,则贫居交游冷落可知。《客至》诗云:"舍南舍北皆春水,但见群鸥日日来。"与此意同。

③ 颈联写人事之幽,于幽中见贫居,画纸为棋盘,敲针作钓钩,则拮据生活可想。

④ 尾联写心境之幽,谓饭食之外,微躯更无所求,则贫居之况已明,而旷达之怀亦已明。此诗非沾沾于琐碎生活之乐,妙在以浅淡语寓深厚情思。正如清人王寿昌说:"昔人谓狮子搏象用全力,搏兔亦用全力。余以为杜诗亦然。故有时似浅而实不浅,似淡而实不淡,似粗而实不粗,似易而实不易。此境最难,然其秘只在'深入浅出'四字耳。如'舍南舍北皆春水……隔篱呼取尽余杯。'浅矣而不可谓之浅。'清江一曲抱村流……微躯此外更何求。'淡矣而不可谓之淡。"(《小清华园诗谈》)

恨 别

此诗当作于上元元年(760),杜甫居草堂。诗写战乱流离之苦,思乡忆弟之痛,以及对战局的密切关注。"步月""看云",选择细节精致,刻画情态传神逼真,有发人联想、品味不尽之妙。

洛城一别四千里,胡骑长驱五六年①。
草木变衰行剑外,兵戈阻绝老江边②。
思家步月清宵立,忆弟看云白日眠③。

闻道河阳近乘胜，司徒急为破幽燕④。

【注释】

①首联以时空对举的笔墨，写出恨别的原因——别之远，别之久。为点题之笔。洛城：洛阳，杜甫每以洛阳称其故居。四千里：言洛阳沦陷之后，辗转流离，奔走路程之遥。胡骑（jì）：胡人的骑兵，指安史叛军。五六年：自天宝十四载（755）十一月安史之乱爆发到此时，已过了五六个年头。

②颔联承接首联，继写恨别，且交代身在之处，发垂老不归之叹。草木渐衰，写进入蜀地的时令。亦含有暮年行役之叹。剑外：剑门之南，指蜀地。老江边：谓将老死于浣花溪畔。

③颈联写恨别的情状：因思家乡而夜不成寐，因忆诸弟而白日睡眠。行为颠倒，见出心神迷乱。踏月徘徊，清夜默立，取形以写神，多少思乡之情尽在其中！而"看云"亦富感情内蕴，遥望云踪飘移不定，正与诸弟漂泊生涯相合。至于"白日眠"，乃是因思弟而不可见，愁极无聊，只好以入睡求得解脱。杜甫身陷长安时作《忆幼子》诗云"忆渠愁只睡"，其后在《村雨》诗中又云"世情只益睡"，均是以入睡来摆脱愁苦。《瀛奎律髓汇评》引纪昀语云："六句是名句。然终觉'看云'不贯'眠'字。"认为既然"看云"乃在忆弟，忆弟则不能成"眠"。这是未能深入体会杜甫的愁情。

④尾联写听闻官军"乘胜"之喜，以为归乡有望，是侧写恨别。河阳：地名，在今河南省孟州市。《资治通鉴》载，乾元二年（759）七月，以李光弼代郭子仪为朔方节度使、兵马元帅，光弼驻军河阳。十月，史思明攻河阳，光弼屡败之。上元元年（760）三月，破安太清于怀州城下。同年四月，破史思明于河阳西渚，斩首一千五百余级。司徒：官名，指李光弼。至德二载（757）四月，李光弼为检校司徒。幽燕：今河北省北部及辽宁省西部一带，当时为安史叛军的老巢。

送韩十四江东省觐

此诗当作于上元元年(760)秋末,杜甫在蜀州。蜀州即今四川省崇州市。此时高适任蜀州刺史,杜甫为求得生活资助而前来与之会晤。逗留期间,适逢同乡韩十四由蜀州下江东探望避乱的双亲,杜甫写此诗为他送行。诗中抒发动乱岁月亲故离散的哀愁,因是客中送客,作者将个人身世交织其中,意更沉痛。杨伦《杜诗镜铨》评此诗曰:"一气旋转,极沉郁顿挫之致。"省觐(xǐng jìn),探望父母。

兵戈不见老莱衣,叹息人间万事非①。
我已无家寻弟妹,君今何处访庭闱②。
黄牛峡静滩声转,白马江寒树影稀③。
此别应须各努力,故乡犹恐未同归④。

【注释】

① 首联由韩十四赴江东省觐之事,感慨战乱造成父子离散,孝道难行,进而发出万事皆非的浩叹,定一篇之主旨。老莱衣:传说春秋时期楚国隐士老莱子,十分孝敬父母,七十岁时还经常在父母面前穿上彩衣,模仿儿童动作,给父母取乐(见《艺文类聚·人部》引《列女传》)。后用作孝亲的典故。首句用此典,扣题颇紧。

② 颔联承接首联之意,采用流水对法,从宾主双方下笔,具体申斥战乱对人伦的破坏。在我,则弟妹离散,无家可寻;在君,则父母漂泊,居处失所。"何处",并非疑问之词,乃为感叹之语,感叹韩十四探望父母竟往异地他乡。庭闱:父母所居之处。

③ 颈联转写送别之情,而情在景中,含蓄蕴藉。二句意谓:您将经过滩声回荡的黄牛峡谷艰难东进,我则站在树影稀疏的白马江边送您远去。"滩声转",写韩十四省亲心切;"树影稀",见作者心情凄冷索寞。黄牛峡:在今湖北省宜昌西部,为韩十四东行所经之地。滩声:水激滩石发

出的声音。白马江：在今四川省崇州东十里，岷江支流。韩十四当沿此江乘船南行，入岷江，转入长江。旧注以为"黄牛""白马"是写韩十四顺次行经之地。误。杜甫送别诗（或忆念诗）以两地分写二人者几成定格，如《赠别何邕》云："绵谷元通汉，沱江不向秦。"《赠别郑炼赴襄阳》云："地阔峨眉晚，天高岘首春。"《春日忆李白》云："渭北春天树，江东日暮云。"

④尾联勉励对方而且自勉，愿双方有生之年都能回归故乡。《瀛奎律髓汇评》引纪昀评此诗曰："纯以气胜而复极沉郁顿挫，不比莽莽直行。"

出　郭

此诗当作于上元元年（760）秋冬之际。杜甫居草堂时，每去成都闲游，此诗即为由成都城郭归还草堂时所作，萧瑟凄寒的暮景，引发并强化了作者心中积淀的乱世悲情，遂将这一心灵过程裁成诗篇。情景融合，意境深邃。

霜露晚凄凄，高天逐望低①。
远烟盐井上，斜景雪峰西②。
故国犹兵马，他乡亦鼓鼙③。
江城今夜客，还与旧乌啼④。

【注释】

①首联以凄寒的霜露、压抑的天宇，暗写乱世悲情。晚：指傍晚。逐望低：谓天宇随着目光入远而变得低沉。

②颔联承接"逐望"二字，写远处萧索暗淡之景：盐井上空，晚烟沉沉；雪山西侧，夕阳惨淡。盐井：产盐的井，以井中汲取盐汁，蒸煮后即得粗盐。斜景（yǐng）：斜阳。雪峰：指成都西部的雪山。雪山之西即吐蕃

领地。吐蕃乘安史之乱，不断向东扩展领土，《资治通鉴》载："初，哥舒翰破吐蕃于临洮西关磨环川，于其地置神策军。及安禄山反，军使成如璆遣其将卫伯玉将千人赴难。既而军地沦入吐蕃。"可知，"斜景"句又含有吐蕃入侵之忧。

③ 颈联正面抒写乱世悲情，故乡安史之乱未靖，蜀地吐蕃之患又起，国家处于万方多难之际。故国：故乡，指洛阳，当时洛阳尚在叛军控制之下。他乡：指成都。鼓鼙（pí）：军鼓。"犹""亦"二字，副词含动词义，使诗句精炼健劲。

④ 尾联言回归草堂，当与树间乌鸦相共悲啼。将乱世悲情归结为一"啼"，工于收总。杜甫草堂前树间有乌鸦栖居，《堂成》诗云"暂止飞乌将数子"可证，为邻日久，故云"旧乌"。

后 游

此诗当作于上元二年（761）春天，杜甫在新津县（今属四川）。新津在成都西南百余里，城南五里有修觉山，山中有修觉寺。杜甫曾两游修觉寺，此诗为后次游历所作。诗中书写物我亲融的宇宙精神，这种精神使杜甫的客愁得以缓解。

寺忆曾游处，桥怜再渡时①。
江山如有待，花柳更无私②。
野润烟光薄，沙暄日色迟③。
客愁全为减，舍此复何之④？

【注释】

① 首联写作者对游过的修觉寺总是怀念不已，第二次过桥时对桥也产生了情意。杜甫心性恋旧，对故人、旧物总是一往情深。

②颔联写旧地对自己的盼念。这里的江山像是等待我的重来,鲜花嫩柳更是心无偏私,让我这外乡人尽情欣赏。这里表现出杜甫的天人相亲的博大襟怀。仇兆鳌《杜诗详注》引赵汸评此二句云:"盖与造化相流通矣。"浦起龙《读杜心解》云:"三、四脱口而成,要其中有性情在。"这种性情,或称襟怀,不是人人都有的,是老杜独到的精神境界。

③颈联描写本地风光,一派润秀、暄暖,并无佛门的冷寂色调。烟光薄:云雾轻淡。沙暄:沙滩暄暖。

④尾联言自然风物对自己的抚慰,表示愿长留此处。客:作者自称。何之:何往。

客　至

此诗当作于上元二年(761)春天,杜甫居草堂。题下原注:"喜崔明府相过。"明府即县令,这位姓崔的县令大概是杜甫的舅父。相过,来访。诗写草堂生活的寂寞和待客的亲情,表现了杜甫忠厚淳朴的品性。风韵天然,不事涂抹,以村朴语见村朴情,亦为少陵一大特色。

舍南舍北皆春水,但见群鸥日日来①。
花径不曾缘客扫,蓬门今始为君开②。
盘飧市远无兼味,樽酒家贫只旧醅③。
肯与邻翁相对饮,隔篱呼取尽余杯④。

【注释】

①首联以所见起兴,"春水""群鸥",见环境僻冷,来客稀少,为"客至"之喜作铺垫。

②颔联写敬客之意,扫花径,开柴门,一片盛情跃然纸上。此二句

为流水对法，流畅而生动；又兼互文见义，言简而意丰。意谓花径不曾缘客扫，今始为君扫；蓬门不曾为客开，今始为君开。"客"，虚指、泛称；"君"，指崔明府。蓬门：柴门。

③颈联写待客之歉，言因"市远""家贫"，菜无几味，酒只旧醅，唯恐招待不周，使一片喜客之情转而落空。杜甫真情至性，于此可见。盘飧（sūn）：指盘中的菜肴。旧醅（pēi）：陈酒。当时只有度数不高的米酒、果酒，故以新酒为贵。

④尾联尤见竭诚待客之心。杜甫因身患多种疾病，不能尽情饮酒，又恐客人不能尽兴，故作商量语，征得客人同意后，便唤来邻家老农前来陪饮。"隔篱呼取"，颇见杜甫与农民交往之率直。而"肯与"对饮，又能见崔明府之田园情味，主客合一，平添无穷妙趣。

春夜喜雨

此诗当作于上元二年（761）初春，杜甫居草堂。诗中细致描摹春雨情态，歌颂其润物之功，一条"喜雨"的感情线索贯穿全篇。精于炼字，刻画入微。

好雨知时节，当春乃发生①。
随风潜入夜，润物细无声②。
野径云俱黑，江船火独明③。
晓看红湿处，花重锦官城④。

【注释】

①首联十字连读，一气贯注。呼之为"好雨"，是因为它"知时节"，何种时节？"当春"之时，应时而降，真乃及时之雨。"知"字生色，将春

雨写成有知有为，乃移情入物的笔法。

②颔联从听觉角度写春雨之可喜。言小雨随风于夜间悄然降临，无声无息地滋润万物。"无声"，见其不粗暴，适合萌芽状态作物之需要；"入夜"而降，则无妨白天农民耕作。"潜""细"二字，体物精微，刻画传神。喜雨之情，饱蕴其中。

③颈联从视觉角度写春雨之可喜。"云黑"则见雨量充足，"俱黑"则见落雨面积大。而渔火一点，明亮入目，以明衬暗，则更见雨夜之黑浓，雨量之可观。

④尾联从想象角度写春雨的润物之功。红湿处：指受雨滋润后的花丛。花重：言花的色泽加重，非"花着雨而沉重"。作者使用通感手法，以"重"字表现鲜花经雨后颜色变得浓艳。颜色本无所谓分量意义上的轻重，但从人的感觉上说，看淡色便觉其轻，看深色便觉其重。这是由视觉到触觉的通连现象。若以为"重"是写"花着雨而沉重"，则不足以显示雨后晴朝红花绚烂的景象，则春雨的润物之功亦无从表现。

江上值水如海势，聊短述

此诗当作于上元二年（761）春，杜甫居草堂。关于此诗之旨为何，前人有未明者，如纪昀说"此诗究不称题"（见《瀛奎律髓汇评》），认为诗题既云"水如海势"，而诗中并无描写，是文不对题。今按，老杜作诗制题，甚为严谨，细玩此题，"聊"字乃是诗旨精神之所在。面对江水上涨的壮观场面，杜甫本想作长诗以记之，但苦于一时诗思匮乏，难以措手，故聊且写成七律，即所谓"短述"。全篇以抱憾为线索写成，抱憾乃全诗主旨，非咏江水之壮。

为人性僻耽佳句，语不惊人死不休①。
老去诗篇浑漫与，春来花鸟莫深愁②。
新添水槛供垂钓，故著浮槎替入舟③。
焉得思如陶谢手，令渠述作与同游④。

【注释】

① 首联写自己的诗艺追求，在于苦觅佳句，锤炼惊人之语。其言外之意是说，时下诗思不畅，佳句难得，只好聊作短述，不得敷成长篇。亦足见老杜创作态度之严肃。性僻：性情怪僻，自谦之词。耽：嗜好。佳句：陆机《文赋》云，立片言以居要，乃一篇之警策。这种具有"警策"性的"片言"，即为杜甫所追求的佳句。

② 颔联就时下诗思匮乏下笔，从正面申说"聊短述"的原因。二句为因果关系的流水对，谓年老以后所作诗篇完全是率意应付，故春天花鸟自可不必深愁。杜甫自信刻画事物能刮其神髓，令物生愁。如今诗思不佳，故有对花鸟的安慰之语。安慰花鸟，颇见风趣，亦见杜甫对自然物的亲情。"老去"云云，亦一时也。诗人面对奇景，有一时难得佳句之困，非云年老常态。

③ 颈联侧写诗思迟钝，谓面对汹涌江涛而无佳句，只可添水槛以垂钓，上浮槎以闲游而已。水槛：水边的栏杆。故：特意。著：编制。槎：木筏。替：代替。谓以木筏代替船。入舟：乘船游览。

④ 尾联谓盼望遇到陶、谢那样的绘景高手，将眼前的江上奇景写出。思：诗思。陶、谢：陶渊明、谢灵运，晋宋著名的田园山水诗人。渠：他们。指才思与陶谢同高的诗人们。述作：作诗。

琴 台

此诗当作于上元二年（761），杜甫居草堂。琴台，相传为司马相如与卓文君居住之处。王褒《益州记》："司马相如宅在州西笮桥北，百步许。李膺云，市桥西二百步，得相如旧宅，今梅安寺南有琴台故墟。"杜甫登临此台，临风想望，追思其纯真情恋，并为琴曲绝响于后世而叹息，感情深挚而蕴藉。

茂陵多病后，尚爱卓文君①。
酒肆人间世，琴台日暮云②。
野花留宝靥，蔓草见罗裙③。
归凤求凰意，寥寥不复闻④。

【注释】

① 首联写司马相如与卓文君爱情深笃。茂陵：《史记·司马相如列传》载，相如晚年退居茂陵。故以此称之。又载，相如口吃而善著书，常有消渴疾（即糖尿病）。卓文君：蜀地临邛富豪卓王孙之女，善奏琴，丧夫后与相如相恋，结为夫妇。此言相如多病而情爱不减，是进一层笔法。

② 颔联并举存亡二物，言当年的酒肆尚留人间，而二人的居所只余琴台空对暮云。追怀之情，曲折委婉。史载，卓王孙反对文君婚事，不给嫁妆，相如家贫，二人便在市面开设酒店以谋生，文君当垆，相如洗酒具。

③ 颈联写文君风貌永为后人忆念，即便如台边的花草，亦愿留其姿影。宝靥（yè）：美丽的酒窝。由野花而连及文君之酒窝，由草色而连及文君之罗裙，不只见出丰富的想象力，更表现出情致的深长。

④ 尾联感叹相如文君之情恋旷绝千古。归凤求凰：指相如向文君求爱时弹奏的《凤求凰》琴曲。《史记·司马相如列传》载，临邛县令邀司马相如赴卓王孙宴，"是时卓王孙有女文君新寡，好音，故相如缪与令相重，而以琴心挑之"。唐司马贞《史记索隐》云，"其诗曰'凤兮凤兮归故乡，游遨四海求其皇，有一艳女在此堂，室迩人遐毒我肠，何由交接为鸳鸯'

也。又曰'凤兮凤兮从皇栖,得托子尾永为妃,交情通体必和谐,中夜相从别有谁'"。杜甫于诗中所歌颂的是贫贱不移的纯真爱情。

赠 花 卿

此诗当作于上元二年(761),杜甫居草堂。这年四月,梓州刺史段子璋叛乱,自称梁王。剑南节度使崔光远率兵讨平之。其部将花敬定恃功自傲,纵情声色。杜甫在赠诗中借赞美音乐的盛大与美妙,暗刺其腐化奢侈。

锦城丝管日纷纷,半入江风半入云①。
此曲只应天上有,人间能得几回闻②!

【注释】

①首联写花敬定宅中音乐的频繁与宏大。首句从时间下笔,"日纷纷",见其每日如此;次句从空间下笔,见其乐声广播,响彻天地。杜甫早年在《自京赴奉先县咏怀五百字》中,讽刺玄宗纵情声色,曾云"君臣留欢娱,乐动殷胶葛"。殷胶葛,即言音乐声震天动地,与"半入江风半入云"为同一副笔墨,是扬中见抑的写法。

②尾联写音乐的美妙,非人间所有,也是在赞扬中见讽刺,揭露花敬定的穷奢极欲。古人认为只有天上的仙乐才是最美妙的,故"天上"宜作天宫解。古今注家每以"天上"比宫廷,认为安史乱中,梨园弟子流落人间,花敬定所赏者乃宫廷音乐。如此坐实,反而消减了讽刺力量,并且给杜甫涂上了浓重的封建等级意识,这与杜甫的思想不合,杜诗中每每表现出的是众生平等意识。

楠树为风雨所拔叹

此诗当作于上元二年(761)夏,杜甫居草堂。这年夏季,一场狂风暴雨拔倒了草堂前的一棵老楠树,杜甫痛惜不已,遂以悼念义士的笔墨写成此诗。诗中表达出深挚的物与精神。楠树,常绿大乔木,木材是贵重的建筑材料,产于四川、云南等地。

倚江楠树草堂前①,故老相传二百年②。诛茅卜居总为此③,五月仿佛闻寒蝉④。东南飘风动地至⑤,江翻石走流云气。干排雷雨犹力争⑥,根断泉源岂天意!沧波老树性所爱⑦,浦上童童一青盖⑧。野客频留惧雪霜⑨,行人不过听竽籁⑩。虎倒龙颠委榛棘⑪,泪痕血点垂胸臆⑫。我有新诗何处吟?草堂自此无颜色⑬。

【注释】

①江:指浣花溪。浣花溪水面宽阔,可通商贾船只,故以"江"称之。

②故老:指当地年高识广的老人。二百年:指楠树树龄。

③诛茅:铲除茅草。指营建草堂。卜居总为此:意谓因为有这棵楠树才在此定居。

④寒蝉:比喻风吹树叶所发出的声响。

⑤东南飘风:由东南方刮过来的暴风。此处可证这场风雨与《茅屋为秋风所破歌》所写的风雨不是同一场。

⑥"干排"句写楠树与风雨搏斗之情状。干:树干。

⑦沧波:碧波。楠树立于浣花溪岸边,故以"沧波"为其点缀。性所爱:杜甫心性爱树,尤爱苍老树木,在秦州寓居时,踏寻建房基地,遇到生有"屈蟠树"和"老大藤"的地方,总是流连不已。

⑧ 浦上：水边。指浣花溪边。童童：枝叶茂盛的样子。青盖：比喻青色如伞状的树冠。

⑨ "野客"句，意谓楠树树冠巨大，冬季可以遮霜雪，故野客频留树下。

⑩ 不过：不行，指逗留在树下。竽籁：古代管乐器。此处比喻风吹树叶发出的美妙声响。

⑪ 虎倒龙颠：形容楠树仆倒之状。委榛棘：委弃在丛生的草木中。

⑫ "泪痕"句，写自己的悲痛情态。胸臆：前胸。

⑬ 无颜色：失去风采。

茅屋为秋风所破歌

此诗当作于上元二年（761）秋，杜甫居草堂。诗写狂风卷走屋上的茅草，秋雨霖霪，长夜沾湿。但诗人没有把伤痛停留在个人的不幸上，他由个人的屋漏想到天下寒士，并表示若能使众生于风雨中无忧，则自己宁可受冻而死。这种宁苦己以利人的民胞物与精神，表现了杜甫的思想高度。诗中多处使用细节描写，生动传神，显示出作者长于叙事的艺术腕力。茅屋，即浣花溪草堂。

八月秋高风怒号，卷我屋上三重茅。茅飞渡江洒江郊①，高者挂罥长林梢，下者飘转沉塘坳②。南村群童欺我老无力，忍能对面为盗贼，公然抱茅入竹去③。唇焦口燥呼不得④，归来倚杖自叹息。俄顷风定云墨色⑤，秋天漠漠向昏黑⑥。布衾多年冷似铁⑦，娇儿恶卧踏里裂⑧。床头屋漏无干处，雨脚如麻未断绝⑨。自经丧乱少睡眠⑩，长夜沾湿何由彻⑪！安得广厦千万间，大庇天下寒士俱欢颜⑫,风雨不动安如山⑬!呜呼!何时眼前突兀见此屋⑭?吾庐独破受冻死亦足!

【注释】

①江:指浣花溪。

②高者:指高飞的茅草。挂罥(juàn):挂结。长林:高树。下者:指低飞的茅草。坳(今读 ào,《广韵》属平声"肴"韵):低洼之处。以上三句,细写"茅飞"所向,及"高者""下者"的归宿,生动展示了对茅草的关注目光和痛惜之情。茅草虽微,却关系着杜甫一家人的生活安定与否。

③忍能:忍心如此。能,如此,这样。以上三句,"欺""忍""公然",一气衔接,童戏之无赖,足以造成诗人居处之无依,故发此愤懑之语。

④唇焦口燥:写极力呼喊之状。呼不得:喝止不住。

⑤俄顷:顷刻之间。云墨色:乌云如墨,是大雨将至的景象,写困境又进一层。

⑥秋天:秋空。漠漠:迷蒙的样子。向昏黑:将近黄昏。夜间遭雨,写困境又进一层。

⑦布衾(qīn):布料被子。冷似铁:因被子使用多年,内絮已经板结,故云。

⑧恶卧:睡相不好。里:指被子里层。此句平白道来,疼爱有之,无奈亦有之,愈觉真切感人。为"西昆派"所讥讽的"村夫子",实为纪实达情之高手。

⑨雨脚如麻:形容雨密。床已湿,雨不绝,写困境更进一层。

⑩丧乱:指安史之乱。少睡眠:为国事忧虑所致。于雨患中又引入国患,写困境又进一层。

⑪沾湿:指人和物被雨淋湿。彻:尽,到头。

⑫大庇(bì):全面遮盖。寒士:贫寒书生,也包括贫苦百姓在内。杜甫《寄柏学士林居》有"几时高议排金门?各使苍生有环堵"句。环堵,即指房屋。

⑬风雨不动:形容房屋坚固。亦由茅屋被风吹破而念及。

⑭ 何时：切盼之辞。突兀：高耸的样子。见：现，出现。此屋：指上文所说的"广厦"。

⑮ 足：心意满足。

百忧集行

此诗当作于上元二年（761）秋天，杜甫去青城县（今四川都江堰市）寻求生活援助，未果，回草堂之后作。诗中感叹年老体衰，生活无靠，妻儿饥寒，以浅俗之语道尽客居苦情，为草堂生活作一高度概括。诗中裁入若干生活细节，颇具表现力。百忧集，言忧思纷集。行，诗的一种体式。

忆年十五心尚孩①，健如黄犊走复来②。庭前八月梨枣熟，一日上树能千回③。即今倏忽已五十④，坐卧只多少行立⑤。强将笑语供主人，悲见生涯百忧集⑥。入门依旧四壁空⑦，老妻睹我颜色同⑧。痴儿不知父子礼，叫怒索饭啼门东⑨。

【注释】

① 心尚孩：童心尚存。

② 犊：小牛。取喻通俗而恰切。

③ "一日"句，一日千回，固属夸张，然而写少年无忧，适足反衬今日百忧之可哀。处老迈而思少壮，亦人之常情，此所谓杜诗"曲尽人情"之一例。

④ 即今：至今。倏（shū）忽：忽然。言时光疾速。

⑤ 少行立：行走和站立的时候少了。言年老体衰。

⑥ 强：勉强。供：应付。主人：指地方官及当地人。杜甫客居他乡，生活所迫，委求于人。强以笑语供之，辛酸之状可想。然而笑语亦非皆

能奏效,故有生涯之百忧交集也。二句写尽客居之艰难。浦起龙《读杜心解》云,杜甫"居草堂席不及暖,之蜀州,之新津,之青城,又尝简彭州高适、唐兴王潜。凡所待命,皆主人也;凡面谈寄简,皆笑语也"。

⑦"入门"句,言此行青城求援,毫无收获。四壁空:家徒四壁。

⑧"老妻"句,意谓老伴见我愁容满面,也面带忧伤。

⑨痴儿:无知的幼子。当指小儿宗武,此年八岁。言其"叫怒索饭",则饥饿程度可想;言其"不知父子礼",则可知是当众索饭,令乃父难为情。门东:柴门外。杜甫草堂的柴门朝向房屋东面的浣花溪。《卜居》诗云,"浣花溪水水西头,主人为卜林塘幽",可知草堂在溪水西岸。又《野老》诗云,"野老篱边江岸回,柴门不正逐江开",不正,即不朝南方;逐江开,即柴门面溪而设。又《绝句》诗云,"门泊东吴万里船",亦说明柴门对溪而开设。仇兆鳌《杜诗详注》引《漫叟诗话》云:"《记》:'庖厨之门在东',故曰'啼门东',非强趁韵也。"说杜甫不是勉强以"东"字趁韵,这并不错,但说杜甫是用《礼记》上的典故作诗押韵,则是未审草堂柴门的位置,亦未审杜诗纪实性之特征。

野 望

此诗当作于上元二年(761)秋,杜甫居草堂。诗写跨马出郊的所见所感,将国事、家事的萧条境况俱写出,抒发了烈士暮年无所作为的深沉感慨。诗境开阔,情感遥深,章法严谨。

西山白雪三城戍,南浦清江万里桥①。
海内风尘诸弟隔,天涯涕泪一身遥②。
惟将迟暮供多病,未有涓埃答圣朝③。

跨马出郊时极目,不堪人事日萧条④。

【注释】

① 首联对起,总括一篇之情感,即忧国与思亲。西山:又名雪岭,在成都西部。三城戍:指松州、维州、保州三座城堡。安史之乱中,吐蕃乘唐王朝兵力之虚,不断扩充领土,唐王朝为防吐蕃入侵,在上述三城屯兵。戍,与下句的"桥"相对,应为名词,意为边防驻军的城堡。南浦:南面的水边。清江:指锦江。万里桥:跨于锦江之上,在成都市南门外。三国时蜀相诸葛亮送费祎出使东吴,于此处饯行,费祎临行前曾叹道:"万里之行,始于此矣。"后因称此桥为万里桥。万里桥因此而带有伤别之意。此联以"三城戍"和"万里桥"为观望之物,则忧国与思亲已暗暗点出。

② 颔联承接首联次句之意,写战乱造成兄弟远隔。"海内""天涯"之语,拓境极广,而寄慨遥深,是杜诗本色。风尘:指战争烟尘。天涯:指成都。一身:指作者。

③ 颈联承接首联首句之意,谓当国家患难之际,自己年老多病,于国家无丝毫补益。自责痛切,愈见爱国情深。迟暮:比喻年老。涓埃:细流与微尘。比喻细小的成绩。

④ 尾联点清题面,并总收一篇之情感。人事:指国事与家事。杜甫律诗章法,每于首联点题,而此篇置于尾联,属于创格。方回《瀛奎律髓》云:此诗"格律高耸,意气悲壮,唐人无能及之者"。

遭田父泥饮美严中丞

此诗当作于宝应元年(762)春,杜甫居草堂。这是一首叙事诗,记述作者被老农殷勤劝饮的故事。以热情的笔墨赞美了劳动人民朴厚、真诚、直率的品格,并通过老农之口,颂扬了成都尹严武体恤民情的德政,也可以看作是杜甫以正面事例对严武的为政劝导。此诗语言通俗生动,人物形象鲜明,剪裁得当,故事主干突出,表现出作者擅长叙事的艺术腕力。遭田父泥(nì)饮,是说被老农缠住饮酒。美严中丞,是说老农赞美严武。严武于上元二年(761)十二月以御史中丞出任成都尹、剑南节度使。

步屟随春风,村村自花柳①。田翁逼社日②,邀我尝春酒。酒酣夸新尹③:"畜眼未见有④。"回头指大男:"渠是弓弩手⑤。名在飞骑籍⑥,长番岁时久⑦。前日放营农⑧,辛苦救衰朽⑨。差科死则已,誓不举家走⑩。今年大作社⑪,拾遗能住否⑫?"叫妇开大瓶,盆中为吾取。感此气扬扬,须知风化首⑬。语多虽杂乱,说尹终在口。朝来偶然出,自卯将及酉⑭。久客惜人情,如何拒邻叟⑮!高声索果栗⑯,欲起时被肘⑰。指挥过无礼,未觉村野丑⑱。月出遮我留⑲,仍嗔问升斗⑳。

【注释】

①步屟(xiè):穿着木拖鞋散步。屟,木拖鞋。开端布置"春风""花柳",创造祥和氛围,为全篇定一喜悦基调。《杜诗镜铨》云:"妙写春光,亦便见政成民和意。"

②逼社日:临近社日。社日,古代农村祭祀土地神的节日,一年有两次,一在春天,称春社;一在秋天,称秋社。此处指春社。

③新尹:指严武。严武于头年年底才接任成都尹,故称。由邀饮到酒酣,裁剪许多细末情节。

④畜眼:积多年之所见的意思。畜,积蓄。未见有:意谓没有见过这样的好官。指下文所写严武让其大儿从军中复原务农之事。

⑤大男:大儿子。渠:他。弓弩手:军队中承担射箭的士兵。

⑥飞骑(jì)籍:飞骑军的名册。

⑦长番:长久当兵,不得轮番更替。严武将长番士兵放还务农,故老农十分感激。

⑧放营农：放还归家从事农业生产。

⑨此句是说救衰朽于辛苦之中。衰朽：老农自谓。

⑩二句是说，只要还活着，就一定承担徭役赋税，决不举家逃避。这是感激新尹之辞。差科：指徭役赋税。

⑪大作社：是说要热热闹闹地过社日。

⑫拾遗：称杜甫。杜甫曾在肃宗朝做过左拾遗。以上所记老农之语，身份、性格俱在其中显示，故人物形象鲜明，呼之可出。

⑬二句是说，自己深为老农的扬扬意气所感动，由此须知为政的首要任务在于以仁德之举去教育感化人民。这是全诗核心思想之所在。风化：教育感化。

⑭此句是说，饮酒自卯时开始，现在将到酉时。言宴饮时间之久。卯：上午五时至七时。酉：下午五时至七时。

⑮二句写客情很真切，具有高度概括性。盖因久客他乡，颇见人情冷漠，今日遇老农盛情，弥觉珍贵，故虽多病不宜过饮，亦不能理性拒绝。

⑯索果果：是说老农向其老伴索要果品，以充酒菜。

⑰起：言起身告辞。时：屡次。被肘：被捉肘挽留。写老农留客举动颇为真切。

⑱二句是说，老农言行粗豪失礼，但其感情真纯，故不觉其丑陋。重感情实质，轻外在形式，是杜甫走向劳动人民的关键一步。这一步许多人未能迈出。

⑲遮我留：拦阻我，让我继续饮酒。

⑳此句是说，当我询问喝了几升几斗酒时，他仍责怪我多此一问，应该继续喝下去。全诗结于酒宴未结之处，留下众多的想象余地。《读杜心解》评此诗云："笔笔泥饮，却字字美严，此以田家乐为德政歌也。……起四句，双关，是村景，是政化，其妙可思。次十句，以'酒酣夸尹'作提，点眼简括。以下节述'放番'一事，而弊政顿除可知。……又次八句，以'大作社'笼起，见泥饮者在一家，而欢乐者遍境内矣。'叫妇'二字一读，如闻其声。此下叙'泥饮'，仍拍合政化，以'说尹在口'作束。前后醒眼。"美严之意亦在醒严，杜甫非沾沾焉作颂词者。

奉送严公入朝十韵

此诗作于宝应元年(762)七月。这年四月,玄宗、肃宗相继去世,代宗即位。七月,严武被召入朝,参议国事。杜甫作此诗为其送行。诗中表彰严武的镇蜀之功,勉励其为代宗朝扶危济困,表现出对危难时局的深切关注,也流露出故友分别的不舍之情。这是一首五言排律,属对工稳,格调肃穆。

  鼎湖瞻望远,象阙宪章新①。四海犹多难,中原忆旧臣②。与时安反侧,自昔有经纶③。感激张天步,从容静塞尘④。南图回羽翮,北极捧星辰⑤。漏鼓还思昼,宫莺罢啭春⑥。空留玉帐术,愁杀锦城人⑦。阁道通丹地,江潭隐白蘋⑧。此生那老蜀,不死会归秦⑨。公若登台辅,临危莫爱身⑩!

【注释】

①首联记旧君死,新君立,朝廷更替。鼎湖:传说为黄帝铸鼎之处,鼎铸成,黄帝乘龙升天。此处以黄帝升天代指玄宗、肃宗去世。象阙:指朝廷。宪章新:指代宗即位。宪章,国家施政的法度。

②此联记严武于国家危难之际,被朝廷召还之事。此时,安史之乱未平,吐蕃等族不断入侵边境,地方军阀时有叛乱,故云"四海犹多难"。中原:唐王朝的中心地区。此指朝廷。旧臣:指严武。严武曾在玄宗、肃宗两朝为官,故称。

③此联承"旧臣"二字,叙述严武扈从肃宗于灵武靖乱。与时:顺应时机。安反侧:安抚君王的忧心。经纶:治国才能。

④此联继叙严武在收京与镇蜀上的功绩。感激:奋发。张天步:壮大国运。指收复京都。静塞尘:使边塞宁静。《通鉴》:严武镇蜀,"吐蕃畏

之，不敢犯其境"。

⑤此联记严武方来镇蜀，又被朝廷召回辅政，南北奔驰，效命国家。言其如大鹏回转图南之羽，如星辰拱捧北极之尊，形象生动，概括精当，乃一篇警策之语。南图：活用《庄子·逍遥游》"夫鹏九万里而图南"之意。北极：北极星。北极为众星所捧，因以喻指朝廷。《论语·为政》："为政以德，譬如北辰居其所而众星拱之。"

⑥此联写严武受命之后，夜以思旦，急待启程。漏鼓：古代计时器。"宫莺"句为渲染之笔，意谓连黄莺也体会到严武的心情而无心鸣啭。严武受命在夏季，黄莺啼时已过，此处以实入虚，言其无心鸣叫，甚妙。又，成都有玄宗入蜀居住的行宫，故可云"宫莺"。注家多以"宫莺"句为计算严武到达长安的时间为夏初，恐非。

⑦此联写成都百姓怅惜严武离去，恐蜀地安全不保。事实果如杜甫所言，严武刚走，剑南兵马使徐知道便于成都作乱。玉帐术：指用兵之术。

⑧此联写严武去后，自己则寂寞如江潭中的浮草。阁道：栈道。由蜀入秦须行经栈道。丹地：古时宫殿前用红漆涂地，故以代称朝廷。此句写严武行迹。江潭：草堂附近的百花潭。白蘋：水中浮草。此句写自己留居。

⑨此联写归秦之愿因友人的成行而更加强烈。思归与惜别俱在其中。那老蜀：岂能老死于蜀地。会：定。秦：指长安。

⑩尾联对严武寄予厚望，勉励其为国家危难而献身。此时代宗初立，政局不稳，宦官李辅国操纵权柄，杜甫此嘱真乃语重心长。台辅：三公宰辅之位。

奉济驿重送严公四韵

此诗作于前诗稍后。奉济驿，在绵州（今四川绵阳）附近。严武奉召离蜀入京，杜甫从成都一直送到绵州，行程数百里，至奉济驿，乃作此诗与之分手。诗中写惜别之情，深挚动人，足见杜甫心性之敦厚。

> 远送从此别，青山空复情①。
> 几时杯重把？昨夜月同行②。
> 列郡讴歌惜，三朝出入荣③。
> 江村独归处，寂寞养残生④。

【注释】

①首联写别情依依，就连重叠的青山也似欲阻友人的去路。盖因绵阳北部多山，作者望山生感，移情入物，把惜别之情挥洒得天高地远。中唐李德裕《登崖州城作》"青山似欲留人住，百匝千遭绕郡城"，手法本此。

②颔联言渴望重逢，就连月亮也乐于为我们的同游而照明。手法与首联相同。青山明月本无知无感，作者因感情作用而视其有知有感，遂能造成物我同惜的氛围，有利于感情的抒发。

③颈联将物我同惜扩展为列郡同惜，谓两川各郡对三朝荣臣的离任均表示惋惜。讴歌惜：作诗表达惋惜之情。据此可知，严武入京途中，每有诗酒宴别之遇。三朝：指玄宗、肃宗、代宗三朝。出入：出为将，入为相。

④尾联写别后生涯彷徨无依，总收一篇之旨。曰"独"，曰"残"，曰"寂寞"，将处境心境尽皆写出。江村：指浣花溪草堂。

客　夜

此诗当作于宝应元年（762）秋。杜甫于绵州送走严武，正欲返回，剑南兵马使徐知道在成都作乱，一时间腥风血雨。杜甫不得回归，在川北流浪,此诗作于梓州(今四川三台)。诗写客中做客,叹息计拙途穷。描绘长夜卧床不寐之状,鲜明如画。

客睡何曾著?秋天不肯明①。
入帘残月影,高枕远江声②。
计拙无衣食,途穷仗友生③。
老妻书数纸,应悉未归情④。

【注释】

①首联写长夜不寐,不堪忧思煎熬而盼望天明。抱怨老天与人作对,加倍表现出忧思之苦。使用口语道情,更觉真实自然。何曾著:意谓未曾睡着。

②颔联从视、听两个角度写卧床不眠之状,二句意谓残月之影照入门帘,远江之声震于枕畔。"枕"对"帘",是名词。"高"字写江声之响,亦见心情之纷杂。"残月"之景,亦见心情之凄清。此老杜所擅缘情裁景之诗法。江:指涪江。涪江流经梓州城东。

③颈联写不眠之原因。谋生无计,衣食困乏,日暮途穷,托身于人。其背景则是严武离蜀,成都兵乱。友生:友人。

④尾联进一层揭示不眠之因。老妻从草堂寄来数纸书信,必是催他回归。但此时严武已离开成都,一家人生活失去依靠;而且成都为兵乱之地,秩序混乱。在这种情况下,是否仍在草堂安家居住,实为杜甫头疼之事。所谓"未归情",就是指的这种心情。"应悉"意为应知,杜甫认为,以老伴儿的头脑,她应该明了不可在草堂留居。这年秋末冬初,杜甫就把家属从草堂迁到梓州。

客 亭

此诗与前诗作于同时。客亭,即杜甫在梓州的临时寓所。诗写秋风落木中产生的身世之感。感情沉郁,语意顿挫。

秋窗犹曙色,落木更天风①。
日出寒山外,江流宿雾中②。
圣朝无弃物,衰病已成翁③。
多少残生事,飘零任转蓬④。

【注释】

①首联就屋内所见所闻起笔,"曙色""天风",早晨特有之景,景中亦寄感慨。"犹"字妙,言秋窗凄冷破败之甚,无须沾点美丽的曙色,则客况萧条可知。"落木"本已凄凉索寞,而"天风"又起,则景象更为凋伤。

②颔联写屋外晨景,"寒山""宿雾",色调阴冷而迷蒙。以上四句全为下文言情而布景。江:指涪江。梓州在涪江西岸。宿雾:一夜未散的雾。

③颈联揭示景物中的感情内核,怀才被弃,衰病成翁,遂使以上景物皆具神采。"圣朝无弃物",语意顿挫含讽,实为对朝廷的否定。盖因作者自视颇高,本非可弃之物,今遭遗弃,则朝廷何"圣"之有?古代注家每每由此赞称老杜"敦厚",是处于政治高压下的文心对杜甫精神的曲解。

④尾联以随风飘转的蓬草形象,为晚年身世作一缩影,既收得住,又放得开,引人作无穷联想。残生事:指晚年为家人衣食而奔波之事。

九日登梓州城

此诗当作于宝应元年（762）重阳节，杜甫客居梓州。诗写今昔之感，表达思亲与伤时的悲哀。语言高度凝缩，感情蕴含深厚，是杜甫五律的代表作之一。

> 伊昔黄花酒，如今白发翁①。
> 追欢筋力异，望远岁时同②。
> 弟妹悲歌里，乾坤醉眼中③。
> 兵戈与关塞，此日意无穷④。

【注释】

①首联对起而互文见义，意谓今日的酒一如从前的酒，而如今的人已非从前的人，物是而人非，感情波澜陡然而起。另外，以"白发翁"对"黄花酒"，人衰而物美，于不和谐中表现深沉的感慨。黄花酒：菊花酒的别名。此酒用菊花杂黍米酿制，古时重阳节以饮菊花酒为习俗，据说可以长寿。

②颔联仍扣九日习俗，而又承接"白发"，写登高望远的感受，继续抒发今昔之感：论筋力已不如从前，望秋景则一如既往，以宇宙之永恒对比人生之短促，哀情更推进一步。岁时：指节候之景观。

③颈联承接"远望"写思亲忧时，意谓弟妹远隔，只能以悲歌寄托思念；国事维艰，只能对之以昏花的醉眼，不忍心正视也。语极凝练而情极深曲，是杜甫五律的本色语言。

④尾联把忧思推向极深广处，所谓"篇终接混茫"也。而又以忧时与思乡为主脑，兵戈，忧国家时局；关塞，思还乡而不得，即"关塞萧条行路难"（《宿府》）之叹惋。

送路六侍御入朝

此诗当作于广德元年(763)春,杜甫居梓州。路六侍御,是杜甫童年老友。诗写阔别偶逢、逢而即别的人生感受,具有典型意义。作者极写剑南春色的美好,形成了自然与人事的尖锐对立,从而加重了对人生聚少离多的感慨,在对春色的喝斥声中,生动地表现了离愁别绪。少陵惯用此法,尤以此篇为妙。

童稚情亲四十年,中间消息两茫然①。
更为后会知何地,忽漫相逢是别筵②。
不分桃花红似锦,生憎柳絮白于绵③。
剑南春色还无赖,触忤愁人到酒边④。

【注释】

① 首联回忆童稚亲情,感慨别后音疏,记事结合抒情。四十年:记阔别之久。两茫然:言彼此境况不清。

② 颔联记偶然相逢,旋即分手,更不知后会之地。漫:偶然。第三句为倒插之笔,第四句语意顿挫,相逢之筵亦是告别之筵,与前文"四十年"构成巨大反差,哀伤之情由此而深。

③ 颈联转笔极写筵席附近的美好春色,桃花、柳絮,红似锦、白于绵,与离愁构成强烈对立。谓其不解人愁,故而曰"不分"、曰"生憎"。不分:不料,怪诧、责备之词。生憎:憎恶。金圣叹《杜诗解》云:"'桃花红似锦','柳絮白于绵',岂复成诗?诗在'不分''生憎'字。加四俗字,便成妙笔,固知文章贵章法也。"绵:丝绵。

④ 尾联承颈联之意,直斥春色无赖,冒犯筵席上的愁人。也就是说,春色引起的离愁,连饮酒都排遣不了。剑南:指梓州。梓州在剑门关南,故称。无赖:因多事而令人生厌。触忤:冒犯。

送陵州路使君之任

此诗当作于广德元年（763）秋，杜甫居梓州。陵州，今四川仁寿县。路使君，名不详，使君为刺史之别称。诗中对前往赴任的路使君寄予勤政爱民之托。杜甫身居草野，亦能对地方大员提出要求和希望，可见国家人民在他心目中的绝对地位。此诗为五言排律，尾联之外，皆用对仗，而行文奔荡，不觉板滞。究其原因，除情感激扬，亦与多用流水对以及各联之间承接紧密有关。

　　王室比多难，高官皆武臣①。幽燕通使者，岳牧用词人②。国待贤良急，君当拔擢新③。佩刀成气象，行盖出风尘④。战伐乾坤破，疮痍府库贫⑤。众寮宜洁白，万役但平均⑥。霄汉瞻佳士，泥途任此身⑦。秋天正摇落，回首大江滨⑧。

【注释】

①首联为流水对，言国家近年战乱频仍，故高官皆由武将担任。《旧唐书·房琯传》："时多以武将兼领刺史，法度堕废，州县廨宇并为军营。"王室：指国家。比：近来。此联为下联的"用词人"作陪衬。

②此联亦为流水对，谓如今安史之乱平息，幽燕之地亦通使臣，故州郡长官开始起用文人出任。幽燕：河北北部地区，为安史叛军老巢。广德元年（763）正月，史朝义被官军追杀，自缢身亡，历时七年的战乱结束。岳牧：相传尧舜时有四岳十二牧的地方行政长官，后用以泛称州郡长官。词人：文人。指路使君。

③此联亦为流水对，谓如今国家急需贤良之士，"您"适逢新的用人制度。拔擢新：指由原来的一律用武臣执政，改为兼用文人的做法。拔擢，提拔。

④此联写路使君赴任的威仪,以壮行色。成气象:言其有威仪。行盖:出行所用的车盖。出风尘:言其于蜀地战乱中出任。

⑤此联亦为流水对,谓连年战争搞得天破地裂,致使民生凋敝府库贫乏。

⑥此联承接上联之意,对路使君提出要求和希望。洁白:清廉。万役:谓各种赋税徭役。但平均:只能平均负担。谓不得使富者脱漏。

⑦此联亦为流水对,意谓只要您政绩卓著得以居官朝廷,则我一生可以任凭泥途困辱。霄汉:高空,比喻朝廷。泥途:泥泞的道路,比喻低下的地位。霄汉、泥途,极言彼此地位悬殊,以见劝勉心情之殷切。

⑧尾联记送别时令和地点,兼叙依依惜别和殷切寄望之意。篇末点题,亦为创格。摇落:谓草木零落。大江滨:涪江岸边,指梓州城。回首:回望路使君身影。以此作结,蕴意丰富。

对 雨

此诗当作于广德元年(763)秋,杜甫居梓州。当时杜甫欲往阆州(今四川阆中),适逢连绵秋雨,遂对雨感怀,表达对吐蕃边患的忧虑,"不愁巴道路,恐湿汉旌旗",其精神境界令人叹服。刘克庄《后村诗话》云:"八句之中,著此一联,安得不独步千古!"宁苦己以利他、利国,是杜甫在诗中多次表现的思想精神。

莽莽天涯雨,江边独立时①。
不愁巴道路,恐湿汉旌旗②。
雪岭防秋急,绳桥战胜迟③。
西戎甥舅礼,未敢背恩私④。

【注释】

① 首联点题，扣"对雨"二字入笔。莽莽：状雨势之大，无边无际。天涯、江边：指梓州。梓州城东即涪江。

② 颔联写雨中感怀，谓自己不愁巴山道路的难行，只恐雨湿官军军旗而影响士气。巴道路：杜甫此时欲往阆州，其地古属巴子国，故称。

③ 颈联承"旌旗"而写忧边。雪岭：又名西山，在四川西部，是唐与吐蕃的分界。唐政府有松、维、保三州，在其间设防。防秋：防吐蕃入侵。秋天马肥，是敌人入侵之季，故称。《资治通鉴》：广德元年七月，"吐蕃入大震关，陷兰、廓、河、鄯、洮、岷、秦、成、渭等州，尽取河西、陇右之地"。唐军边备颇急。绳桥：用绳索连结两岸，铺以竹木而成的桥梁。一说为城镇名称。战胜迟：谓未能取胜。绳桥之役，待考。

④ 尾联对代宗疏于防范吐蕃，提出责问。西戎：指吐蕃。甥舅礼：甥舅之国的礼数。唐太宗时曾嫁文成公主给吐蕃王，中宗时又嫁金城公主给吐蕃王。吐蕃王曾上表给玄宗，自称"外甥"。《资治通鉴》载：广德元年四月，"郭子仪数上言，吐蕃、党项不可忽，宜早为之备"。朝廷未予理睬。胡三省注云："不能用郭子仪之言，为二虏入京师张本。"可知代宗以甥舅之国而认为吐蕃不敢背恩是实。杜甫此处以吐蕃入侵为实证对代宗进行反诘。古今注者或认为"未敢背恩私"是杜甫的观点，则与前文意脉不连，非也。

征　夫

此诗当作于广德元年（763）秋，杜甫在阆州。诗写吐蕃围攻松州（今四川松潘），巴西百姓蒙受惨重的兵役之苦。所写征夫苦况及农村凋敝，为史家之笔未到处；加以沉痛感情出之，更能见一时气运。

十室几人在？千山空自多①。
路衢惟见哭，城市不闻歌②。
漂梗无安地，衔枚有荷戈③。
官军未通蜀，吾道竟如何④？

【注释】

① 首联将人、山对举，言居人少而山岭多，写出战乱岁月民生凋敝情况，极为警策，极富情感。这就是所谓"诗家语"，"诗史"不同于史书即在于此。几人在：谓人不安居，多被征调，亦属开篇入题的笔法。又，"空"字感情色彩强烈，在作者看来，千山之妙姿，原是为人而设，如今人烟已稀，遂使千山虚存，可悲可叹。

② 颔联承接首联而展开描写，言路人唯哭、城市无歌，则将乡野市镇尽入衰氛之中，此皆因征调而致。路衢：四通八达的道路。

③ 颈联正面下笔，写征夫奔波征战之苦。漂梗：《说苑》载，"土偶谓桃梗曰：子东园之桃也，刻子以为梗，遇天大雨，必浮子，泛泛乎不知所止"。此处用以比喻征夫奔走不定。衔枚：古代士兵行军时在嘴里叼着筷子一样的木棍，以止喧哗。荷戈：扛着长矛。

④ 尾联由征夫而念及自身的归处。言"官军未通蜀"，是指增援松州之役的官军尚未到达。当时吐蕃已断绝长安通往蜀地的道路。杜甫久存归乡之念，由于关塞阻绝，北行无路；而走水路出峡，路途又远，故有取道如何之叹。竟如何：谓到底如何取路。

王 命

此诗当作于广德元年（763）冬，杜甫在阆州。此时松州（今四川松潘）被吐蕃围攻，军情危急。诗写切盼朝廷命良将镇蜀抗敌。"血埋诸将甲，骨断使臣鞍"，十个字状战争之酷烈、军情之急迫，令人触目惊心，表现出诗人精于刻画的艺术腕力。王命，指王朝的命官。

　　汉北豺狼满，巴西道路难①。
　　血埋诸将甲，骨断使臣鞍②。
　　牢落新烧栈，苍茫旧筑坛③。
　　深怀喻蜀意，恸哭望王官④。

【注释】

　　①首联写敌情严重。汉北：汉水的上游。豺狼：指吐蕃。这年七月，吐蕃进犯河陇，秦、成、渭等州陷落。巴西：郡名。阆州属巴西郡。"豺狼满""道路难"，纪实之笔，慨叹之笔。

　　②颔联写唐军征战之酷烈。二句意谓，诸将的铠甲浸满了鲜血，使臣的坐骨磨断了马鞍。"埋""断"二字，颇见锤炼之功。

　　③颈联意转，言唐军虽拼死血战，却战局被动，盖因朝廷闲置郭子仪所致。牢落：零落残破，形容烧毁的栈道。新烧栈：为阻止吐蕃深入，唐军烧毁栈道。此句写唐军之被动。苍茫：仓皇。形容郭子仪仓促应战。旧筑坛：指郭子仪。郭子仪被朝廷闲废日久，部曲离散。这年十月，代宗命其为副元帅（唐时，元帅一般由太子充当），出镇咸阳以御吐蕃，郭子仪始招募士卒，仓促而行。古时筑坛拜将，郭子仪曾被拜为主将，故称"旧筑坛"。此句言战局被动的原因。

　　④尾联推进一步，言蜀地乃牵制吐蕃的要地，朝廷应派得力的将官镇蜀，如此则可扼制吐蕃兵进关中，表现了杜甫的战略思想。喻蜀意：汉武帝时，唐蒙奉命通夜郎，征发巴蜀吏卒，残杀当地官民，民多逃亡。武帝得知，遂派司马相如前往，谴责唐蒙，并告喻巴蜀人民，唐蒙的扰民行为并非朝廷本意。杜甫"深怀"此事，体现了儒家的"民惟邦本，本固邦宁"（《尚书·五子之歌》）思想。他认为有爱民的将官前来镇蜀，则蜀地民心稳定，足可成为吐蕃的劲敌，蜀地即可成为国家安全的屏障。一篇作意在此，故结句以"恸哭望王官"收之。王官：当指严武。

早 花

此诗当作于广德元年（763）冬末，杜甫在阆州。诗写见早花而伤怀国事，感叹国事不如花草，感情深曲而凝重。杜甫每以丽景入愁诗，愁越深而景越丽，情与景处于对立状态，在二者剧烈撞击中，使感情获得逆折与回旋之力，产生独特的抒情效果，即如王夫之所云"以乐景写哀，以哀景写乐，一倍增其哀乐"。

西京安稳未？不见一人来①。
腊月巴江曲，山花已自开②。
盈盈当雪杏，艳艳待春梅③。
直苦风尘暗，谁忧客鬓催④！

【注释】

①首联没有直接入题，而是从"早花"的对面——人事上落笔，写京都沦陷，不知是否已经收复。这就构成了人事与自然的极不和谐，从而抒发了深沉的慨叹：国事尚且不如花草！这年十月，吐蕃攻陷长安，焚掠殆尽，代宗出奔陕州。西京：指长安。

②颔联入题，言于腊月的巴江曲处，见山花已开。这山花乃是触发作者感慨之物。在他人眼里，花本娱情，而杜甫见之，则生痛感。足见老杜心系国家，一事一物，无不拨动忧国心弦。"腊月"扣"早"字，"巴江曲"谓阆州（阆州在嘉陵江边），而"自开"二字有对山花斥责之意，言其不管国难人愁，独绽笑颜。作者之情与客观之景已成对立关系。

③颈联沿"自开"二字展开描写。"当雪""待春"皆扣"早"字，"杏""梅"扣"花"字；而"盈盈""艳艳"，极写山花的仪态、颜色之美，亦是极写痛感之笔触。在情与景处于对立的情况下，景越丽而愁越深。老

杜的心曲和笔法，当详察之，细悟之。

④尾联以一"苦"字点出一篇之情感，正面申述题旨，言苦痛只由时局动乱而生，非关节令之变，岁月催老。直：只，仅。风尘：指战尘。按，五律以中二联用对仗为常格，此诗颔联未成对仗，而以尾联对仗补足之。

发 阆 中

此诗当作于广德元年（763）冬末，杜甫在阆州接到夫人来信，得知女儿患病，便匆匆回归梓州寓所。诗写途中凄凉景象和焦急心情。诗中典型化的景物描写，注入了作者的乱世情怀。阆中，即阆州。

前有毒蛇后猛虎，溪行尽日无村坞①。
江风萧萧云拂地②，山木惨惨天欲雨③。
女病妻忧归意急，秋花锦石谁能数④。
别家三月一得书⑤，避地何时免愁苦⑥。

【注释】
①溪行：沿溪水而行。村坞：村庄。坞，地势周围高而中间低的地方。
②云拂地：乌云掠地而过。
③山木：山间林木。惨惨：暗淡无光的样子。以上四句，极写环境恐怖、萧条，实为乱世之象。
④秋花：此时已是冬末，但因山间气暖，故秋菊尚在。锦石：彩色的石头。谁能数：谓自己无心观赏。数，详察，仔细观赏。
⑤别家三月：杜甫于这年九月初由梓州寓所赴阆州，到十二月初返

回，时计三个月。书：指夫人的来信。

⑥避地：迁地以避灾祸。指入蜀之事。入蜀本为避安史之乱，但入蜀之后又逢剑南兵马使徐知道的兵乱，故有不免愁苦之叹。

岁　暮

此诗当作于广德元年（763）年底，杜甫在梓州。诗写吐蕃入寇之忧，感慨目无勇将，中心是表达报国无路的悲愤心情。虽山河日蹙，而诗境仍然悲壮，是由于作者的盛唐精神未减。可知将杜甫列入中唐之失。

岁暮远为客，边隅还用兵①。
烟尘犯雪岭，鼓角动江城②。
天地日流血，朝廷谁请缨③？
济时敢爱死？寂寞壮心惊④！

【注释】

①首联将自身为客与边隅用兵对举，已见报国无路之意。岁暮：年末。边隅用兵，指吐蕃犯边。这年十二月，吐蕃相继攻陷松州（今四川松潘）、维州（今四川理县东北）、保州（今四川理县正北），高适抗击吐蕃不力。

②颔联承首联次句，写吐蕃军声势之大。烟尘：战尘，指吐蕃进犯。雪岭：西山，在松州嘉城县东，因常年积雪，故称。鼓角：指吐蕃军的战鼓、号角。江城：指梓州。梓州在涪江西岸，故称。

③颈联慨叹于国命危急之时，缺乏终军那样的勇士。杜甫曾在许多诗篇中责备诸将的无德无能。"天地日流血"，言人世间处处、时时都在流血。此句对吐蕃蹂躏国土作了触目惊心的艺术概括，愤怒之情亦在其中。请

缨:《汉书·终军传》载,终军向汉武帝请求长缨(绳子),立誓擒回南越王。后世以"请缨"喻指自告奋勇、请求杀敌的行为。此处用典,表达的是请缨无人的遗憾和怨愤。

④尾联托出一篇之旨,意谓自己有济时之志,愿意为救国而献出生命,只因被朝廷遗弃,岁月蹉跎,面对国难,不免壮心惊动。济时:济世,救时,解救时危。敢:岂敢。爱死:惜命。寂寞:指仕途而言。杜甫所云被肃宗遗弃,是指乾元元年(758)六月罢免左拾遗、出为华州司功参军之事。

释 闷

此诗当作于广德二年(764)春,其时杜甫携家属自梓州至阆州,准备从嘉陵江入长江而出峡,离开蜀地。诗写十年战乱不息,京都两度沦陷,君臣御敌无力,只知奔逃而已。通篇是辛辣讽刺之辞。作此讽刺的精神支柱是作者欲恢复大唐盛世的终极关怀。

四海十年不解兵①,犬戎也复临咸京②。失道非关出襄野③,扬鞭忽是过湖城④。豺狼塞路人断绝,烽火照夜尸纵横⑤。天子亦应厌奔走,群公固合思升平⑥。但恐诛求不改辙,闻道嬖孽能全生⑦。江边老翁错料事⑧,眼暗不见风尘清⑨。

【注释】
①释闷:写诗以排解愁闷。
②十年:安史之乱爆发于755年,至此诗写作之时为乱后十年。不解兵:言兵火不止。十年战乱未平,足见玄、肃、代三朝君臣无能,讽意已露。

③犬戎：对吐蕃的蔑称。临咸京：广德元年（763）十月，吐蕃攻陷长安。"也复"二字有讽意，言此辈亦居然陷京，可见代宗朝廷之昏庸怯懦。

④"失道"句，反用《庄子》典故，黄帝访大隗，曾迷路于襄阳之野。（《庄子·徐无鬼》）杜甫用此典故，暗讽代宗为避吐蕃而仓皇逃奔陕州（今河南省三门峡市陕州区）之事。黄帝出襄野是为了访道，而代宗出京是为了逃命，二者目的不同，故云"非关"。失道：迷路。二字状写代宗出逃之仓皇，颇具讽刺意味。

⑤"扬鞭"句，反用《晋书》典故。《晋书·明帝纪》载，晋明帝得知王敦谋乱，便微服乘马去湖城察看其军营。杜甫用此典故，也是暗讽代宗逃奔之事。晋明帝的扬鞭催马是为了侦察敌营，而代宗的扬鞭则是为了逃命，所以用"忽是"二字加以区别。忽是：犹言现象偶然相同。讽刺有力。以上二句将讽刺矛头指向当朝皇帝，可洗杜甫"愚忠"之诬，可知杜甫忠君的实质在于恢复大唐盛世，凡有悖于这种终极关怀者，无论为君为臣，皆在批判之列。

⑥"豺狼"二句，以血泪之笔描绘人间惨象，对造成如此惨象的君臣进行批判。

⑦"天子"二句，互文见义，批判代宗君臣以出奔逃命为常事，而不思恢复乃祖盛世。"亦应""固合"，谓本该如此（厌奔走、思升平）而未能如此。

⑧"但恐"二句，批判代宗君臣盘剥黎民而宽容奸佞。诛求：强制征收，残酷剥削。不改辙：仍循旧路。指坚持盘剥百姓的做法。嬖（bì）孽：受君主宠爱的小人，此指宦官程元振。《通鉴》载，程元振专权无忌，谋害功臣。广德元年（763）十月，吐蕃进逼长安，他封锁消息，且阻止郭子仪的求兵使者面君。朝廷下诏，命诸道兵马来长安救驾，诸道大将因畏惧程元振谗构加害，竟无人敢入长安。其后，在郭子仪等将领的通力苦战下，长安才得以收复。十一月，太常博士柳伉上疏，要求将程元振斩首。代宗仅削程氏官职，放归乡里。诗中所云"全生"，指此而言。全生：保全性命。

⑨江边老翁：作者自谓。错料事：错误地估计了政事。代宗即位后，

杜甫曾对政局抱有信心，如《奉送严公入朝十韵》云："鼎湖瞻望远，象阙宪章新。"今日看来，是属不当。

⑩ "眼暗"句，意谓或许由于老眼昏花，我是看不到战尘平息了。出语婉转而讽刺辛辣，表达了对代宗君臣的绝望。

别房太尉墓

此诗当作于广德二年（764）春，杜甫受重来镇蜀的严武邀请，将回成都草堂。行前，专程前往葬在阆州的房琯墓地作别。诗写故友情谊，生死难隔，颇能见出杜甫仁厚心性。房太尉，即房琯。《旧唐书·房琯传》载，房琯于乾元元年（758）六月贬为邠州刺史；肃宗上元元年（760）四月改礼部尚书，迅即出为晋州刺史，八月改汉州刺史；宝应二年（763）四月拜特进、刑部尚书，赴京途中患病，于广德元年（763）八月死于阆州僧舍，追赠太尉。杜甫与房琯政治关系密切，房琯死后，他曾来阆州写文祭于墓前，对其作出极高的评价。

　　　　他乡复行役，驻马别孤坟①。
　　　　近泪无干土，低空有断云②。
　　　　对棋陪谢傅，把剑觅徐君③。
　　　　惟见林花落，莺啼送客闻④。

【注释】

① 首联点题，意谓自己将由阆州返回成都，故来老友坟前告别。他乡：指阆州。复行役：又要踏上旅途。指返回成都事。驻马：停下马来。孤坟：指房琯坟墓。"孤"字写出怜惜不忍之情。

② 颔联记哭悼之事，言洒泪之多，土为之湿；哭声之哀，云为之垂。

此联虚实之笔兼出,造成浓重的伤感氛围。近泪:言靠近墓前而洒泪。低空:言云彩低垂于天宇。意谓断云(片云)为哭声所感动,情沉而下垂。此为"诗家语",常人既不能出,亦不便解。

③颈联借用典故,表达与房琯生前死后的亲密情谊。前句借用谢安的故事,《晋书·谢安传》载:"(苻)坚后率众号百万,次于淮肥,京师震恐。加安征讨大都督。(谢)玄入问计,安夷然无惧色,答曰:'已别有旨。'……方与玄围棋,赌别墅。……安顾谓其甥羊昙曰:'以墅乞汝。'安遂游涉,至夜乃还,指授将帅各当其任。玄等既破坚,有驿书至,安方对客围棋,看书既竟,便摄放床上,了无喜色。……(羊昙)为安所爱重,安薨后,辍乐弥年,行不由西州路。"杜甫此处以谢安比房琯,以羊昙自比,言与房琯生前的情谊之重。后句借用季札的故事,《史记·吴太伯世家》载:"季札之初使,北过徐君。徐君好季札剑,口弗敢言。季札心知之,为使上国,未献。还至徐,徐君已死,于是乃解其宝剑,系之徐君冢树而去。"杜甫此处以徐君比房琯,以季札自比,言与房琯之交谊死而不渝。

④尾联从"见""闻"两个角度写墓地景象。林花凋落,莺鸟啼鸣,渲染出伤感、寂寞的氛围,表达了深重的哀思。以景语写情,使情蕴于景中,从而获得张力,是诗家惯用之法。

登　楼

此诗当作于广德二年(764)春,其时杜甫已返回成都草堂。因与严武交游,故每往成都。诗写登楼远眺,江山之景触发了对边患的忧怀。诗中以丽景激荡愁思,感情深曲而顿挫。

花近高楼伤客心,万方多难此登临①。
锦江春色来天地,玉垒浮云变古今②。
北极朝廷终不改,西山寇盗莫相侵③。
可怜后主还祠庙,日暮聊为《梁甫吟》④。

【注释】

① 首联点题,"伤心"二字乃一篇之情感。鲜花簇拥着高楼,景色很美,但因此时乃"万方多难"之际,想到国事竟不如草木之有春意,故见花开而生伤感。此种心理应为深忧国事者所独有。《通鉴》载,这年正月,唐大将仆固怀恩举起叛旗,攻太原,夺灵州。吐蕃仍占据河西、陇右及松、维、保三州。可谓"万方多难"。

② 颔联写远望之景,景中蕴寄忧情。"锦江"句写江水携带浓浓春色自天际而来,则两岸原野草绿花红的盛况可想而知。此句承接首句"花"字来写,明写美景而暗写伤怀。试想,楼前的几簇鲜花已让作者伤心,何况这无边无际的春色!所以,此句乃写他铺天盖地的忧思。对句亦然,写玉垒山的浮云变幻不定,自古至今不能平息,是喻指吐蕃对唐王朝的时战时和,暗寓时局动荡之慨。玉垒山,在四川理县东南,唐贞观年间设关于其下,乃吐蕃与唐往来之要道。安史之乱平息之后,吐蕃成了唐王朝的主要边患。头年十月,吐蕃曾攻陷长安,此时仍占据松、维、保三州。这就是"玉垒浮云"的政局内涵。此联作意,古今论者多赞其气象雄伟,仅从写景角度解读,未能深味景中之情。

③ 颈联笔墨改为论事,是承接"玉垒浮云"的思路而对吐蕃提出告诫,谓我大唐基业如北极星之永恒,尔等休存侥幸之念。这也是盛唐精神在杜甫身上的执着体现。西山寇盗:指吐蕃。

④ 尾联承接告诫之意,以历史和现实证明大唐基业的牢固。意谓即如愚昧可怜的后主刘禅还一直享有祠庙祭奠,这就足以证明人民对帝业的尊仰,区区吐蕃是难以动摇如此江山的。《梁甫吟》是诸葛亮躬耕南阳时喜唱的一首歌,借以表达其雄才大略。杜甫使用此典,是表示自己也有一番报效国家的雄心壮志。可见,杜甫虽是伤时,而御寇兴国之念仍很坚定。

丹青引赠曹将军霸

此诗当作于广德二年(764),杜甫居成都草堂。诗记画家曹霸超凡的技艺与曲折的经历,早年的荣宠与晚年的沦落构成鲜明的对比,这种云泥之别的成因,正是由于安史之乱导致的唐王朝由盛而衰的社会巨变。所以,诗人痛惜曹霸的沦落,也是在痛惜大唐的沦落。同时,哀人亦是借以自哀,故感情沉痛而悲愤。诗中还表达了对绘画艺术的审美观点,强调"画骨",提倡气韵,是很有见地的。丹青,即绘画。引,诗歌的一种体式。此诗以八句为一个押韵单元,八句一换韵,平韵与仄韵交替。曹将军霸,曹霸,唐代著名画家,工于鞍马和人物肖像。官至左武卫将军,玄宗末年获罪,削籍为平民。晚年流落成都,故得与杜甫相见。

将军魏武之子孙[①],于今为庶为清门[②]。英雄割据虽已矣[③],文采风流今尚存[④]。学书初学卫夫人[⑤],但恨无过王右军[⑥]。丹青不知老将至[⑦],富贵于我如浮云[⑧]。开元之中常引见[⑨],承恩数上南薰殿[⑩]。凌烟功臣少颜色[⑪],将军下笔开生面[⑫],良相头上进贤冠[⑬],猛将腰间大羽箭[⑭]。褒公鄂公毛发动[⑮],英姿飒爽来酣战[⑯]。先帝御马玉花骢[⑰],画工如山貌不同[⑱]。是日牵来赤墀下[⑲],迥立阊阖生长风[⑳]。诏谓将军拂绢素[㉑],意匠惨淡经营中[㉒]。须臾九重真龙出[㉓],一洗万古凡马空[㉔]!玉花却在御榻上[㉕],榻上庭前屹相向[㉖]。至尊含笑催赐金[㉗],圉人太仆皆惆怅[㉘]。弟子韩干早入室[㉙],亦能画马穷殊相[㉚]。干惟画肉不画骨[㉛],忍使骅骝气凋丧[㉜]。将军画善盖有神[㉝],偶逢佳士亦写真[㉞]。即今漂泊干戈际[㉟],屡貌寻常行路人[㊱]。途穷反遭俗眼白[㊲],世上未有如公贫。但看古来盛名下,终日坎壈缠其身[㊳]。

【注释】
①魏武：魏武帝曹操。张彦远《历代名画记》："曹霸，魏曹髦（曹操曾孙）之后，髦画称于后代。"
②于今：而今。为庶：成为平民、百姓。清门：寒门。指贫穷的人。
③英雄割据：指曹操割据中原的霸业。已：已成过去。
④文采风流：曹操长于作诗，故云。今尚存：是说曹霸继承了曹操的文采风流。
⑤卫夫人：晋代著名书法家。《法书要录》："卫夫人，名铄，字茂猗，廷尉展之女弟，恒之从女，汝阴太守李矩之妻也。隶书尤善，规矩钟繇。"
⑥恨：憾。无过：未能超过。王右军：晋代大书法家王羲之，官右军将军，故称。
⑦不知老将至：《论语·述而》载，"发愤忘食，乐以忘忧，不知老之将至云尔"。此句化用语典，写曹霸耽心于绘画艺术。
⑧"富贵"句化用语典，"不义而富且贵，于我如浮云。"（《论语·述而》）写曹霸将绘画艺术作为人生的终极追求。
以上八句，写曹霸家世的文学艺术传统，以及他的必欲登峰造极的艺术追求。
⑨开元：玄宗年号，自公元713年至公元741年。引见：由内臣带领，觐见皇帝。
⑩数（shuò）上：屡次登上。南薰殿：唐宫殿名，在兴庆宫中。
⑪凌烟功臣：凌烟，即凌烟阁。唐太宗贞观十七年（643），命阎立本画功臣二十五人图像于凌烟阁。少颜色：谓图像因年深日久而色彩暗淡。
⑫开生面：重新画出这些人的生动面貌。
⑬进贤冠：文官所戴的官帽。用借代修辞写文官神采。
⑭大羽箭：太宗所制的一种四羽大弩长箭。用借代修辞写武将神采。
⑮褒公：指段志玄。以功封褒国公，故称。鄂公：指尉迟敬德。以功封鄂国公，故称。毛发动：胡须、头发仿佛在飘动。
⑯来酣战：像是要进行一场痛快的厮杀。
以上八句，以重绘功臣画像为描写中心，极赞曹霸画笔生动传神。

⑰先帝：指玄宗皇帝。玄宗死于宝应元年（762）。玉花骢：骏马名。郑处诲《明皇杂录》："上所乘马有'玉花骢''照夜白'。"

⑱画工如山：极言画工之多。貌不同：画像与真马不类，即画不出玉花骢的雄杰意态。

⑲赤墀（chí）：宫殿的台阶。因用丹漆涂饰，故称。

⑳迥立：昂首屹立。阊阖（chāng hé）：天子的宫门。生长风：谓骏马挟带风云之气。

㉑诏谓：天子命曰。拂绢素：指在绢上作画。绢素，古时用以绘画的白绢。

㉒意匠：指精心构思。惨淡经营：苦心运筹。

㉓须臾：顷刻之间。九重：指皇宫。《楚辞·九辩》："君之门兮九重。"真龙出：谓绘画活现了骏马的形象。古人常以龙美称骏马。

㉔此句意谓，曹霸所绘骏马之图将自古以来的画马作品变得平庸失色。

以上八句，以画玉花骢为描写中心，写曹霸之画艺既压倒时辈，又超绝古人。

㉕玉花：玉花骢的简称。此句谓玉花骢却立在御榻上，言画马逼真。

㉖此句谓榻上的画马与庭前的真马屹立相对，难以区别。

㉗至尊：指玄宗。

㉘圉（yǔ）人：养马的人。太仆：掌管车马的官。惆怅：惊叹而出神的样子。

㉙韩干：唐代画家。"韩干，大梁人……官至太府寺丞。善写貌人物，尤工鞍马。初师曹霸，后自独擅。"（《历代名画记》）入室：指能得到老师的真传。

㉚穷殊相：穷尽各种不同的马相。

㉛画肉不画骨：画出马的肥胖身体，而画不出马的强健筋骨、雄杰意态。盛唐审美风尚趋肥美，杜甫独以瘦硬为美，故对韩干之画不甚满意。在书法上，他说"书贵瘦硬方通神"，认为"肥失真"（《李潮八分小篆歌》），他赞美古今众多的书法家，而独不提颜真卿，亦是同一原因。

㉜忍：忍心。骅骝：骏马。气凋丧：丧失精神气概。

以上八句,全用侧写与对比手法,以见曹霸画艺精良。

㉝ 盖有神:大概有神相助。

㉞ 佳士:指品德或才学优良的人。写真:指写生画像。

㉟ 即今:如今。干戈际:战乱时代。

㊱ 屡貌:屡次描绘。貌,动词。此句谓曹霸为艰难生活所迫,只好为平庸之辈画像,以取得维生之资。

㊲ 俗眼白:世俗之辈的轻视。"籍又能为青白眼,见礼俗之士,以白眼对之。"(《晋书·阮籍传》)古时重官宦而轻技艺。"反"字颇见愤世之心。在杜甫看来,"途穷"之人正该得到怜惜,不料却反遭世俗的轻蔑,则世态之丑恶真堪痛心疾首。

㊳ 坎壈(kǎn lǐn):困苦,失意。

结韵由曹霸的遭际而连及自古以来在艺术上享有盛名的人,皆无法摆脱被困苦所纠缠的命运。这其中自然也包括作者本人在内。有此一笔,便使作品增添了历史的厚度和情感的力度。

忆昔二首

这组诗当作于广德二年(764),时杜甫在严武幕府任参谋。诗为追忆往事,第一首忆肃宗信任宦官而导致战争失利,提醒信任宦官的代宗接受教训;第二首忆玄宗开元盛世及肃宗乱世,寄希望于代宗重整山河。感情凝重,议论精湛,既是史笔,又是诗笔。讽刺肃宗惧内、代宗出逃,用笔老辣,不留情面,颇见老杜耿介、直率性格。

其 一

忆昔先皇巡朔方①,千乘万骑入咸阳②。阴山骄子汗血马③,

长驱东胡胡走藏④。邺城反覆不足怪⑤,关中小儿坏纪纲⑥,张后不乐上为忙⑦。至令今上犹拨乱⑧,劳心焦思补四方⑨。我昔近侍叨奉引⑩,出兵整肃不可当⑪。为留猛士守未央,致使岐雍防西羌⑫。犬戎直来坐御床⑬,百官跣足随天王⑭。愿见北地傅介子,老儒不用尚书郎⑮。

【注释】

①先皇:指肃宗。巡朔方:指肃宗于至德元年(756)七月在灵武(今属宁夏)即位。灵武是朔方军节度使治所。

②千乘(shèng)万骑(jì):意谓千军万马,形容军队壮大。入咸阳:指进入长安。至德二载(757)九月,官军收复长安,十月,肃宗还京。咸阳:秦朝国都,此处代指长安。

③阴山骄子:指回纥援军。汗血马:西域大宛国产的良马,流汗如血,故称。

④长驱东胡:指回纥应唐王朝之邀,派兵协助官军讨伐安史叛军。驱,驱逐。东胡,指安史叛军。

⑤邺城反覆:乾元元年(758)十月,官军九个节度使合兵数十万,包围安庆绪于邺城(今河南安阳),因肃宗未在军中设主帅,攻城不力。史思明降而复叛,于乾元二年(759)三月引河北叛军前来解围。官军溃败,东都洛阳再度失陷。

⑥关中小儿:指宦官李辅国。李辅国原是"闲厩马家小儿",后来依附高力士。肃宗即位后,深受宠信,官判元帅府行军司马,势倾朝野。他与皇后张良娣勾结,唆使肃宗打击玄宗旧臣,消耗了抗敌力量。

⑦张后:肃宗皇后张良娣。《旧唐书·后妃传》:"皇后宠遇专房,与中官李辅国持权禁中,干预政事,请谒过常。帝颇不悦,无如之何。"此句谓肃宗惧内,张后一不高兴,他就吓得手忙脚乱。如此辛辣讽刺,足令"杜甫愚忠"论者噤口。

⑧至令:致使。至,通"致"。今上:当今皇上。指代宗。拨乱:指代宗相继剪除张皇后、李辅国事。《通鉴》载,宝应元年(762)四月,玄宗、肃宗相继去世,李辅国以太子之命,将张皇后幽于后宫杀掉。十月,

代宗拟除掉李辅国;有盗夜入辅国宅,将其杀死。

⑨补四方:指代宗即位后,征讨安史余孽,抗击吐蕃入寇。

⑩我昔近侍:杜甫自指在肃宗朝任左拾遗事。叨奉引:忝列扈从。叨,谦辞。插入个人经历,便觉史实确凿。

⑪"出兵"句写代宗做太子时,任天下兵马元帅征讨叛军之事。《旧唐书·代宗本纪》:"贼锋方锐,屡来寇袭。上选求勇干,频挫其锋。……香积之战,贼徒大败,遂委西京而遁。"

⑫"为留"二句,杜甫认为吐蕃势力东扩乃至攻陷长安,是由于代宗宠信宦官程元振,削夺郭子仪兵权所致。猛士:指郭子仪。未央:汉代宫殿名。此处借指长安。《通鉴》载:"(宝应元年八月)郭子仪自河东入朝。时程元振用事,忌子仪功高任重,数谮之于上。子仪不自安,表请解副元帅、节度使。上慰抚之,子仪遂留京师。"郭子仪废居京都,致使边防无得力主帅,吐蕃势力东扩。《通鉴》载,广德元年(763)秋,吐蕃进入大散关内。十月,入寇泾州、奉天、武功,逼近长安。诗中所云"岐雍",即岐、雍二州,在今陕西凤翔境内。诗言岐、雍二州成为防御吐蕃的前线,是对吐蕃入寇关中的准确概括。西羌:指吐蕃。

⑬犬戎:指吐蕃。坐御床:《通鉴》载,广德元年(763)十月,吐蕃攻陷长安。此句纪实而兼用典故,"大同中,太医令朱耽尝直禁省,无何,梦犬羊各一在御坐。……既而天子蒙尘,景登正殿焉。"(《南史·侯景传》)

⑭跣足:赤脚。天王:指代宗。此句状写代宗君臣为避吐蕃而仓皇逃离京都。"跣足"而逃,史书未记,是诗家语,是老杜语,非此则难见其狼狈之状,亦见老杜哀其不幸、怒其不争之心情。《通鉴》载,此时"上方治兵,而吐蕃已度便桥,仓猝不知所为,丙子,出幸陕州,官吏藏窜,六军逃散"。

⑮结韵二句,谓但愿出现傅介子那样的义士为国雪耻,至于个人的禄位可等闲视之。傅介子:西汉北地人,曾斩楼兰王首级而还。老儒:杜甫自谓。尚书郎:此年六月,剑南节度使严武表荐杜甫检校尚书工部员外郎、幕府参谋。体味诗意,此诗当为杜甫初任此职而作,并以傅介子期许严武。

其 二

忆昔开元全盛日①,小邑犹藏万家室②。稻米流脂粟米白,公私仓廪俱丰实③。九州道路无豺虎④,远行不劳吉日出⑤。齐纨鲁缟车班班⑥,男耕女桑不相失⑦。宫中圣人奏《云门》⑧,天下朋友皆胶漆⑨。百余年间未灾变⑩,叔孙礼乐萧何律⑪。岂闻一绢直万钱⑫?有田种谷今流血!洛阳宫殿烧焚尽⑬,宗庙新除狐兔穴⑭。伤心不忍问耆旧,复恐初从乱离说⑮。小臣鲁钝无所能⑯,朝廷记识蒙禄秩⑰。周宣中兴望我皇⑱,洒泪江汉身衰疾⑲。

【注释】

① 开元:玄宗年号,自公元713年至公元741年,共历二十九年。杜甫生于712年,与开元盛世相伴而来,故对盛世印象深刻。

② 小邑:小城。小城尚有居民万户,见人口之繁盛。

③ 仓廪(lǐn):贮藏米谷的仓库。俱:同,皆。丰实:谓米谷满盈。《通典·食货》载,开元十三年(725),"米斗至十三文,青、齐谷斗至五文。自后天下无贵物。两京米斗不至二十文"。《通鉴》载,安史之乱时期的上元元年,"米斗至七千钱,人相食"。

④ 九州:指全国。豺虎:比喻行凶劫路者。《通鉴》载,开元二十八年,"海内富安,行者虽万里,不持寸兵"。《通典·食货》载,开元十三年,"东至宋汴,西至岐州,夹路列店肆待客,酒馔丰溢。每店皆有驴赁客乘,倏忽数十里,谓之驿驴。南诣荆、襄,北至太原、范阳,西至蜀川、凉府,皆有店肆以供商旅。远适数千里,不恃寸刃"。可见当时社会治安情况。

⑤ 吉日出:古时迷信,出门上路须选吉日。

⑥ 齐纨鲁缟:齐鲁出产的精美丝织品。纨,细白的熟绢。缟,细白的生绢。车班班:谓商贾的车辆络绎不绝。班班,形容车队整齐繁盛。一说行车声。

⑦ 不相失:谓夫妇无离散之事。

⑧ 圣人:指天子。奏《云门》:演奏《云门》乐曲。《云门》为周代"六舞"之一,相传为黄帝时乐舞,周代用以祭祀天神。此句言玄宗能修

明儒家礼乐。

⑨胶漆：比喻友情极深，民风淳朴。

⑩百余年间：指唐朝开国（618）至开元末年（741），凡百余年。灾变：指天灾与战乱。

⑪叔孙：西汉儒生叔孙通。曾为汉高祖制定礼乐。萧何：汉高祖时任相国，曾为汉朝制定律令。此句谓唐朝承袭汉朝的典章制度。以上十二句，记开元时期政治、农业、商业、治安、民风之盛事，皆用史笔，且富激情。杜甫于乱世之际不绝望，正是来自盛世精神的支撑。

⑫一绢：一匹绢。直：同"值"。《通典·食货》载，开元十三年，"绢一匹二百一十文"。自此句以下，转而写安史乱后情况。

⑬宫殿烧焚：《通鉴》载，宝应元年（762）十月，官军与回纥援军击败史朝义，复取洛阳，"回纥入东京，肆行杀掠，死者万计，火累月不灭"。诗中所云，似当指此。

⑭宗庙：帝王的祭祖之处。狐兔作穴于宗庙，言宗庙荒凉。

⑮耆旧：年高望众的人。乱离：指天宝末年爆发的安史之乱。耆旧见问，必又从乱离说起，作者因伤心而不忍再闻，故不敢问之。笔触深曲。

⑯小臣：杜甫自谓。鲁钝：粗率，迟钝。杜甫自言性格。

⑰记识（zhì）：记忆。蒙禄秩：指授任检校工部员外郎。禄秩，俸禄、官职。

⑱周宣中兴：周宣王，厉王之子，即位后，整理厉王乱政，复修文武成康之业，使周朝中兴。我皇：指代宗。

⑲江汉：指巴蜀。结韵言洒泪切盼代宗能励精图治，恢复大唐盛世。这也是杜甫的终极关怀。

宿 府

此诗当作于广德二年(764)秋,杜甫在严武幕府任参谋。诗写夜宿幕府的见闻及感受,表达思乡忆故和幕府失意的心曲。全诗以"独"字为线索,将听、视及思维活动交织成篇,创造出孤寂而深邃的诗境。府,指幕府。古时将帅出征,以帐幕为府署,后世用以作为节度使衙门的代称。

    清秋幕府井梧寒,独宿江城蜡炬残①。
    永夜角声悲自语,中天月色好谁看②?
    风尘荏苒音书绝,关塞萧条行路难③。
    已忍伶俜十年事,强移栖息一枝安④。

【注释】

①首联点题,交代抒情的时令、地点及环境,"寒""残"二字虽在状写事物,也固定了一篇情感的基调。"独宿"的"独"字是诗眼,是全诗的抒情线索。清秋:清冷的秋天。井梧:庭院中的梧桐。井,天井,庭院。江城:指成都。蜡炬:蜡烛。蜡炬残,见深夜不寐,启开下文一系列的感觉活动描写。

②颔联写"独宿"的听觉、视觉活动,表现孤独之况。永夜:长夜。自语:言无与谈者。二句皆为"五二"句式,句意颇为顿挫,长夜角声悲凉,正该有人做伴,而此刻只能独自沉吟;中天月色皎好,正宜亲朋共赏,而无人相与观赏。此联"永夜"对"中天",乃时、空并举之对仗,杜诗对仗常用此格。

③颈联写"独宿"之所思,交代孤独之原因:由于战乱绵延而兄弟音断,关塞阻绝而有家难回。风尘:战尘,战乱。荏苒:绵延不绝。行路难:谓归路艰难。此联以"荏苒"对"萧条",乃双声词对叠韵词,增强了诗句的音乐美。

④尾联继写"独宿"所思,将此夜之"独"推及十年之"独"。十年:

指安史之乱爆发至此时。杜甫故居洛阳曾为安禄山大燕国都,受害惨重,其弟在战乱中离散。伶俜(líng pīng):孤独的样子。强移栖息:勉强移身栖息于此。一枝安:典出《庄子·逍遥游》,"鹪鹩巢于深林,不过一枝"。指在严武幕府任职之事。既言"强移",可知杜甫任此参谋之职并非所愿,其后写给严武的诗中说"束缚酬知己,蹉跎效小忠",已明心迹。杜甫非无政治抱负,但他要做的是海中"大鲸"(见《咏怀五百字》),而不以做枝头小鸟(鹪鹩)为乐。尾联破格使用对仗,以"伶俜"对"栖息",乃叠韵词对叠韵词,增加了诗句的音乐效果。

除 草

此诗当作于永泰元年(765)春。这年正月,杜甫辞掉节度参谋之职,回到草堂。题下原注:"去荼草也。"荼草,多年生草本植物,茎叶有细毛能蜇人。诗写铲除毒草的劳动过程,表达出疾恶如仇、除恶务尽的思想。全诗采用夹叙夹议手法,多用反诘句式,感情劲健,颇具力度。

　　草有害于人,曾何生阻修①!其毒甚蜂虿②,其多弥道周③。清晨步前林,江色未散忧④。芒刺在我眼,焉能待高秋⑤!霜露一沾凝,蕙叶亦难留⑥。荷锄先童稚⑦,日入仍讨求⑧。转致水中央⑨,岂无双钓舟⑩?顽根易滋蔓,敢使依旧丘⑪?自兹藩篱旷,更觉松竹幽⑫。芟夷不可阙,疾恶信如仇⑬!

【注释】

　　① 曾:则,表示相承。何:为什么。阻修:指道路阻隔而遥远。语出《诗经·蒹葭》:"道阻且长。"这里泛指道路。发端议论,言毒草既然对人有害,那为什么还让它长在路上?为下文叙写除草张本。

②甚：超过。虿（chài）：蝎子一类的毒虫。

③弥：布满。道周：路边。

④"清晨"二句，写心忧毒草，难以开怀。"清晨"与下文"日入"相照应，写除草历时之长。

⑤"芒刺"二句，言除恶宜速，不能等候秋风将其剪除。芒刺在眼，谓毒草的芒刺如入眼中，极写痛恨之心。高秋：深秋。

⑥"霜露"二句，言深秋霜露凝结，连香草也会干枯，届时薰莸难辨，贻害更甚。是补充说明除恶宜速。蕙：香草名，俗名"佩兰"，有香气，古人认为佩之可以避疫。

⑦先童稚：走在孩子们前面。

⑧日入：太阳落山。讨求：谓搜寻葶草而除之。

⑨"转致"句，谓将葶草转送到池水中间。将葶草沉入水中，沤烂，是彻底消灭之法。

⑩"岂无"句，谓以钓舟运送葶草。

⑪"顽根"二句，解释以水沤草的原因。旧丘：指葶草的原生地。

⑫"自兹"二句，言除掉毒草后的舒畅心情。自兹：从此。藩篱：篱笆。

⑬"芟（shān）夷"二句，《左传·隐公六年》："为国家者，见恶，如农夫之务去草焉。芟夷蕴崇之，绝其本根，勿使能殖，则善者信矣。"此诗之旨，或本于此。芟夷：铲除。阙：通"缺"。

去　蜀

此诗当作于永泰元年（765）五月。四月三十日，严武病死成都。杜甫失去依靠，又预感蜀地将有兵乱，故匆促离开草堂，乘船沿岷江南下，入长江，东游荆湘。诗写离蜀时的惆怅心情。

> 五载客蜀郡，一年居梓州①。
> 如何关塞阻，转作潇湘游②。
> 万事已黄发，残生随白鸥③。
> 安危大臣在，不必泪长流④。

【注释】

① 首联计数客居时间，是出于告别的心理，也是在感叹漂泊的身世。五载，杜甫客居成都草堂约五年，即上元元年（760）、上元二年（761）、宝应元年（762）、广德二年（764）、永泰元年（765）。蜀郡：指成都。一年：专指广德元年（763）。两句均为概举整数。

② 颔联交代回归故乡却取道潇湘的原因，是由于北上阻于关塞。如何：奈何。意谓无奈。

③ 颈联写痛苦的回顾和辛酸的展望，亦为题中应有之义。意谓万事揪心，我已愁黄了头发；残年无几，只应去追随白鸥。黄发：状老态。人老则头发由白变黄。残生：余年。

④ 尾联为自宽之辞，意谓蜀地安危自有大臣执掌，自己不必过于忧虑。实则表现对蜀地安危的挂怀。杜甫离蜀不久，便发生新任剑南节度使郭英乂与汉州刺史崔旰的战争，蜀中大乱。

旅夜书怀

此诗当作于永泰元年（765），杜甫沿江漂泊于渝州（今重庆市）、忠州（今四川忠县）间。诗写旅夜情事，抒发身世孤微之慨和不平之声。

细草微风岸,危樯独夜舟①。
星垂平野阔,月涌大江流②。
名岂文章著?官应老病休③。
飘飘何所似?天地一沙鸥④。

【注释】

①首联点题。诗中以细草、微风、危樯、孤舟一系列的细微之物,作为目击对象,实为对自身的内视,是将孤微身世与外物进行联类的思维活动。危樯:高而细的船桅。

②颔联突开阔景,写远天星垂而知平野之辽阔,月光翻涌而觉大江在奔流。写夜景感觉极真切。对于此联所写壮阔景象,古今论者每每离开作者的情感而只以景语视之,虽多赞词而未中窍要。其实,作者是以宏阔的宇宙景观,作为自身孤微的反衬,通过天地之大与自身之小所构成的强烈反差,以慨叹自己的孤寂微贱。这种以宏阔显孤微的手法,为杜甫所常用,也是造成"沉郁顿挫"风格的重要因素。

③颈联则是对孤微身世的直接慨叹。前句自慨文坛无名,后句自慨仕途寂寞。前句说文章好并不能使人成名,是自负语,又是愤世语。杜甫有生之年,社会上先后有四部诗选问世,却连一首杜诗都未选入,盖因未合时代审美思潮所致。杜甫因疏救房琯而被解除左拾遗官职,从此仕途寂寞,说"老病"而休官是愤慨语。

④尾联以天地间一只沙鸥自喻,形象地写出孤微的身世。总观全篇,皆是愤语,其政治才能和诗歌造诣遭受冷落,使他发出不平之声。

怀锦水居止二首

这组诗当作于永泰元年（765）冬，杜甫因病暂居云安（今四川云阳县）。这年十月，剑南节度使郭英乂与汉州刺史崔旰之间爆发战争，崔旰攻入成都，成都成了战场。杜甫牵挂成都草堂和当地父老的命运，以诗寄怀。锦水，即锦江，流经成都市南。居止，住所，指成都草堂。

其 一

军旅西征僻，风尘战伐多①。
犹闻蜀父老，不忘舜讴歌②。
天险终难立，柴门岂重过③？
朝朝巫峡水，远逗锦江波④。

【注释】

①首联感慨蜀中战乱。《通鉴》载，永泰元年（765）十月，剑南节度使郭英乂因骄奢严暴，滥杀将领，导致崔旰举兵攻打成都，英乂败走，被普州（今四川安岳）刺史韩澄杀死。邛州（今四川邛崃）牙将柏茂琳、泸州（今属四川）牙将杨子琳等，各举兵讨伐崔旰，蜀中大乱。西征僻：指讨伐崔旰。僻：邪恶，指崔旰。

②颔联怀念战乱中的蜀中父老，写他们向往太平岁月。此联为"流水对"，实为一个单句而分作两行，即"蜀父老不忘舜讴歌"为"犹闻"的宾语。"流水对"兼有匀称和流动之美。舜讴歌：《礼记·乐记》载，"昔者舜作五弦之琴以歌《南风》"。南朝宋人裴骃《史记集解》："王肃曰，《南风》，育养民之诗也。其词曰，南风之薰兮，可以解吾民之愠兮。"

③颈联怀想成都草堂，表达去留皆非的矛盾心情。天险，是指云安而言，云安地形虽险要，但于战乱之际，也不得凭险而保全身家性命；柴门，指草堂而言，但蜀中既已兵乱，草堂又岂可重居？可谓进退维谷。

④尾联写日日由眼前的长江水而思及锦江波。怀旧之情,绵邈悠长。逗:引发思念。

其 二

万里桥西宅,百花潭北庄①。
层轩皆面水,老树饱经霜②。
雪岭界天白,锦城曛日黄③。
惜哉形胜地,回首一茫茫④。

【注释】

①首联记草堂位置,在万里桥西,百花潭北,笔墨之间颇寓草堂恋情。万里桥:在成都市南门外,跨锦江上。百花潭:在草堂南面,是与浣花溪相连的一个深渊。

②颔联写草堂的环境风物之美。层轩:高敞的轩廊。饱经霜:写树木苍老雄健。

③颈联扩展诗境,以积雪的西山和夕阳中的成都作草堂的陪衬,极尽壮丽风采。界天:接天。极言其高。锦城:锦官城,成都的别称。曛日:夕阳。

④尾联陡转笔锋,写形胜之地惨遭战火,面目全非,回首遥望,心绪茫然。前六句极写草堂形胜,为结韵的浩叹加重了分量。

遣 愤

此诗当作于永泰元年(765)冬,杜甫居云安。诗写回纥骄横,国家蒙耻,宦官统兵,战争失利,皆对代宗朝政而发。四十字中,融入对国家时局的浩叹。全篇除首联外,均为议论,惊警动人。可见诗不拒议论,关键在于内容如何。

闻道花门将，论功未尽归①。
自从收帝里，谁复总戎机②？
蜂虿终怀毒，雷霆可震威③。
莫令鞭血地，再湿汉臣衣④。

【注释】

① 首联记事，言回纥援军恃功索赏，贪得无厌。《通鉴》载，永泰元年（765）十月，郭子仪入回纥营，与主将药葛罗盟誓，共击吐蕃。药葛罗遂与唐军合兵，大败吐蕃。其后，回纥将官二百余人入京论功求赏，唐王朝前后赏赐缯帛十万匹，府藏为之空竭，乃至税百官俸以给之。花门将：回纥将官。花门，指回纥，因回纥西南有花门山堡，故称。杜甫对朝廷一味依赖回纥的做法，一直怀有深忧。

② 颔联斥责代宗委军权于宦官。《通鉴》载，广德元年（763）十月，宦官程元振任骠骑大将军、判元帅行军司马，在吐蕃进逼长安的危急时刻，封锁军情，导致京都陷落，代宗出逃。而当长安收复之后，代宗仍未接受教训，又任用宦官鱼朝恩为天下观军容宣慰处置使，总领禁军。收帝里：指郭子仪驱逐吐蕃，收复京都事。"复"字，言宦官重领军权，语含愤慨。此联为"流水对"兼"借义对"，借"自"的代词义，与"谁"相对。

③ 颈联言回纥终属凶顽之辈，朝廷应震雷霆之威以扼制之，不可一味迁就。蜂虿：喻回纥。虿（chài），蝎类毒虫。

④ 尾联引史实为据，说明回纥异族的残暴，劝告代宗牢记国耻。《通鉴》载，宝应元年（762）十月，雍王李适（即后来的德宗）任天下兵马元帅，会诸道节度使及回纥援军于陕州，准备进讨史朝义。李适与僚属前往回纥营中见可汗，可汗责备李适不对他拜舞。僚属晓之以理，回纥将军车鼻遂将药子昂、魏琚、韦少华、李进等僚属各打一百鞭，以李适年少不懂事，遣归营。魏琚、韦少华当晚死去。如此民族之辱，杜甫牢记于心，劝告代宗记取，可谓语重心长。儒家所谓"不在其位，不谋其政"，杜甫则予以突破。此联亦属"流水对"。

承闻故房相公灵榇自阆州启殡，归葬东都，有作二首（选一）

这组诗当作于永泰元年（765），杜甫漂泊忠州、云安时期内。房相公，即房琯，广德元年（763）病死于阆州而丧于其地。杜甫得知其灵柩启殡经水路归葬故乡洛阳的消息，遂作诗以候江边一哭。此为组诗第一首，写房琯生前伟绩和坎坷境遇，感情沉痛、真挚。诗中多用"流水对"，于整饬中具流动之美。

> 远闻房太尉，归葬陆浑山①。
> 一德兴王后，孤魂久客间②。
> 孔明多故事，安石竟崇班③。
> 他日嘉陵泪，仍沾楚水还④。

【注释】

① 首联记事，点题。消息来自阆州，故曰"远闻"。房太尉：房琯死后，朝廷追赠太尉，故称。陆浑山：山名，在洛阳附近。《唐书》本传载，房琯年少好学，与东平吕向偕隐陆浑山，达十年之久。此联为"流水对"，"房太尉归葬陆浑山"为"闻"的宾语。

② 颔联以高度概括的笔墨为房琯作出评传，"一德兴王"记其功，"孤魂久客"叹其遇，二者反差强烈，是为不平之鸣。安史之乱爆发后，房琯受玄宗派遣，赴灵武辅佐肃宗，任宰相。但两京收复之后，房琯却因属玄宗旧臣而屡遭打击，终至客死他乡。一德：谓始终如一，永恒其德。兴王：复兴王室。指房琯辅佐肃宗收复京都事。孤魂久客：指房琯客死阆州，久久未能魂返故土。此联亦属"流水对"，"兴王"与"久客"为顺承关系。

③ 颈联借古比今，以孔明比房琯的生前之功，以谢安比房琯的死后

之誉。孔明：蜀国丞相诸葛亮，字孔明，房琯亦曾为相，故用以作比。故事：旧时的业绩。安石：东晋宰相谢安，字安石。谢安死后，追赠太傅。房琯死后，追赠太尉，故用以作比。崇班：高位。

④尾联表达沉痛悼念之意，谓昔日在嘉陵江边为房琯洒下的泪水，还将重洒于楚水，一路送其归乡。嘉陵泪：指广德二年（764）春天，杜甫在返回成都之前，曾往阆州房琯墓作别，作诗有云"近泪无干土"。阆州在嘉陵江边，故称。楚水：此指长江。杜甫此时漂泊忠州、云安一带，春秋时期这里属楚国领地，故杜甫每以"楚"称此处山水。

白帝城最高楼

此诗当作于大历元年（766）春末，杜甫由云安移居夔州（今重庆市奉节）。夔州城东有白帝山，山上有东汉初年公孙述修建的白帝城。诗写登上白帝城最高楼的所见所感，险要的江峡形势与沉重的国家时局感受融为一体，宇宙之旷与身世孤微之叹构成表里。诗虽似律体而多拗句，声调险仄，与感情相吻合。

城尖径仄旌旆愁，独立缥缈之飞楼①。
峡坼云霾龙虎卧，江清日抱鼋鼍游②。
扶桑西枝对断石，弱水东影随长流③。
杖藜叹世者谁子？泣血迸空回白头④。

【注释】

①首联点题，写自身所处位置之高险，为下文写景抒情张本。城尖：谓城角高耸。径仄：谓登城之路狭窄而陡峭。旌旆愁：谓城楼上的军旗黯然无光。"愁"字暗中写出作者的生活感受，也是全篇之情感线索。独立：

独身站立。缥缈飞楼,状所登之楼凌空高耸之姿。

②颔联写登楼俯视之景,谓云雾掩埋中的峡谷群山有如龙虎在沉睡,日光照射下的湍急江水似有鼋鼍在浮游。两句极尽江峡之险状,表达出作者的乱世心态。峡坼(chè):山峡断裂。云霾(mái):云雾掩埋。霾,动词。日抱:谓日光照耀。鼋鼍(yuán tuó):江中动物。鼋,大鳖;鼍,鳄鱼。

③颈联写登楼远望之景,谓向东望去可以见到扶桑的西枝指向这里的峡谷,向西望去可以见到弱水的影子东来汇入江流。两句极写自身所处空间之旷远,是借以显示自身之孤微。此联的身世之叹与颔联的乱世之感是首联"愁"字的具体内容。扶桑:传说中的神树,太阳升起的地方。断石:指瞿塘峡。白帝城南临瞿塘峡。弱水:指西部地区的细小河流,因其不能负载船只,故称。长流:指长江。

④尾联描写个人细节行为,以结"愁"字。杖藜:拄着藜杖。叹世者:作者自谓。"叹世"二字透露出诗中景物的感情内容,即乱世之叹、身世之叹。谁子:何人。作者自问,含孤独无偶之意。泣血迸空:谓带血之泪洒在空中。因身在高楼,故曰"迸空"。回白头:摇动白头。表示失意和无奈。杜诗每以细节行为作结,此种细节颇富感情蕴涵,故能收到言已尽而意无穷的效果。

古 柏 行

此诗当作于大历元年(766),杜甫居夔州(今重庆奉节)。诗写夔州诸葛亮庙前古柏的伟岸气象,缅怀君臣际会的盛况,抒发怀才不遇的苦闷心情。诸葛亮庙有三处:一在陕西定军山墓地;一在成都,附于刘备庙中;一在夔州。行,诗歌体式名称。此诗虽为歌行体,却多用律句、偶句。

孔明庙前有老柏，柯如青铜根如石①。霜皮溜雨四十围，黛色参天二千尺②。云来气接巫峡长，月出寒通雪山白③。君臣已与时际会④，树木犹为人爱惜⑤。忆昨路绕锦亭东⑥，先主武侯同閟宫⑦。崔嵬枝干郊原古⑧，窈窕丹青户牖空⑨。落落盘踞虽得地，冥冥孤高多烈风。扶持自是神明力，正直元因造化功⑩。大厦如倾要梁栋⑪，万牛回首丘山重⑫。不露文章世已惊⑬，未辞剪伐谁能送⑭？苦心岂免容蝼蚁⑮，香叶终经宿鸾凤⑯。志士幽人莫怨嗟，古来材大难为用⑰！

【注释】

① 以"青铜"喻柏枝，以"石"喻树根，是形容古柏坚不可摧。写古柏在于写孔明精神。

② "霜皮"二句，谓古柏树皮色白而润泽，树干粗达四十围；树冠暗绿，插入云天，树高可达两千尺。二句状古柏伟岸身姿、庄严气象，若非诸葛则难当此种笔墨。围：两手合拱的长度。"四十围"及"二千尺"，均为夸张之辞。

③ "云来"二句，谓古柏身上的云气连接着长长的巫峡，月光下寒冷的树色辉映着远山的白雪。气接巫峡、寒通雪山，以壮景作陪，写尽古柏的宏伟气象。

④ 君臣：指刘备和孔明。与时际会：应时而遇合。

⑤ 此句谓当地民众因思其人而爱护其树。此处将孔明与古柏连在一起，是构思枢纽所在。

⑥ 忆昨：回忆当年，指在成都寓居之时。自此以下四句，写成都孔明祠的古柏。将两地古柏相互照映，更能见出孔明的不朽精神。锦亭：指杜甫寓居成都西郊草堂时的江边水亭。孔明庙在草堂之东，杜甫曾去瞻仰，故曰"路绕锦亭东"。

⑦ 先主：指刘备。武侯：指诸葛亮。诸葛亮被封为武乡侯，故称。同閟（bì）宫：同在一个祠庙受祭。成都武侯庙附于先主庙中。閟宫，祠庙。

⑧ 崔嵬：高峻。形容成都武侯祠前的古柏雄姿。郊原古：郊原，指成

都郊野。以郊原的古老烘托古柏的悠久。

⑨窈窕：深邃。形容庙内彩绘意境幽深。丹青：指武侯庙壁上的彩绘。户牖空：谓庙宇内肃穆宁静。

⑩"落落"四句，兼写两地古柏。谓古柏落落出群，虽是得于地利，而孤高的形体又常被烈风摇撼。它们之所以不被摧毁，是因为有神明暗中护持，是造化之力支撑着正直之身。落落：出群独立的样子。盘踞：谓古柏根基坚固。得地：得于地利。冥冥：高远的样子。元，同"原"。

⑪"大厦"句以下，由古柏之材说到人才，感叹才大之人难为世用，是抛开古柏对诸葛亮的象征意义而另出他意，自叹怀才不遇。

⑫"万牛"句谓古柏重如山丘，万头牛难以拉动。比喻人之才大。

⑬文章：指柏树枝干的精致纹理。因其处于树干之内，故云"不露"。比喻才大之人不炫耀文才。

⑭未辞剪伐：谓古柏不避砍伐，愿意为大厦充当栋梁。比喻才大之人具有用世之志。谁能送：比喻无人引荐。

⑮"苦心"句谓柏心虽然味苦，终不免为蝼蚁取穴。比喻才大之人被长期弃置，其心地不免被尘俗所染。杜甫曾在《白丝行》中把自己比为遭受污染的白丝，又在《寄张十二山人彪三十韵》中叹息"驱驰丧吾真"。萧涤非认为此句"含有身世之感"（见《杜甫诗选注》），是为知言。杜甫具有自我解剖的精神。

⑯"香叶"句谓柏叶清香，毕竟曾经栖过鸾凤。比喻才大之人毕竟资质超俗，能与贤士为伍。以上所云柏树诸端，均系作者借以自况。

⑰结韵正面道出本意，谓自古以来才大之人皆难为世所用，故志士幽人无须怨叹。是自宽语，又是愤慨语。杨伦《杜诗镜铨》云："'大厦'以后，寄托遥深，极沉郁顿挫之致。"

负 薪 行

此诗当作于大历元年（766），杜甫居夔州。诗记夔州风俗之陋，对"男当门户女出入"的习俗表示极度反感，对夔州劳动妇女的不幸命运寄予深厚的同情，表达出可贵的众生平等意识。负薪，背着柴草，指从事砍柴劳动。行，诗歌体式名称。

夔州处女发半华①，四十五十无夫家。更遭丧乱嫁不售②，一生抱恨长咨嗟③。土风坐男使女立④，男当门户女出入⑤。十有八九负薪归，卖薪得钱应供给⑥。至老双鬟只垂颈⑦，野花山叶银钗并⑧。筋力登危集市门⑨，死生射利兼盐井⑩。面妆首饰杂啼痕⑪，地褊衣寒困石根⑫。若道巫山女粗丑，何得此有昭君村⑬？

【注释】

① 发半华：头发花白。

② 丧乱：时局动乱。嫁不售：嫁不出去。因战乱频仍，男子多被征丁或战死，致使男少女多，故贫女难以嫁出。

③ 咨嗟：叹息。

④ 土风：当地风俗。坐男使女立：男坐女立。

⑤ 此句续写土风，谓男子守家而女子出外劳动。

⑥ "十有"二句，意谓这些妇女多以砍柴卖柴供家庭生活所需和缴纳赋税。

⑦ 双鬟：唐代未婚女子的发式。

⑧ "野花"句，谓以野花树叶为翠钿，与银钗并插于头上。盖因银钗易得，而翠钿难有，故以野花树叶代替之。此为一处感人细节。

⑨ 筋力登危：谓用尽气力攀登高山。指上山砍柴。集市门：谓入市卖柴。

⑩死生射利：不顾死活地赚些财利。兼盐井：谓兼营背负井盐以贩卖。盐井，我国西南地区制盐，从井中汲取盐汁，经蒸煮结晶而成粗盐。《新唐书·食货志》："乾元元年，盐铁铸钱使第五琦初变盐法，就山海井灶近利之地置监院。游民业盐者为亭户，免杂徭。盗鬻者论以法。"可知，民间私贩盐者须冒生命危险。诗云"死生射利"，指此而言。

⑪杂啼痕：混杂着泪痕。

⑫地褊（biǎn）：处境偏僻狭窄。石根：山脚。

⑬"若道"二句：意谓若说巫山女子天生粗丑，何以会生有王昭君那样的美女？此为辩护之辞，言其粗丑并非地理环境造成，乃是由于贫困、劳累，即上文所写的苦难生涯。巫山：在今重庆市巫山县。此处泛指夔州地区。昭君村：《太平寰宇记》载，"山南东道归州兴山县：王昭君宅，汉王嫱即此邑之人，故云昭君之县，邺连巫峡，是此地"。昭君村，在今湖北省兴山县南妃台山下。昭君，名王嫱，汉元帝宫女，后嫁匈奴呼韩邪单于。

火

此诗当作于大历元年（766）初秋，杜甫居夔州。题下原注："楚俗，大旱则焚山击鼓，有合神农书。"杨伦《杜诗镜铨》载，《神农祈雨书》：祈雨，不雨则暴巫（曝晒女巫），暴巫而不雨，则积薪击鼓而焚山"。诗记夔州百姓求雨不成而放火烧山，对山林遭焚的惨象作出惊心动魄的描写，记下了民俗文化中荒唐的一幕。作者对此迷信陋俗予以深刻批判，认为"青林一灰烬，云气无处所"，表现出科学求实的眼光。全诗反映了作者关注社会人生的文化精神。诗用铺陈笔法，杨伦《杜诗镜铨》评曰："公诗有近赋者，亦由熟精《选》理。"

楚山经月火①，大旱则斯举②。旧俗烧蛟龙，惊惶致雷雨③。爆嵌魑魅泣④，崩冻岚阴昈⑤。罗落沸百泓⑥，根源皆太古⑦。青林一灰烬，云气无处所⑧。入夜殊赫然⑨，新秋照牛女⑩。风吹巨焰作，河汉腾烟柱⑪。势欲焚昆仑，光弥焮洲渚⑫。腥至焦长蛇⑬，声吼缠猛虎⑭。神物已高飞⑮，只见石与土。尔宁要谤讟⑯？凭此近荧侮⑰。薄关长吏忧，甚昧至精主⑱。远迁谁扑灭⑲？将恐及环堵⑳。流汗卧江亭，更深气如缕㉑。

【注释】

① 楚山：指夔州附近的山。夔州在春秋时属楚国领地，故称。经月火：谓放火烧山达一月之久。

② 斯举：此举。指放火烧山。

③ "旧俗"二句，旧俗以为烧山能惊动潜卧于山林中的蛟龙，从而兴雷作雨。

④ 爆嵌：焚烧高山。嵌，险峻的山。魑魅：古代传说中山泽的鬼怪。

⑤ 崩冻：烧崩了冻崖。岚阴昈（hù）：阴湿的山雾中火光闪烁。昈，光彩斑斓的样子。

⑥ "罗落"句谓连绵的山火烧沸了众多潭水。罗落：连绵的样子。泓：潭。

⑦ "根源"句谓林木和众水都生自遥远的古代。

⑧ "青林"二句谓青翠的山林一旦化为灰烬，则云气无处安身，就更不会有雨了。

⑨ 赫然：谓火光显赫。

⑩ 新秋：初秋。照牛女：谓火光照耀着牛女二星。言火势之大。

⑪ "河汉"句谓腾起的烟柱直插银河。

⑫ "光弥"句谓火焰遍灼江上的洲渚。弥：遍。焮：烤，灼。

⑬ 腥至：腥味传来。

⑭ 缠猛虎：谓猛虎被困于火中。

⑮ 神物：指土俗传说中的林中蛟龙。

⑯ 尔：你们。指夔州百姓。宁：难道，岂非。要（yāo）：招致，自

取。谤讟(dú)：怨恨，指责。

⑰凭此：指凭借烧山来惊龙致雨。近荧侮：近似于迷惑、侮狎。此为批评夔州民俗的愚昧无知。

⑱"薄关"二句，朱鹤龄《杜工部诗集辑注》云："此固旧俗不经，实因长吏薄于忧民，不知以精诚为主，尽祈救之道耳。"长吏：指地位较高的县级官吏。

⑲远迁：谓火势蔓延。

⑳及环堵：烧到百姓的房屋。

㉑"流汗"二句写山火炙烤难忍，连呼吸都已困难。气如缕：谓气息微微。

江 上

此诗当作于大历元年（766）秋，杜甫居夔州。诗写长夜不寐，而生客居悲秋及旧臣忧国之怀。江上，江边，指寓所西阁，因地处江边，故称。

江上日多雨，萧萧荆楚秋①。
高风下木叶，永夜揽貂裘②。
勋业频看镜，行藏独倚楼③。
时危思报主，衰谢不能休④。

【注释】

①首联点题，记秋季物候。古时客居他乡的人对季节变换很敏感，是生发感怀的时候，作为一诗的情感发端显得自然。日：每日。萧萧：风雨声。荆楚：指夔州。夔州在春秋时属楚国领地，故称。

②颔联承首联之意，写秋景，记寒事。下：落。木叶：树叶。永夜：长夜。写长夜难眠，为下文写忧思设伏笔。揽貂裘：系紧貂裘以御寒气。

③颈联写长夜忧思所系，乃行藏出处的矛盾。二句意谓，想到勋业未成，不免频频对镜自叹；行藏之事无人可与计议，故只好独倚山楼。行藏：即出仕与归隐。语出《论语·述而》："用之则行，舍之则藏。"杜甫此时任检校工部员外郎，因年老体弱又生归隐之念，可谓举棋不定。

④尾联写解脱矛盾心态，坚定报国之志。时危：指国家时局艰危。衰谢：谓身体衰老多病。不能休：谓不能改变报国之志。

中　夜

此诗当与前诗同时作。诗写北望京都而夜不成寐，将艰危的时局、漂泊的身世、报国的心志、故乡的思念熔铸于四十字中，感情悲壮而语言质朴，是艺术境界炉火纯青的表现。

中夜江山静，危楼望北辰①。
长为万里客，有愧百年身②。
故国风云气，高堂战伐尘③。
胡雏负恩泽，嗟尔太平人④。

【注释】

①首联点题，于江山静寂之中夜而北望京都，由此而生发诸多感慨，发端自然。危楼：高楼。指作者的寓所西阁。北辰：北极星，代指京都长安。杜甫《登楼》诗云："北极朝廷终不改。"

②颔联由长安而思及漂泊之身，"万里客""百年身"，高度概括了晚年遭遇，语极悲怆而境犹阔大，是杜诗本色。前人或曰"二句可知酿出一

部杜诗",不无眼光。

③颈联由长安而念及战局不定、故园蒙尘。故国:指长安。风云气:谓局势变易无常。高堂:指故乡屋舍。战伐尘:战争烟尘。二句均为无谓语句,语言省净,劲健有力,是杜诗常用句法。

④尾联追究战乱之原因,认为禄山小儿负恩作乱固然难逃罪责,而太平天子耽于享乐亦是致乱之由。杜甫在《寄贺兰铦》诗云"朝野欢娱后,乾坤震荡中",表达了同样的认识。胡雏:指安禄山。安禄山发难前深得玄宗宠信,故称其"负恩泽"。太平人:指玄宗及其宠臣。《通鉴》:"上(玄宗)晚年自恃承平,以为天下无复可忧,遂深居禁中,专以声色自娱,悉委政事于林甫。林甫媚事左右,迎合上意,以固其宠;杜绝言路,掩蔽聪明,以成其奸;妒贤疾能,排抑胜己,以保其位;屡起大狱,诛逐贵臣,以张其势。……养成天下之乱,而上不之寤也。"史家所论证与杜甫相合。

白　帝

此诗当作于大历元年(766)秋,杜甫居夔州。诗以风雨云雷、高江急峡为兴象,抒发世乱民困的悲慨。

白帝城中云出门,白帝城下雨翻盆①。
高江急峡雷霆斗,古木苍藤日月昏②。
戎马不如归马逸,千家今有百家存③。
哀哀寡妇诛求尽,恸哭秋原何处村④?

【注释】

①首联写白帝城一带云低雨狂,分明是借恶劣天气绘出一派乱世之

象，为后四句慨叹国乱民哀起兴。云出门，见黑云重压；雨翻盆，见暴雨凶猛。

②颔联以江峡为视点，集中笔力描绘险恶的雨景，成功地表达了乱世感受。高江：谓大雨中江水暴涨，水位升高。急峡：谓峡谷紧窄，水流湍急。雷霆斗：谓雷霆连环作响，有如争斗。一说比喻江涛轰鸣。作实景看，更有气氛。"古木"句，谓雨中的古木苍藤一片模糊。日月昏：言日色暗淡。日月，偏义复词，指日光。

③颈联写出兴象的现实依托，即战乱频仍，民临绝境。戎马：出征的马。归马：归田的马。逸：轻快地行走。此句意谓战争不息，连马都厌于出征，则民情固可知。而原先"千家"之邑，如今仅存"百家"，则民生凋敝实可一哀。《通鉴》载，头年十月，剑南节度使郭英义与汉州刺史崔旰交战，英义被杀，蜀中大乱。这年三月，山南西道节度使张献诚又与崔旰交战，献诚大败。军阀连年战争，致使百姓大量死亡。

④尾联以贫穷寡妇恸哭于秋原作结，是以典型的细部反映一般，更为凄怆动人。哀哀：悲伤不已的样子。诛求尽：财物被官府盘剥一空。何处村：谓辨不清哭声从何处传来。从个人听觉活动的角度来写哭声，更觉情境真切。

壮　游

此诗当作于大历元年（766）秋，杜甫居夔州，此时期虽身体多病，但生活较安定，遂将平生所历制为长篇。其中《八哀诗》为八位国士、名臣立传，此诗及《昔游》《遣怀》等篇是自传。诗从七岁写起，直到晚年客居夔州，其中包括少年时的诗文活动、年轻时的长途漫游、旅居长安的困窘生活、安史之乱爆发后任左拾遗、因廷诤迕旨被黜以及流落巴蜀。其超凡之处，是将个人行迹与国家时局紧密联系，今昔盛衰之感贯注于字里行间，诗境悲壮。虽为古体，而多用律句、偶句，颇增慷慨气势。诗题“壮游”，是指平生未止的长途行进。

往者十四五，出游翰墨场①。斯文崔魏徒②，以我似班扬③。七龄思即壮④，开口咏凤凰⑤。九龄书大字⑥，有作成一囊⑦。性豪业嗜酒⑧，嫉恶怀刚肠⑨。脱略小时辈⑩，结交皆老苍⑪。饮酣视八极⑫，俗物多茫茫⑬。东下姑苏台⑭，已具浮海航⑮。到今有遗恨，不得穷扶桑⑯。王谢风流远⑰，阖闾丘墓荒⑱。剑池石壁仄⑲，长洲芰荷香⑳。嵯峨阊门北㉑，清庙映回塘㉒。每趋吴太伯㉓，抚事泪浪浪㉔。蒸鱼闻匕首㉕，除道哂要章㉖。枕戈忆勾践㉗，渡浙想秦皇㉘。越女天下白㉙，鉴湖五月凉㉚。剡溪蕴秀异㉛，欲罢不能忘㉜。归帆拂天姥㉝，中岁贡旧乡㉞。气劘屈贾垒㉟，目短曹刘墙㊱。忤下考功第㊲，独辞京尹堂㊳。放荡齐赵间㊴，裘马颇清狂㊵。春歌丛台上㊶，冬猎青丘旁㊷。呼鹰皂枥林㊸，逐兽云雪冈㊹。射飞曾纵鞚㊺，引臂落鹙鸧㊻。苏侯据鞍喜，忽如携葛强㊼。快意八九年，西归到咸阳㊽。许与必词伯㊾，赏游实贤王㊿。曳裾置醴地(51)，奏赋入明光(52)。天子废食召(53)，群公会轩裳(54)。脱身无所爱(55)，痛饮信行藏(56)。黑貂宁免敝(57)？斑鬓兀称觞(58)。杜曲换耆旧(59)，四郊多白杨(60)。坐深乡党敬(61)，日觉死生忙(62)。朱门任倾夺(63)，赤族迭罹殃(64)。国马竭粟豆(65)，官鸡输稻粱(66)。举隅见烦费(67)，引古惜兴亡(68)。河朔风尘起(69)，岷山行幸长(70)。两宫各警跸(71)，万里遥相望(72)。崆峒杀气黑(73)，少海旌旗黄(74)。禹功亦命子(75)，涿鹿亲戎行(76)。翠华拥吴岳(77)，螭虎啖豺狼(78)。爪牙一不中(79)，胡兵更陆梁(80)。大军载草草(81)，凋瘵满膏肓(82)。备员窃补衮(83)，忧愤心飞扬(84)。上感九庙焚(85)，下悯万民疮(86)。斯时伏青蒲(87)，廷诤守御床(88)。君辱敢爱死(89)？赫怒幸无伤(90)。圣哲体仁恕(91)，宇县复小康(92)。哭庙灰烬中(93)，鼻酸朝未央(94)。小臣议论绝(95)，老病客殊方(96)。郁郁苦不展(97)，羽翮困低昂(98)。秋风动哀壑(99)，碧蕙捐微芳(100)。之推避赏从(101)，渔父濯沧浪(102)。荣华敌勋业，岁暮有严霜⑩。吾观鸱夷子⑪，才格出寻常⑯。群凶逆未定⑯，侧伫英俊翔⑰。

【注释】
① 翰墨场：文场。文人荟萃之处。
② 斯文：谓文坛名流。崔魏：崔尚，武则天时进士。魏启心，中宗时进士。作者原注："崔郑州尚，魏豫州启心。"
③ 似：比。班扬：班固、扬雄。班固，汉代史学家。扬雄，汉代文学家。
④ 七龄：七岁。思即壮：谓诗思已然雄健。
⑤ 咏凤凰：歌咏象征国家昌盛的瑞鸟。起调不凡。
⑥ 书大字：练习书法。
⑦ 成一囊：装满一个书袋。言学习刻苦。
⑧ 业：已经。嗜酒：喜好饮酒。
⑨ 刚肠：刚直的气质。
⑩ 脱略：忽略。小时辈：以时辈为小。意谓轻视少年同辈。语出《梁书·文学下·任孝恭传》："性颇自伐，以才能尚人，于时辈中多有忽略。"
⑪ 老苍：鬓发斑白的长者。杜甫所与交游者如李邕、王翰、崔尚、魏启心，皆为年长者。
⑫ 八极：八方极远之地，指整个世界。
⑬ 俗物：指世俗之辈。茫茫：模糊不清。意谓不看在眼里。
以上为第一层，叙少年行迹和情怀。
⑭ 姑苏台：在苏州市南的姑苏山上，相传是吴王阖闾所建。
⑮ 具：筹办。浮海航：渡海的大船。航，两船并成的方舟，指大船。
⑯ 穷：极，到达。扶桑：树名，传说太阳出于扶桑。此指日本国。唐时中日海上来往颇多。
⑰ 王谢：东晋时两大名族，出现不少文采风流人物，如王导、谢安等。远：谓已成为遥远的过去。
⑱ 阖闾：春秋时吴王。其墓在苏州阊门外，据说阖闾下葬之后，有白虎踞于墓顶，故名曰虎丘。

⑲剑池：在苏州西北虎丘山间，相传为吴王阖闾铸剑处。有石壁高数丈。仄：斜立。

⑳长洲：苑名，在苏州西南，为阖闾游猎处。芰（jì）荷：菱角与荷花。

㉑嵯峨：高峻的样子。阊门：苏州西门。

㉒清庙：吴太伯庙。太伯是周太王长子，太王想传位给小儿子季历，太伯与其弟仲雍远走荆蛮之地，以便让位给季历。回塘：环形池塘。

㉓趋：古时的一种礼节，碎步疾行以示敬意。

㉔抚事：缅怀太伯让贤之事。浪浪（láng láng）：流动的样子。杜甫有好义之心，故深为太伯事所感动。

㉕"蒸鱼"句，《史记·刺客列传》载，春秋时，吴国刺客专诸受公子光之托，在熟鱼腹中藏匕首，刺死吴王僚。

㉖"除道"句，《汉书·朱买臣传》载，朱买臣家贫，妻子改嫁。后任会稽太守，还乡访友时，仍穿旧衣，却故意把怀中官印的绶带露出一点，让朋友发现他是太守。正式上任时，官府让百姓修路（即"除道"）迎接。朱买臣的前妻及其丈夫也在修路的人群中，买臣为让前妻知道自己富贵，把他们夫妇接到太守花园居住。一个月后，前妻自杀。杜甫认为朱买臣的行径是庸俗可笑的，故用一"哂"字。要（yāo）章：腰章。要，同"腰"。指买臣腰间所系的太守印绶。

㉗枕戈：枕戈待旦。形容越王勾践卧薪尝胆以报国仇的心志。

㉘"渡浙"句，《史记·秦始皇本纪》："三十七年十月癸丑，始皇出游。……临浙江，水波恶，乃西百二十里从狭中渡。"

㉙越：今浙江绍兴一带。天下白：谓肌肤白皙居天下之首。李白《越女词》："镜湖水如月，耶溪女似雪。"

㉚鉴湖：又称镜湖，在浙江绍兴市南，传说因黄帝在此铸镜而得名。

㉛剡（shàn）溪：在浙江嵊州市南。蕴秀异：谓山水风光异常秀美。

㉜"欲罢"句意谓剡溪风光之秀美，印象最深，想忘掉它也是不可能的。忘，读平声。

以上为第二层，记吴越之游。

㉝归帆：归舟。谓乘船返回故里。拂天姥：擦天姥山而过。天姥山，

在浙江剡县，为名胜之地。

㉞ 中岁：杜甫此时二十四岁。贡：指乡贡。唐代考试制度，乡间的考生先经州县考试，合格者由州府送至京都，去参加尚书省主持的考试，称为"乡贡"。州县考试在每年秋季举行。杜甫故乡河南巩县（今河南巩义），所谓"贡旧乡"，是指参加了地方考试并取得了入贡京都的资格，准备参加第二年（即开元二十四年）在长安举行的尚书省考试。

㉟ "气劘（mó）"句，谓自负才高，能接近屈原、贾谊的水平。劘：迫近。

㊱ "目短"句谓不将曹植、刘桢看在眼里。垒、墙，比喻上述四人的文学造诣。二句写中第的信心很足。

㊲ 忤：违逆心意。古时将落榜称为"下第"。考功：考功员外郎。唐代主持尚书省考试者，开元二十五年（737）以前，由吏部考功司副职考功员外郎担任，由于主持开元二十四年（736）考试的考功员外郎李昂，在放榜之后受到应试者的诉讼，认为录取不公，朝廷认为考功员外郎官阶较低不能服众，遂改定此后由礼部侍郎主考。《唐会要》载，"开元二十四年三月十二日，以考功员外郎李昂为举人所讼，乃下诏曰：……自今以后，每年诸色举人及斋郎等简试，并于礼部集。既众务烦杂，仍委侍郎专知"。唐时尚书省考试在正月。杜甫称此次落榜为"忤下"，可知他对考试结果的不满。

㊳ 京尹：京兆尹。为京都行政长官。

㊴ 放荡：恣意游赏。齐赵：今山东、河北一带。

㊵ 裘马：穿轻裘，骑骏马。清狂：放逸不羁。

㊶ 丛台：战国时赵王故台，在今河北邯郸市内。

㊷ 青丘：相传为春秋时齐景公打猎场所，在今山东高青县。

㊸ 皂枥林：齐地名，不详其处。皂，黑色。枥，栎树。

㊹ 云雪冈：齐地名，不详其处。

㊺ 射飞：射猎飞鸟。纵鞚（kòng）：纵马奔驰。鞚，有嚼口的马络头。

㊻ 引臂：谓拉弓发箭。鹙鸧（qiū cāng）：两种鸟名。鹙，秃鹙，似鹤而大。鸧，鹤类，毛苍色。

㊼ "苏侯"二句，谓苏预深为赏识杜甫的射艺，以晋代将军葛强比之。

苏侯：苏预，字源明，杜甫友人。作者原注：“监门胄曹苏预。”侯，古时对男子的尊称。据鞍：坐于马鞍。意谓苏预同自己一起打猎。葛强：晋代山简的爱将，常随山简赏游。

㊽ 咸阳：指长安。杜甫于天宝五载（746）入长安，此前，在齐赵、梁宋游历总计八九年。

以上为第三层，记齐赵之游。

㊾ 许与：称许。词伯：文豪。此句谓诗文获得文豪的称许。

㊿ 贤王：指岐王李范、汝阳王李琎等。

(51) 曳裾：拖着衣襟走路。古代文人穿长袍，故长襟拖地。置醴地：醴是一种甜酒。《汉书·楚元王传》：“穆生不嗜酒，元王每置酒，常为穆生设醴。”杜甫用此典故，比喻受到贤王的敬重。

(52) 奏赋：杜甫困居长安期间，曾向玄宗三次献赋，其中《三大礼赋》受到玄宗重视。明光：汉代宫殿名。此处借指大明宫。

(53) 废食召：形容急于召见的心情。《旧唐书》本传：“天宝末，献《三大礼赋》，玄宗奇之，召试文章。”

(54) 会轩裳：指群公聚会，观看杜甫在中书堂应试。轩，官车。裳，官服。杜甫在《莫相疑行》中描绘当时盛况：“忆献三赋蓬莱宫，自怪一日声烜赫。集贤学士如堵墙，观我落笔中书堂。”中书堂，宰相官署。

(55)“脱身”句，指天宝十四载（755）授官河西县尉而不受之事。杜甫认为县尉乃鞭挞百姓之职，实为陷身之牢笼，不受此职，故曰“脱身”，所作《送高三十五书记》称高适“脱身簿尉中，始与捶楚辞”。无所爱：谓县尉之职无可取处。

(56) 信行藏：谓任凭官职之有无。信，任凭。行藏，出仕与归隐。

(57)“黑貂”句，用苏秦貂敝的典故，自叹贫苦。宁，岂能。

(58) 斑鬓：鬓发斑白。兀称觞：仍旧举杯痛饮。兀，兀自，仍。称，举起。

(59) 杜曲：杜陵，杜甫困居长安时曾居住此地。换耆旧：谓老年人死去，新人接替。

(60) 多白杨：谓坟墓渐多。古时墓地多种白杨。

(61)“坐深”句谓自己年纪渐长，为乡里人所敬。坐深：谓座位居上。

古人入座，年长者居上席，从堂下观之，年长者在深处。乡党：乡里人。

㉒ 死生忙：谓生命光阴短迫。

㉓ 朱门：指权贵。务倾夺：致力于争权夺利。指李林甫、杨国忠等权奸。

㉔ 赤族：诛灭全族。迭：更迭。罹殃：遭受灾祸。指奸臣频繁残害朝士而言。

㉕ 国马：指玄宗畜养的舞马、立仗马。竭粟豆：吃光了百姓的小米豆子。

㉖ 官鸡：指玄宗所养的斗鸡。输稻梁：用百姓缴纳的稻粱喂养斗鸡。

㉗ 举隅：举此一端。指上述之事。见烦费：可见奢侈靡费。

㉘ 引古：引证古史。指回顾历史上因奢靡而亡国的旧事。惜兴亡：谓惋惜大唐之衰亡。兴亡，偏义复词，指亡。此句意谓唐王朝已取覆车之辙，表现出杜甫清醒的政治眼光，这为其诗带来思想感情的深度。

以上为第四层，记长安之游，并揭示安史之乱的成因。

㉙ 河朔：河北。风尘起：指安禄山起兵叛唐。

㉚ 岷山：山名，在四川境内。行幸长：指玄宗避乱奔往成都。

㉛ 两宫：指成都的玄宗和灵武的肃宗。至德元年（756）七月，肃宗在灵武即位。警跸（bì）：帝王出行时的警戒之事。

㉜ 万里：形容成都与灵武间距离之长。灵武，在今宁夏北部。相望：指玄宗、肃宗父子而言。望，读平声。

㉝ 崆峒：山名，在甘肃平凉市西部。杀气黑：谓肃宗用兵与叛军决战。

㉞ 少海：古时以大海喻皇帝，以少海喻太子。旌旗黄：古代天子旌旗用黄色。此句称太子李亨使用天子旌旗，是指其灵武即位未经玄宗允许，乃春秋笔法。

㉟ "禹功"句，用夏禹将帝位传给其子启的典故，比玄宗传位给李亨。《通鉴》载，至德元年（756）七月十二日，李亨于灵武即位，遣使者前往蜀中告之玄宗。一个月后，使者至蜀，玄宗遂传帝位于肃宗李亨。禹功：夏禹的帝业。命子：传子。

㊱ 涿鹿：山名，在今河北涿鹿县东南。相传黄帝与蚩尤战于涿鹿之

野。此处借指肃宗亲自指挥军队。

⑦翠华：天子的仪仗。吴岳：吴山，在陕西凤翔附近。此句谓肃宗自灵武移驻凤翔。

⑧螭（chī）虎：比喻唐朝军队。螭，传说中蛟龙一类动物。啖：吃。豺狼：比喻安史叛军。

⑦爪牙：谓得力之臣。此指房琯。一不中：一击不中。《通鉴》载，至德元年（756）十月，宰相房琯受命率军与叛军交战于陈陶，全军覆没。

⑧陆梁：猖獗。

⑧大军：官军。载：通"再"。草草：无充分准备而战。《通鉴》载，至德二载（757）五月，郭子仪与叛军交战于清渠，又败。

⑧"涸瘵（zhài）"句谓病入膏肓，比喻国命危艰，难已收拾。涸瘵：重病。

⑧备员：充数。作者对其任左拾遗的谦称。至德二载（757）五月，杜甫在凤翔就任左拾遗。窃补衮：心想弥补天子的过失，尽谏官之责。衮，天子的龙袍。古人称匡正君失为"补衮"。

⑧心飞扬：谓壮怀激烈。

⑧九庙焚：唐室宗庙被焚毁。皇室宗庙祀九祖，故称九庙。杜甫《往在》诗记录叛军焚烧九庙事颇详，而历代杜诗注本无注，今按《旧唐书·肃宗纪》，至德二载（757）十月，肃宗入长安，"九庙为贼所焚，上素服哭于庙三日"。可知，杜诗所记是实。

⑧万民疮：喻战争中民生凋敝。

⑧"斯时"句指直言疏救房琯之事。《通鉴》载，至德二载（757）五月，肃宗为排斥异己，罢免房琯宰相之职。杜甫此时方任左拾遗，遂据理抗争。伏青蒲：谓于天子内庭进谏。青蒲，天子内庭地上用青色涂成一个圆，谏者跪伏其间以陈辞。

⑧廷诤：于朝廷上向天子直言进谏。御床：天子的坐具。

⑧君辱：谓天子蒙尘。敢爱死：谓个人岂敢惜于一死。

⑨赫怒：盛怒。指肃宗恼怒于杜甫的谏言。幸无伤：幸而未受伤害。肃宗将杜甫交由三司推问，赖他人营救，才得免罪。

⑨圣哲：称肃宗。体：亲身履行。

㉒宇县：指国家、天下。小康：指两京相继收复。
㉓"哭庙"句，谓君臣于灰烬中哭祭九庙。
㉔"鼻酸"句，谓怀酸痛心情在宫殿朝见肃宗。两京收复后，杜甫携家从羌村回到长安，继续任左拾遗。

以上为第五层，记安史之乱与谏省为官的经历。

㉕小臣：作者自谓。议论绝：乾元元年（758）六月，在肃宗打击玄宗旧臣的政局背景中，杜甫被罢免左拾遗官职，贬为华州司功参军，不得再议朝政。华州，今陕西省渭南市华州区。
㉖客殊方：客居远方。指客居秦州、同谷、成都、云安、夔州等地。
㉗郁郁：忧伤、沉闷。不展：谓心情不舒畅。
㉘羽翮（hé）：翅膀。困低昂：谓不能高飞。
㉙哀壑：凄冷的深谷。指夔州。
㉚蕙：香草。作者自喻。捐：丧失。
㉛之推：介之推，春秋时晋国人，曾跟从晋文公流亡十九年，文公回国即位，厚赏从者，而未赏介之推，于是携母隐于绵山。作者借以自比。
㉜"渔父"句，《楚辞·渔父》写一渔人对屈原唱道："沧浪之水清兮，可以濯我缨；沧浪之水浊兮，可以濯我足。"作者借用此意，表示政治清明则出仕，政治昏乱则归隐。
㉝"荣华"二句，谓功名富贵有如草木之花，本来不会久长。荣华：草木开花。敌：相当，如同。杜甫《送孔巢父谢病归游江东兼呈李白》："富贵何如草头露。"
㉞鸱夷子：指范蠡。范蠡助越王勾践灭吴之后，驾小舟归隐江湖，改名为"鸱夷子皮"。
㉟才格：才能、品格。出：超过。此处借范蠡以自况。杜甫自行解除华州司功参军之职，走向山野，与范蠡有共同之处，或可认为是受范蠡之启发。
㊱群凶：指时下作乱的军阀。
㊲侧仁：侧身伫盼。英俊翔：豪杰之士出而平定世乱。

以上为第六层，写入蜀以后的经历和感受。个人虽遭困辱，仍盼国家复兴，是杜甫思想高度之所在。

秋兴八首

这组诗当作于大历元年（766）秋，杜甫居夔州。当时，安史之乱虽已平息，而吐蕃、回纥相继入寇，地方军阀相互攻杀，国家局势每况愈下。诗人经过七年之久的辗转漂泊，贫病衰老，虽有壮心而苦于无力。沉重的时局感受和身世感受，凝成了这组诗篇。身居夔州而翘首京华，是这组诗所塑造的抒情形象。八首诗虽各自成篇，却又合为一个艺术整体，是杜甫创制的连章体七律组诗的新形式。格调悲壮，凄厉顿挫，是杜诗七律的代表作。

其 一

玉露凋伤枫树林，巫山巫峡气萧森①。
江间波浪兼天涌，塞上风云接地阴②。
丛菊两开他日泪，孤舟一系故园心③。
寒衣处处催刀尺，白帝城高急暮砧④。

【注释】

① 首联点题，写江峡萧森阴晦的秋景，而将国家丧乱、自身飘零的感受蕴寓其中，象中有象，容量极大。巫山巫峡：在今重庆市巫山县境内。此处用以泛称夔州一带的山峡。萧森：萧索阴森。

② 颔联承接首联之意，对江峡秋景作展开描写。波浪兼天，风云接地，实为借写物象而传心象，表达了浓重的时局和身世感受。江间：指瞿塘峡江面。兼天涌：形容波浪高腾。兼：连。塞上：指夔州一带。接地阴：形容风云匝地。

③ 颈联转笔，正面介入自身苦况，是为前四句景物的情感内核。"丛

菊"句意谓望丛菊而频洒思乡之泪。"两"字非实指次数,是言流泪之频。古时客居之人于节令转换、物候变新之际,每动思乡之情。所谓"他日泪",即往年望菊而洒的思乡之泪。往年一洒,今秋频流,见出乡思之浓重。"孤舟"句意谓故园之心被孤舟紧系于夔州城下。杜甫因病而不得出峡,故有此叹。所称"故园",应指长安,杜甫每以"杜陵野老"自称。

④ 尾联写夔州城日暮砧声响成一片,家家户户都在赶制寒衣。寒衣为游子而做,故砧声易动游子之情,此联仍写思归之心和心绪之缭乱。急暮砧:谓入暮捣衣声急。砧,捣衣之石。此诗主旨是感国家之丧乱,恨归京之不得。

其 二

夔府孤城落日斜,每依北斗望京华①。
听猿实下三声泪,奉使虚随八月槎②。
画省香炉违伏枕,山楼粉堞隐悲笳③。
请看石上藤萝月,已映洲前芦荻花④。

【注释】

① 首联写身居夔府而翘首京华,是组诗共有的抒情形象。在时间上与第一首相承接。京华遥远不可望及,但因其在北斗的下方,故依北斗的方向而望之。思京之情态,历历可想。夔府:夔州。贞观十四年(640)于夔州设都督府,故称。

② 颔联承接首联之意,一句写身居夔府之感,一句写未入京华之叹。三峡地区多猿,啼声凄厉,易动人愁,故前代有民歌唱道:"巴东三峡巫峡长,猿鸣三声泪沾裳。"杜甫如今身临其境,加之国事、身世感受沉重,不禁闻声而下泪,故用一"实"字。奉使:奉行朝廷使命。指奉命任检校工部员外郎。虚随八月槎:谓没能回到朝廷。张华《博物志》载,天河与海相通,海边每年八月有浮槎(木筏)来往其间,人们乘槎而往,十几天即可到天河。杜甫借用此典,以天河比朝廷。"虚随"二字,感慨颇深。

③ 颈联写未入京华的原因和身居孤城的不安。画省:即尚书省,唐循汉制,尚书省墙壁以胡粉涂画古代贤人烈女,故称。香炉:尚书省值夜的用具。检校工部员外郎隶属尚书省,故思及之。伏枕:卧病。杜甫因糖尿

病加剧而留居夔州。此句叹息因病而未能去尚书省值夜。值夜即供职的具体说法。山楼：指夔州城楼。粉堞（dié）：涂有白粉的女墙。借指城墙。隐：状悲笳声音低沉幽咽。

④尾联写月亮由东而南，见伫望时间之久，忧思之深。"石上藤萝"，谓月在东山。"洲前芦荻"，谓月上中天。

其　三

千家山郭静朝晖，日日江楼坐翠微①。
信宿渔人还泛泛，清秋燕子故飞飞②。
匡衡抗疏功名薄，刘向传经心事违③。
同学少年多不贱，五陵衣马自轻肥④。

【注释】

①首联写凌晨早起，坐江楼望晨景而动心事。在时间上承接第二首。千家山郭：指夔州山城的千家万户。静朝晖：静睡于朝晖之中。江楼：指作者所居之西阁，因在江边，故称。坐翠微：坐于翠微之中。翠微，淡青的山色。

②颔联写所望之晨景。"还""故"二字写出景物依旧，无可赏者，见情绪之无聊。信宿：再宿，隔夜。有日复一日之意。还：仍。泛泛：漂浮的样子。状江上泛舟捕鱼。故：依旧。飞飞：飞来飞去。

③颈联转笔，叹平生抱负落空。两句皆反用典故，意谓自己像匡衡那样上疏直言，却反遭贬斥（指疏救房琯事）；欲如刘向那样传授经典，也未能如愿以偿。匡衡：西汉经学家，因上疏言政，得汉元帝赏识，迁光禄大夫。刘向：西汉经学家，宣帝时曾在石渠讲授五经，官拜给事中。成帝时又领校中五经秘书。杜甫家素业儒，精于儒学经典，早年给玄宗《进雕赋表》中，就曾委婉表达过"鼓吹六经"的心愿。

④尾联由个人贫贱写到同学们得志，对其自顾享乐、不问民生的行径提出批评。同学少年：少年时的同学。多不贱：意谓大多做了高官。五陵：汉代的五个陵墓，都在长安附近，历代为豪侠富贵者所居。此处以地代人，指"同学少年"富贵者。自：谓只顾个人享乐。轻肥：轻裘肥马。指富贵生活。此诗虽写个人遭际，但通过对"五陵衣马"的指摘，包含了

对朝政和世俗的批判。

其　四

　　闻道长安似弈棋，百年世事不胜悲①。
　　王侯第宅皆新主，文武衣冠异昔时②。
　　直北关山金鼓振，征西车马羽书驰③。
　　鱼龙寂寞秋江冷，故国平居有所思④。

【注释】

　　①首联叹长安政局多变，百年间盛衰巨变令人不胜其悲。似弈棋：谓如下棋一般你争我夺。形象地写出安史之乱以来敌我双方反复争斗，以及唐王朝君与君、臣与臣之间的权力角逐。百年：从唐初贞观之治到此时，已历一百四十年，举其成数称百年。世事：指盛衰之事。

　　②颔联承接首联之意，写长安巨变的表现：新贵产生，朝纲混乱。"王侯"句，谓乘乱发迹的新贵占有旧时王侯的宅第。"文武"句，谓朝廷已非如盛世时任用贤人。玄宗初年，任用姚崇、宋璟、张九龄等贤人为相，促成开元盛世；至晚年，内信李林甫、杨国忠，外信安禄山，导致战乱爆发。肃宗时，以宦官李辅国为兵部尚书。代宗更以李辅国为司空兼中书令，宦官做了宰相；又以宦官鱼朝恩加判国子监事，涸迹儒林；后又以宦官程元振为判元帅行军司马，而剥夺郭子仪的兵权，导致长安为吐蕃所陷。此皆用非其人。

　　③颈联写战乱频仍，时局艰危。直北：正北。就长安而言。金鼓振：谓抗击回纥。安史之乱平息后，边患又起。《通鉴》载，广德二年（764）八月，天下兵马副元帅仆固怀恩叛唐，引吐蕃、回纥兵十万入寇。征西：谓抵御吐蕃。羽书：插有羽毛的紧急文书。

　　④尾联转笔，写自身处于乱世，回天无力，唯有寂寞索居而已。结句"故国平居有所思"为导引之句，引出以下四首回忆大唐盛世之诗。鱼龙寂寞：鱼龙以秋季为夜，秋分至，便蛰于渊底，故云寂寞。比喻个人的寂寞生活。秋江：指夔州江峡。写自身所居之处。故国：指长安。平居：平素。有所思：谓思念战乱之前的长安生活。杜甫曾在长安居住十余年。

其 五

蓬莱高阙对南山,承露金茎霄汉间①。
西望瑶池降王母,东来紫气满函关②。
云移雉尾开宫扇,日绕龙鳞识圣颜③。
一卧沧江惊岁晚,几回青琐点朝班④?

【注释】

① 首联颂长安宫阙之雄伟壮观,表达对大唐盛世的缅怀之情。蓬莱高阙即唐大明宫。《唐会要》载,龙朔二年,乃修大明宫,改名蓬莱宫。北据高原,南望爽垲。每天晴日朗,南望终南山如指掌。南山:终南山。终南山在长安南六十里。承露金茎:诸家之注皆认为唐无承露盘,故所指为汉武帝所筑承露铜柱,杜甫以汉喻唐。今按,看此句语境,应为写实。唐代虽无承露盘,却有金茎(即铜柱)。《大唐新语》载,"长寿三年,则天征天下铜五十余万斤,铁三百三十余万,钱二万七千贯,于定鼎门内铸八棱铜柱,高九十尺,径一丈二尺,题曰'大周万国述德天枢',纪革命之功,贬皇家之德。天枢下置铁山,铜龙负载,狮子、麒麟围绕。上有云盖,盖上施盘龙以托火珠,珠高一丈,围三丈,金彩荧煌,光侔日月。武三思为其文,朝士献诗者不可胜纪。惟李峤冠绝当时。其诗曰:'……仙盘正下露,高柱欲承天……,开元初,诏毁天枢"。武后朝诗人卢照邻、王勃、骆宾王都在诗中有记,称其为"金茎"。杜甫生于开元之前,当见过此铜柱,或有听闻,留有印象。

② 颔联以王母西降、紫气东来作陪衬,写盛世京都之祥瑞。瑶池:传说中西王母所居之处。降王母:班固《汉武故事》载,"七月七日,忽然有青鸟从西而来集殿前。上问东方朔,朔曰,此王母欲来也。有顷,王母至,有二青鸟夹侍王母之傍"。东来紫气:刘向《列仙传》载,"老子西游,关令尹喜望见有紫气浮关,而老子果乘青牛而过也"。函关:函谷关。老子西游经函谷关。

③ 颈联忆朝会之庄严、隆重。"云移"句,谓雉尾宫扇如云片移开。《唐会要》载,"开元中,萧嵩奏:每月朔望,皇帝受朝于宣政殿……臣以为宸仪肃穆,升降俯仰,众人不合得而见之,乃请备羽扇于殿两厢。上将

出,所司承旨索扇,扇合。上座定,乃去扇"。雉尾:指用雉尾制成的宫扇。龙鳞:指龙袍上的鳞纹。圣颜:指皇帝容颜。唐代早朝时间为五更末,杜甫《至日遣兴》云"五更三点入鹓行"。古时一夜分五更,每更分三点。臣子入朝面君时天色微明,须待日出后才得见到皇帝面容。

④尾联将思路拉回夔州,叹息老来卧病沧江,一生立朝无多。卧:指卧病在床。沧江:指夔州。几回:言其次数不多。青琐:汉朝未央宫宫门名,门窗涂饰青色,刻以连环花纹,故称。后泛称宫门。点朝班:百官上朝时,由太监传呼点名,依官职排列班次就位。此处指上朝。杜甫在肃宗朝任左拾遗,曾参与班列,但为时不久,即被外放。此诗回忆盛世京都早朝,与今日沧江病卧相对比,抒发浓重的今昔之感。

其 六

瞿唐峡口曲江头,万里风烟接素秋①。
花萼夹城通御气,芙蓉小苑入边愁②。
珠帘绣柱围黄鹄,锦缆牙樯起白鸥③。
回首可怜歌舞地,秦中自古帝王州④。

【注释】

①首联由瞿塘峡水而念及长安曲江,言两地虽相距万里,此时皆处于素秋之中。瞿塘峡,为长江三峡西起第一峡,夔州所临。曲江:又名曲江池。在长安城东南角,北部在城里,南部在城外,是一方圆七里的人工池,两岸楼阁林立,是唐代士女游观之所。风烟:风云。素秋:秋季。古人五行之说,秋属金,其色白,故称素秋。

②颔联追忆当年玄宗游幸曲江之始末,见治也其人、乱也其人。花萼:花萼相辉之楼,简称花萼楼。夹城:指从大明宫沿长安城东城墙修至曲江芙蓉园的复道。通御气:谓玄宗常循夹城来曲江游幸。芙蓉小苑:芙蓉园,在曲江西南,园内有池,名芙蓉池。入边愁:谓安史叛军侵入长安,苑内一片荒凉。杜甫《哀江头》诗云"江头宫殿锁千门",即是具体描写"入边愁"。

③颈联仅就战乱之前曲江游幸下笔,记其盛况。珠帘绣柱:写曲江岸边宫殿建筑之豪华。围黄鹄:谓黄鹄成群,绕殿而飞。锦缆牙樯:写曲江

江面游船之华美。极写当年盛况全为叹今日之衰蓄势。

④尾联为古来帝王建都之地遭到如此蹂躏而大放悲声。可怜：可惜。歌舞地：指曲江。秦中：关中。此处指长安。此诗忆曲江盛事，与今日风烟素秋相对比，亦发今昔之慨。

其　七

昆明池水汉时功，武帝旌旗在眼中①。
织女机丝虚夜月，石鲸鳞甲动秋风②。
波漂菰米沉云黑，露冷莲房坠粉红③。
关塞极天惟鸟道，江湖满地一渔翁④。

【注释】

①首联写昆明池历史悠久，自汉至唐为训练水军之地。昆明池：在长安西南二十里处，周围四十里。汉武帝为征讨西南夷，仿云南滇池开凿而成，池中置战船数百艘，以教练水军。武帝：汉武帝。亦指唐玄宗。玄宗尊号为"神武皇帝"，且曾在昆明池置战船，练水军以攻南诏。

②颔联写昆明池存留古迹之盛。织女：指昆明池边的织女石像。《三辅黄图》："昆明池中有二石人，立牵牛、织女于池之东西，以象天河。"虚夜月：织女为石像，月夜不能纺织，故云。是以诙谐笔调写出一种安逸气氛。石鲸：指昆明池中的石刻鲸鱼。《西京杂记》："昆明池刻玉石为鱼，每至雷雨，鱼常鸣吼，鳍尾皆动。"所记虽属错觉，然亦见石鲸造型之生动。动秋风：谓于秋风中抖动。组诗写于秋季，故云，并无深意。

③颈联写昆明池水面秋实之丰硕。菰（gū）米：菰的籽实，又称雕胡米。菰，禾本科植物，生浅水中，夏季开花，秋季结实，菰米可煮食。沉云黑：形容菰米成片，有如低浮的黑云。莲房：莲蓬。坠粉红：谓莲花瓣陨落。莲子乃清冷之物，用"露冷"修饰，颇得其妙。

④尾联将思路拉回夔州，谓此地山高路险，难以通秦，自己仅如渔翁漂泊江湖而已。关塞：指夔州山峡。极天：连天。形容山高。鸟道：形容险峻狭窄的山路，谓只有飞鸟可度。渔翁：作者自比。此诗忆昆明池之壮景，与今日身老江湖相对比。

其 八

昆吾御宿自逶迤，紫阁峰阴入渼陂①。
香稻啄余鹦鹉粒，碧梧栖老凤凰枝②。
佳人拾翠春相问，仙侣同舟晚更移③。
彩笔昔曾干气象，白头吟望苦低垂④。

【注释】

① 首联记叙通往渼陂之路径，并记渼陂水面之广阔壮观。昆吾、御宿，皆为长安附近地名。《汉书·扬雄传》："武帝广开上林，南至宜春、鼎湖、御宿、昆吾。"逶迤：路径曲折的样子。紫阁峰：终南山山峰名，在陕西鄠邑东南三十里。阴：阴影。写山峰阴影入于湖中，见湖水之广阔。渼陂（měi bēi）：湖水名，在紫阁峰北。杜甫早年居长安时，曾与岑参游赏其地。

② 颔联描绘渼陂一带物产丰美：香稻之粒富足，鹦鹉亦啄食不尽；碧梧枝干壮伟，凤凰亦栖而变老。实为大唐盛世作一艺术缩影。这两句诗中，作者表述的中心是"香稻粒""碧梧枝"，"粒"用"啄余鹦鹉"（即"鹦鹉啄余"之倒装）来修饰，从而见其充盈；"枝"用"栖老凤凰"来修饰，从而见其壮伟。

③ 颈联追忆渼陂景区游人之盛：佳人拾翠，仙侣泛舟，一派和乐景象。拾翠：采摘花草。春相问：谓游春时以花草相赠。问，赠与。仙侣：对游伴的美称。晚更移：谓天晚仍移舟而游，流连忘返。

④ 尾联归结自身际遇，谓早年曾以文采惊动人主，如今白头低垂，苦不堪言。自身际遇之变与国家盛衰之变密相扣合。彩笔：五色笔，用江淹的典故，指超卓的文笔。干气象：谓惊动朝廷。杜甫早年向玄宗献赋，引起玄宗关注。吟：吟诗，指写此组诗。望：指遥望京华，回首往事。与"每依北斗望京华"相照应，为组诗抒情形象作总括。白头低垂，状写凄苦、无奈之心情。

咏怀古迹五首（选三）

这组诗当作于大历元年（766）秋，每首各咏一位古人，均从古迹生发幽思。第一首咏庾信。庾信有宅在荆州，杜甫此时在夔州，但将有江陵之行，故咏怀之。此诗前四句，写个人平生遭际，既是组诗的总冒（交代组诗的写作背景），又借以与庾信的平生遭际相比况。第二首咏宋玉，第三首咏王昭君，第四首咏刘备，第五首咏诸葛亮。诗旨或对历史人物表达敬仰之情，或对其遭遇表示同情，或借以抒发个人身世之慨。诗境悲壮，议论精警。

其 一

支离东北风尘际，漂泊西南天地间①。
三峡楼台淹日月，五溪衣服共云山②。
羯胡事主终无赖，词客哀时且未还③。
庾信平生最萧瑟，暮年诗赋动江关④。

【注释】

①首联以巨笔概括安史之乱以来个人的生活状况。东北、西南、风尘、天地，这些词汇对造成悲壮诗境十分有力。支离：分散流离。此句概括了自安史之乱爆发后，杜甫在长安、奉先、鄜州、凤翔、华州、洛阳、秦州、同谷之间的奔逃、赴命生涯。西南天地间，指蜀地。此句概括了杜甫入蜀以后，在成都、绵州、梓州、阆州、云安、夔州等地的漂泊生涯。

②颔联承接"西南"二字，具体描写寓居夔州荒蛮地区之情状。三峡：指夔州。楼台：指寓所。杜甫初至夔州，居"西阁"，临江靠山，门前断崖千丈，从低处望去，有似楼台。淹日月：谓滞留时久。淹，久留。五溪：古代五溪"蛮族"居住地区，在今湖南、贵州交界处。当时夔州应有五溪人居住，故杜甫称与其共处。《后汉书·南蛮传》载：五溪蛮"好五色衣服，制裁皆有尾形"。共云山：谓与五溪人共居于云山之中。

③颈联揭示支离漂泊的原因，将自身与庾信的遭遇合而写之。羯（jié）胡：古族名，源于小月氏，后依附匈奴。此处指叛梁的侯景，又指叛唐的安禄山、史思明。侯景，朔方人，其反叛导致梁朝政权濒于破碎。安禄山，胡人；史思明，突厥人。事主：事奉君主。侯景曾为梁朝大将，安、史二人皆为唐朝大臣。终无赖：终究不可靠。词客：作者自谓。兼指庾信。哀时：感伤时局。庾信作为梁朝使臣出使西魏，其间，西魏灭梁，被留，历仕西魏、北周，所作诗文饱含乡关之思。杜甫因安史之乱漂泊异乡，亦多思乡之作，二人遭际颇有相同之处。此联明写个人而暗咏庾信。

④尾联明咏庾信而暗写个人。萧瑟：谓心境寂寞凄凉。庾信留居北朝达二十七年之久，虽官位显达，但思乡心切，情绪索然。暮年诗赋：指庾信留居北朝期间的作品，如《哀江南赋》等。动江关：轰动海内。庾信仕梁时，多绮艳之作，格调不高。后经人生磨难，并接受北朝文学朴健作风的影响，风格转为悲壮苍凉。杜甫晚年之作，亦多苍凉悲慨之音，将其沉郁顿挫风格推向极致。

其 二

摇落深知宋玉悲，风流儒雅亦吾师①。
怅望千秋一洒泪，萧条异代不同时②。
江山故宅空文藻，云雨荒台岂梦思③？
最是楚宫俱泯灭，舟人指点到今疑④。

【注释】

①首联点出题咏对象，对宋玉一生的政治境遇、风度品格和文学造诣作出高度概括，并将其引为同调。宋玉：屈原学生，经友人推荐而入仕于楚顷襄王，官位不高。有一定的正义感，又具才略，因受黑暗势力的排挤而失意、穷困，不免叹老伤卑，作《九辩》叹道："悲哉，秋之为气也，萧瑟兮草木摇落而变衰。"杜甫见草木摇落而想到宋玉的悲声，又因个人的沦落而深知宋玉悲秋的内涵。风流儒雅：言举止潇洒，学识渊博。

②颔联承接"亦吾师"而生发感叹，对这位千古先师作深情的缅怀，并抒发异代同悲的慨叹。千秋：宋玉生年约公元前250年左右，距杜甫此时已有千年。萧条：谓境遇索寞。

③颈联叹息世人不解宋玉作品的精神实质，致使其文藻空存于世间。江山故宅，指宋玉故居。相传宋玉故居有两处，一处在荆州（今湖北江陵），一处在归州（今湖北秭归），这里指归州故居。归州在三峡境内。空文藻：谓作品空存。叹世人少知其辞赋深意。云雨荒台：即宋玉《高唐赋》所写楚怀王梦与神女欢会的故事。《高唐赋》载，"昔者先王尝游高唐。怠而昼寝，梦见一妇人，曰：'妾巫山之女也……'，王因幸之。去而辞曰：'妾在巫山之阳，高丘之阻，旦为朝云，暮为行雨，朝朝暮暮，阳台之下。'"荒台，即神女所说之"阳台"。着一"荒"字，讽意已明。岂梦思：难道只是说梦吗？意谓宋玉此赋乃是寓言，意旨在于讽刺帝王的淫心，而后人却将其作为风流韵事来欣赏，故作此反诘语。

④尾联以"最是"二字紧承颈联，更将遗憾推进一步，谓最可叹者，直到楚宫无存的今日，人们更将《高唐赋》的故事看作实录，竟然猜测起何处为怀王与神女欢会之阳台来了，这真让九泉之下的宋玉难以瞑目。杜甫之后的某些注本，仍将"阳台"加注，称其"在四川省巫山上"，则又是让杜甫也不得瞑目了。

其 三

群山万壑赴荆门，生长明妃尚有村①。
一去紫台连朔漠，独留青冢向黄昏②。
画图省识春风面，环佩空归月夜魂③。
千载琵琶作胡语，分明怨恨曲中论④。

【注释】

①首联点出题咏对象，用移情入物的手法表达出对王昭君的怀念之情。赴：奔赴。此字写出三峡地区群山相连、势若奔赴的地理特征，赋予"群山万壑"以火热的情感，表达出对昭君的凭吊之意。荆门：山名，在今湖北宜昌市西北，长江南岸。明妃：王嫱，字昭君，因避司马昭讳而改称明妃，是汉元帝宫女。竟宁元年（前33），匈奴呼韩邪单于请求和亲，元帝将其遣嫁。成帝即位后，王嫱求归，不许，死在匈奴。尚有村：谓昭君村尚存。昭君村，在今湖北兴山县南妃台山下。

②颔联对昭君悲剧命运进行艺术概括，"紫台""朔漠"，对比强烈，

写出昭君生活的巨大变化;"青冢""黄昏",渲染出色,写出昭君的悲惨结局。去:离开。紫台:汉宫名。朔漠:北方沙漠地区,匈奴所居,昭君所嫁之处。青冢:昭君墓。在今呼和浩特市南二十里。《归州图经》:"胡中多白草,王昭君冢独青,号青冢。"

③颈联揭示昭君悲剧的成因,在于帝王广选宫女。"画图"句意出自《西京杂记》:"元帝后宫既多,不得常见,乃使画工图形,案图召幸之。诸宫人皆赂画工,多者十万,少者亦不减五万。独王嫱不肯,遂不得见。匈奴入朝求美人为阏氏。于是上案图以昭君行。及去,召见,貌为后宫第一,善应对,举止闲雅。帝悔之,而名籍已定,帝重信于外国,故不复更人。乃穷案其事,画工皆弃市。籍其家资,皆巨万。"春风面:美丽的容颜。"环佩"句意谓昭君只得月夜魂归故国。环佩:女子佩戴的玉饰。此处代指昭君。《后汉书·南匈奴列传》:"及呼韩邪死,前阏氏子代立,欲妻之,昭君上书求归,成帝敕令从胡俗,遂复为后单于阏氏焉。"昭君生不得还,死后魂返,故曰"空归","空"字见情。

④尾联写王昭君以所作琵琶曲倾诉着千载遗恨。琵琶作胡语,谓琵琶传出的是胡音。琵琶本是胡人乐器,故云。身为汉人的王昭君却只能用胡音乐器倾诉情感,其境可哀。曲:指王昭君在匈奴时所作的琵琶曲。《琴操》:"昭君至单于,心思不乐,乃作《怨旷思惟歌》。"论:表达。此处读平声。谓昭君在乐曲中表达其怨恨之情。

宿江边阁

此诗作于大历元年(766),杜甫居夔州。诗写夜不成寐的感觉活动,所见所闻,皆为动荡不安之景物,传达出身居乱世的心态,表现了对国事的深切忧虑。江边阁,即西阁,地处江边,故称。

　　　　　　瞑色延山径，高斋次水门①。
　　　　　　薄云岩际宿，孤月浪中翻②。
　　　　　　鹳鹤追飞静，豺狼得食喧③。
　　　　　　不眠忧战伐，无力正乾坤④。

【注释】

①首联点题，交代抒情时间和地点。瞑色：暮色。延山径：在山路上蔓延。高斋：即江边阁，西阁。次：临近。水门：水闸。西阁临近江边，其地盖有水闸设施。

②颔联写所见之夜景，以见不眠。其上景，薄云宿于危岩之际，必不安稳；其下景，孤月（月影）翻于浪涛之中，自是不宁。此等笔墨皆为作者心态之写照。

③颈联写所闻之夜景，以见不眠。其上景，鹳鹤追飞，羽翼撕破夜空；其下景，豺狼猎食，喧叫震动山野。赋中有比，为乱世留一心影。

④尾联揭示深夜不眠、心态杂乱的原因，是由于心忧战乱而又无力回天。篇末点明主旨，遂使上述景物，皆成抒情材料，皆具神采。

阁　夜

此诗当作于大历元年（766）冬，杜甫居夔州。诗写感时伤乱及身世之叹，诗境悲壮慷慨，音节雄浑，是杜甫七律力作。阁，指西阁。

　　　　　　岁暮阴阳催短景，天涯霜雪霁寒宵①。
　　　　　　五更鼓角声悲壮，三峡星河影动摇②。
　　　　　　野哭千家闻战伐，夷歌几处起渔樵③。
　　　　　　卧龙跃马终黄土，人事音书漫寂寥④。

【注释】

① 首联点题,以"岁暮""天涯"点明抒情的时令和地点。岁暮:年末。阴阳催短景(yǐng):谓太阳和月亮催促着短暂的暮年光阴。天涯:指夔州。霜雪霁寒宵:谓霜雪的光芒照亮了寒夜。霁:明朗,此处作动词用,照亮。

② 颔联写五更时的景物见闻,景中寓情。鼓角悲壮,写出军情的警急;星影动摇,暗示时局的动荡。表达出对艰难国事的关注。前人有赞此联"伟丽"者,是仅从字面着眼,未能识出象外之象和景中之情。

③ 颈联转写五更时的人事见闻,"野哭"则云"千家","夷歌"则云"几处",强调的是哭多而歌少(与"路衢惟见哭,城市不闻歌"意同),民生之境况可知。野哭:乡野百姓的哭声。战伐:指蜀中军阀间的战争。夷歌:当地少数民族歌曲。起渔樵:谓渔人樵夫凌晨起身劳作。"渔樵"为施事宾语。

④ 尾联以旷达语自宽愁怀,谓千古贤愚同归一死,又何必计较"人事"的坎坷、"音书"的寂寥呢。卧龙跃马:指诸葛亮和公孙述。夔州有诸葛亮和公孙述的祠庙,故思及之。公孙述在西汉末年曾据蜀称帝,夔州东面的白帝城即其所建。左思《蜀都赋》:"公孙跃马而称帝。"终黄土:终究化作黄土。漫寂寥:任凭其寂寞。是自宽之辞,也是无奈之语。

存殁口号二首(选一)

这组诗当作于大历元年(766),杜甫居夔州。诗中所咏人物,均为一生一死,故曰"存殁"。这里所选为第二首,对当时两位著名画家的身世遭遇寄予深厚同情,亦属同病相怜;对统治者毁灭艺术的行径提出抗议,思想感情含量巨大。口号（háo），信口吟咏。

> 郑公粉绘随长夜，曹霸丹青已白头①。
> 天下何曾有山水，人间不解重骅骝②！

【注释】

①首联点题，扣"存殁"二字，写郑虔永归长夜，曹霸虽存而潦倒。作者原注："高士荥阳郑虔善画山水，曹霸善画马。"郑公：指郑虔，当时著名画家兼诗人，杜甫好友，因陷贼营，被贬至台州（今属浙江）。粉绘：彩色的图画。长夜：喻死。人死后长埋地下，如归于长夜之中。郑虔于广德二年（764）死在台州。曹霸：当时著名画家，以画马闻名，天宝末年削职为平民，战乱中流落蜀中，生活潦倒。白头：既状暮年，又写潦倒。与"长夜"构成黑白对照，写出一派末世衰瑟景况。

②尾联生发议论，含义丰富。一曰郑虔死后，天下再无山水粉绘佳作；二曰自然山水靠名家妙笔传其神韵，郑虔既死，则天下山水名存实亡；三曰世人不识曹霸所画骏马之艺术价值；四曰世人不知爱重曹霸等杰出人才。诗中"山水""骅骝"均有双重指义。骅骝：骏马。

暮春题瀼西新赁草屋五首（选三）

这组诗当作于大历二年（767）春，杜甫居夔州。杜甫初至夔州居西阁，后迁居赤甲，又迁至瀼（ràng）西草堂，此后又迁至东屯。诗写身世之慨。瀼西，指瀼水西岸。瀼水系流经夔州城东入长江的一条溪水。组诗共五首，选后三首。

其 三

彩云阴复白,锦树晓来青①。
身世双蓬鬓,乾坤一草亭②。
哀歌时自惜,醉舞为谁醒③?
细雨荷锄立,江猿吟翠屏④。

【注释】

① 首联写瀼西草屋晨景。彩云:早霞。谚语:"早霞阴,晚霞晴。"阴复白:谓云色由黑转为灰白,是降雨的云象。首句五个字写出三种云色。锦树:开满春花的树。晓来青:写晨雨中的树色。

② 颔联因草屋而生发身世之慨,谓一生无所成就,仅获一双蓬鬓;乾坤虽大,属于自己所有的仅一座草亭而已。语极概括而且形象。"身世"为重,"蓬鬓"为轻;"乾坤"为大,"草亭"为小。对比鲜明,反差强烈。蓬鬓:蓬草似的零乱鬓发。草亭:指瀼西草屋。

③ 颈联为自怜自惜之辞,谓哀歌伤身,故常节制;清醒伤神,故常醉舞。醒,读平声。

④ 尾联写欣赏山水佳景,用以排遣悲怀。荷锄:扛锄。翠屏:比喻青翠陡峭的群山。

其 四

壮年学书剑,他日委泥沙①。
事主非无禄,浮生即有涯②。
高斋依药饵,绝域改春华③。
丧乱丹心破,王臣未一家④。

【注释】

① 首联写少怀壮志而晚年沉沦,十个字括尽平生经历。壮年:谓青年时代。学书剑:谓学文学武,欲建取功名。杜甫青年时作《夜宴左氏庄》云:"检书烧烛短,看剑引杯长。"高适《别韦参军》云:"二十解书剑,西游长安城。举头望君门,屈指取公卿。"可知学书剑乃为取功名。他日:日后,后来。委泥沙:沦落于泥沙中。喻地位低下。

②颔联承"委泥沙"而申述沦落之因。意谓当年出任华州司功参军,并非没有俸禄可享,只因想到人生有涯,虽遭饥苦亦不会长久,故而辞官走向山野。杜甫《春归》云,"世路虽多梗,吾生亦有涯",与此意同。事主:指出任官职。浮生:人生。语本《庄子·刻意》:"其生若浮,其死若休。"以人生在世,虚浮不定,故称人生为"浮生"。

③颈联写贫病缠身,叹光阴匆促。高斋:指瀼西草屋。依药饵:依靠药物维持生命。言体弱多病。绝域:指夔州。言地处荒僻。改春华:谓芳春已过。

④尾联将个人不幸纳入国家不幸的大背景中,由心忧个人转为心忧国家。王臣:指地方军阀。未一家:谓与朝廷离心,存反叛之志。

其 五

欲陈济世策,已老尚书郎①。
不息豺狼斗,空惭鸳鹭行②。
时危人事急,风逆羽毛伤③。
落日悲江汉,中宵泪满床④。

【注释】

①首联叹心思济世而不为朝廷所重。陈:进献。济世策:拯救时危的良策。尚书郎:作者自谓。此时杜甫任检校工部员外郎。

②颔联为不能平息战乱而自责。既不蒙朝廷看重,犹愧名列朝臣,见出其忠厚品德。豺狼斗:指军阀混战。鸳鹭行(háng):比喻朝臣的行列。

③颈联意谓时局危殆急需人才拯救,而自身多病又不能为国出力。其焦急之心可想。风逆:喻路途不顺。羽毛伤:喻身体多病。

④尾联记悲伤之状。以细节收束诗篇,是杜甫常用之法,也是上乘结法。江汉:指夔州。中宵:半夜。

又呈吴郎

此诗当作于大历二年（767）秋，杜甫居夔州。因去管理东屯水稻收获事宜，遂将家迁至东屯，而将瀼西草屋让给一位吴姓亲戚居住。此前，一位西邻寡妇常到草屋前打枣充饥，杜甫未加制止。迁居之后，杜甫担心吴姓亲戚会阻止她，遂以诗代简，委婉告诫。

堂前扑枣任西邻，无食无儿一妇人①。
不为困穷宁有此？只缘恐惧转须亲②。
即防远客虽多事，便插疏篱却甚真③。
已诉征求贫到骨，正思戎马泪盈巾④。

【注释】

① 首联向吴郎介绍老妇身世，因其"无食无儿"，故任其前来打枣。扑枣：打枣。任：任凭，不加制止。

② 颔联为吴郎剖析其偷枣行为原因：出于困穷无奈；唯其如此，便生"恐惧"；唯其"恐惧"，便须示以亲善。可谓循循善诱，用心良苦。宁：岂。转：反而。

③ 颈联告诫吴郎宜善待老妇，勿使其生疑，而措辞十分委婉，意谓老妇对你有所提防虽属多事，但你如果处理不当，比如在两家之间插上篱笆，她就会真以为你阻止打枣了。远客：指吴郎。多事：多余的顾虑。甚真：深以为真。

④ 尾联复述老妇所诉之辞，揭示其贫苦的原因：官府盘剥，战乱加害。以唤起吴郎的同情心。征求：横征暴敛。戎马：指战乱。

九日五首（选一）

这组诗当作于大历二年（767）重阳节，杜甫居夔州。题曰"五首"，实只四首，或曰《登高》为组诗之一，但看其所写景物之萧条，不类重阳物候。待考。诗写节日思亲忆故及身世之叹。这里选其第一首。九日，指农历九月九日，为重阳节的代称。

　　重阳独酌杯中酒，抱病起登江上台①。
　　竹叶于人既无分，菊花从此不须开②！
　　殊方日落玄猿哭，旧国霜前白雁来③。
　　弟妹萧条各何在？干戈衰谢两相催④。

【注释】

①首联点题，于交代时令、地点之中，透露苦闷心情，为全诗定调。独酌：独自饮酒。杯中酒：谓饮酒不多。重阳节习俗，登高、饮酒、赏菊。杜甫因病不能多饮，故有此语。已见心情不畅。抱病：有病在身。江上台：江边的高台。

②颔联就重阳习俗发其牢骚，谓酒既不得畅饮，则菊花无须再开。语虽无理，苦闷之情却加倍表现，此为悖理达情之手法。竹叶：酒名。人：作者自指。无分（fèn）：没有缘分。因病节饮，故云。此联为"借对"兼"流水对"，巧妙而自然，工整而流畅。

③颈联就眼前景物抒写居夔之苦和故乡之思。殊方：远方，指夔州。玄猿：黑色的猿。哭：悲鸣。此句见环境之劣。旧国：故乡。白雁：白色羽毛的雁。《梦溪笔谈》："北方有白雁，以雁而小，色白，秋深则来。白雁至则霜降，河北人谓之'霜信'。"写白雁自故乡而来，见情思向故乡而去。此联出句以"日落""玄猿"相组合，愈见其昏黑；对句以"霜前""白雁"相组合，愈见其光亮。是以光感之差写厌、美之异。

④尾联紧承"旧国"二字，写思念弟妹之情，及年齿渐老唯恐难得相

逢之忧。弟妹：杜甫有四弟一妹，唯小弟杜占相随身边。萧条：谓音信断绝。干戈：指战乱。衰谢：衰老。催：谓催人死去。

登 高

此诗当作于大历二年（767）深秋，杜甫居夔州。这是一首登临感怀之作，主旨是悲秋。作者借助眼前萧森的秋景，唱出一支国家局势之秋和个人生命之秋的悲歌，意境深邃，容量巨大，感情沉郁，用笔顿挫。四联皆用对仗，流畅自然，表现出高度的驾驭语言的能力。明代胡应麟称其为"古今七律第一"。

风急天高猿啸哀，渚清沙白鸟飞回[①]。
无边落木萧萧下，不尽长江滚滚来[②]。
万里悲秋常作客，百年多病独登台[③]。
艰难苦恨繁霜鬓，潦倒新停浊酒杯[④]。

【注释】

① 首联写登高所见江峡秋景，极为萧瑟且动荡不宁，实为作者心境的展示，是作者的时局感受和生命感受的外物显现，主观与客观密切融合。猿啸哀：谓猿猴发出尖利而悠长的叫声。三峡多猿，鸣声哀切。古谣谚道："巴东三峡巫峡长，猿鸣三声泪沾裳。"渚：江水中的小块陆地。鸟飞回，众鸟盘旋。

② 颔联以落叶和江涛为视点，继续写秋景之萧森，传感情之悲怆。"无边""不尽"，开拓出深广的秋境，亦写出深广的忧思。落木：落叶。萧萧：风吹树叶发出的声音。

③ 颈联转笔作身世之叹，展示前四句景物中的感情包孕，揭示悲秋

的原因，内容颇丰。宋人罗大经解之甚详：“万里，地辽远也。秋，时惨凄也。作客，羁旅也。常作客，久旅也。百年，暮齿也。多病，衰疾也。台，高迥处也。独登台，无亲朋也。十四字之间，含有八意，而对偶又极精确。”此外须知，杜甫自叹身世，也包含着忧时之叹，其所以"常作客"，正是由于战乱不息。

④尾联进一步揭示悲秋的原因，意谓于艰难之际，正需年富力强以作支撑，而自己已入暮年，故深以为恨；心情如此颓丧，正需以酒宽慰，却又因病戒饮，致使苦闷郁结，不得发散。笔势曲折，摇曳顿挫。苦恨：深恨。偏正短语。与下句的"新停"结构相同。繁霜鬓：形容白发之多。是"苦恨"的宾语。潦倒：颓丧，失意。新停浊酒杯：此时杜甫因糖尿病加剧而戒酒。浊酒，未经过滤的酒。前《九日五首》云"重阳独酌杯中酒"，已知其饮酒为少，此曰"新停"，则见病情加重。

东屯北崦

此诗当作于大历二年（767）秋，杜甫居夔州东屯。东屯的北面有山，杜甫散步前往山脚村庄，却见居民已经逃散一空，感而作此，为战乱时代的农村摄下惨淡一镜。崦（yān），山。北崦，即北山。

> 盗贼浮生困，诛求异俗贫①。
> 空村唯见鸟，落日未逢人②。
> 步壑风吹面，看松露滴身③。
> 远山回白首，战地有黄尘④。

【注释】

①首联将"盗贼"与"诛求"并举，称其为造成少数民族百姓贫困的

两大祸根,出语愤慨而沉痛。盗贼:指吐蕃入侵者及作乱的地方军阀。浮生:指黎民百姓。诛求:指官府盘剥。异俗:谓少数民族。因习俗与汉人不同,故称。

②颈联描写空村景象,凄凉可怕。鸟为白昼可见之物,"惟见鸟",言白昼村中无人。"落日"为人归之时。"未逢人",言村民皆已逃亡。盖不堪兵役、赋税之苦也。

③颈联描写置身于空村的悲凉心情。壑风吹面,松露滴身,写出一种空寂、凄冷的感受。步壑:在山谷中行走。看松:谓无人烟可观。

④尾联写遥望远山而频摇白首,但见那里黄尘滚滚,征战正急。是揭示村空之因。回:摇动。黄尘:战争烟尘。

观公孙大娘弟子舞剑器行并序

此诗作于大历二年(767)冬,杜甫居夔州。据原序可知,这年十月十九日,杜甫在夔州别驾元持举办的歌舞晚会上,见到临颍美人李十二娘跳剑器舞,舞姿颇壮,问她的师从,回答说是公孙大娘。一石激起千层浪,杜甫不禁回忆起开元五年(717),自己儿时曾在郾城观看公孙大娘的舞蹈。抚事感慨,写了这首诗。诗歌重点描写公孙大娘的雄健舞姿,而把李十二娘放在"余姿"偶存的地位上。其用意是以剑器舞的盛衰作为唐王朝盛衰的象征,对五十年间国家的变化进行艺术概括,无论是对开元盛世的眷顾,还是对当时乱世的伤惋,都有充分的表现。他感叹玄宗"梨园弟子散如烟""金粟堆南(即玄宗陵墓)木已拱",就是在痛悼一个辉煌时代的终结。公孙大娘,开元时期著名女艺人,善剑器、浑脱舞。舞剑器,即跳剑器舞,此舞为唐代"健舞"之一,舞者服戎装,持旗剑。行,诗歌体式名。

大历二年十月十九日,夔州府别驾元持宅①,见临颍李十二娘舞剑器②,壮其蔚跂③。问其所师,曰:"余,公孙大娘弟子也。"开元五载,余尚童稚④,记于郾城观公孙氏舞剑器浑脱,浏漓顿挫,独出冠时⑤。自高头宜春、梨园二伎坊内人⑥,洎外供奉⑦,晓是舞者⑧,圣文神武皇帝初⑨,公孙一人而已。玉貌锦衣,况余白首⑩!今兹弟子,亦匪盛颜⑪。既辨其由来,知波澜莫二⑫。抚事慷慨⑬,聊为《剑器行》。昔者吴人张旭,善草书书帖⑭,数尝于邺县见公孙大娘舞西河剑器⑮,自此草书长进,豪荡感激⑯,即公孙可知矣⑰!

昔有佳人公孙氏,一舞剑器动四方⑱。观者如山色沮丧⑲,天地为之久低昂⑳。㸌如羿射九日落㉑,矫如群帝骖龙翔㉒。来如雷霆收震怒㉓,罢如江海凝清光㉔。绛唇珠袖两寂寞㉕,晚有弟子传芬芳㉖。临颍美人在白帝㉗,妙舞此曲神扬扬㉘。与余问答既有以㉙,感时抚事增惋伤㉚。先帝侍女八千人㉛,公孙剑器初第一㉜。五十年间似反掌㉝,风尘澒洞昏王室㉞。梨园弟子散如烟㉟,女乐馀姿映寒日㊱。金粟堆南木已拱㊲,瞿唐石城草萧瑟㊳。玳筵急管曲复终㊴,乐极哀来月东出㊵。老夫不知其所往㊶,足茧荒山转愁疾㊷。

【注释】

① 别驾:官职名,州刺史的佐吏。元持:生平不详。
② 临颍:县名,故址在今河南临颍县西北。
③ 壮其蔚跂:激赏其凌厉矫健的舞姿。
④ 一本作"三载",时杜甫年方四岁,五载则六岁,较妥。
⑤ 记:记忆。郾城:县名,今属河南。剑器浑脱:剑器与浑脱合舞。浑脱,一种由西域传入的舞蹈。浏漓顿挫:舞姿洒脱,刚健有力。独出冠时:一枝独秀,冠绝一时。
⑥ 高头:在皇帝面前。指宫廷。宜春、梨园:唐玄宗在宫廷内设置的舞乐教坊。伎坊:教坊,歌舞艺人习艺之所。内人:居住在宜春、梨园的

歌舞伎，称为内人。

⑦ 洎（jì）：到。外供奉：指不住在宫中，随时奉诏入宫的歌舞伎。

⑧ 晓：通晓。是舞：这种舞蹈。指剑器浑脱。

⑨ 圣文神武皇帝：指玄宗。《旧唐书·玄宗纪》："开元二十七年己巳，加尊号为开元圣文神武皇帝。"

⑩ "玉貌"二句，意谓公孙大娘恐已不在人世。玉貌锦衣：谓公孙氏当时是妙龄女郎。况余白首：谓当时我仅六岁，如今已成白发老翁，公孙氏就更不用说了。

⑪ 匪：同"非"。盛颜：青春容貌。

⑫ 辨其由来：弄清其师从。波澜莫二：谓李十二娘舞艺与公孙大娘一脉相承。

⑬ 抚事：追怀往事。慷慨：感慨。

⑭ 张旭：苏州人，唐代著名书法家，工于草书。草书书帖：用草书书写柬帖。

⑮ 邺县：旧县名，今属河南安阳市。西河剑器：当是剑器舞之一种。

⑯ 豪荡感激：谓张旭草书气势奔腾，生动感人。

⑰ 即：则，那么。公孙可知：公孙大娘的技艺之高可想而知。

⑱ 动四方：轰动天下。

⑲ 色沮丧：因舞技精绝而震惊失色。

⑳ "天地"句，谓天地也因其舞技而久久起伏不定。以上三句为侧写笔墨。

㉑ "爠如"句谓其自空而落，光芒闪烁，如同后羿射落的九个太阳。爠（huò）：光芒闪烁的样子。羿：后羿，神话人物，传说尧帝时天上有十个太阳，危害人类，尧让后羿射日，射落九个。

㉒ "矫如"句，谓其腾空而起，矫健迅猛，如同群神驾龙飞翔。矫：矫健。骖（cān）：驾。

㉓ "来如"句谓其出场时英姿逼人，观众屏息，像雷霆响过之后天地间一片肃静。

㉔ "罢如"句谓其收场时动作戛然而止，像江海骤然停止翻腾，凝成一片清光。以上四句，正面下笔，写其舞艺超卓。

㉕绛唇：朱唇，借指公孙氏的美貌。珠袖：舞衣，借指其舞蹈技艺。寂寞：不复存在。

㉖晚：晚近。芬芳：指精绝的舞艺。

㉗临颍美人：指李十二娘。白帝：指夔州。

㉘神扬扬：神采飞扬。写李十二娘舞艺仅此一句，颇见主次之分。

㉙与余问答：即诗序中所述之问答。既有以：已经明白了她的师从。以，根由。

㉚感时抚事：抚今追昔，感慨时代变化之巨。惋伤：怅恨哀伤。

㉛先帝：指玄宗。

㉜初：本。

㉝五十年间：作者六岁时（717）观看公孙氏的舞蹈，到此时（767）共五十年。反掌：喻时光之迅速。

㉞风尘：指战乱。㵒（hòng）洞：漫无边际。此句意谓安史之乱使王室蒙尘。

㉟散如烟：天宝十五载（756）六月，叛军逼近长安，玄宗等弃城西逃，梨园弟子多流落江南。

㊱女乐余姿：指李十二娘。余姿，谓李十二娘虽有公孙氏遗风，而容颜已近衰老。映寒日：映照于冬天的日光。含有晚景凄凉之意。

㊲金粟堆：金粟山，在今陕西蒲城县东北，玄宗陵墓建在其上，号泰陵。木已拱：谓墓旁之树已有两手合围之粗。玄宗逝世至此时已五年。

㊳瞿唐石城：瞿塘峡、夔州城，作者所在之处。草萧瑟：草木凋零。以哀景写哀情。

㊴玳筵急管：指夔州别驾元持举办的筵席。玳筵，玳瑁装饰的筵席，言其丰盛。急管，激扬的管乐声。古时筵席有音乐助兴。曲复终：谓李十二娘的剑器舞随筵席终结也告结束。

㊵乐极哀来：谓观舞而乐，舞罢生悲，盖因思及国运盛衰所致。

㊶老夫：作者自谓。不知其所往：不知自己要到何处去。写感怀今昔而心绪迷乱。

㊷足茧荒山：生有老茧的脚走在荒山上。言行步迟缓。转愁疾：反倒愁于行步太快。意谓不忍离开"女乐余姿"，即对大唐盛世依依顾恋不舍。

江 汉

此诗当作于大历三年（768）秋，杜甫漂泊至江陵。江陵属江汉流域，故以江汉为题。诗写暮年漂泊的孤独之感和报效国家的雄心壮志。从"秋风病欲苏"来看，当是身体状况稍好，遂动赴京立朝之念。

> 江汉思归客，乾坤一腐儒①。
> 片云天共远，永夜月同孤②。
> 落日心犹壮，秋风病欲苏③。
> 古来存老马，不必取长途④。

【注释】

①首联点题，"思归"二字点出一篇意旨。两句实为一句，是单句形式的"流水对"，意谓江汉之滨的思归之客乃乾坤之中一介迂腐儒生。"思"与"四"谐音，故可与"一"相对，故又为"借音对"。

②颔联写异乡孤独之感，申述思归之原因。意谓自己与片云共在远天，与孤月同熬长夜。虽属凄苦之辞，而境界依然高远，是老杜独具之笔墨。

③颈联写赴京立朝的条件。落日：比喻暮年。心犹壮：壮心犹在。指心存报国之志。病欲苏：谓病将痊愈。二句皆于本句中语意逆转，用笔顿挫。

④尾联设想立朝之后可以为国立功。存：收养。老马：作者自喻。《韩非子·说林》："管仲、隰朋从于桓公伐孤竹，春往冬返，迷惑失道。管仲曰：'老马之智可用也。'乃放老马而随之，遂得道。"杜甫化用此典，谓个人虽无长途奔驰之力，但有智慧可用。

公安送韦二少府匡赞

此诗当作于大历三年（768）深秋，杜甫漂泊至公安县（今属湖北）。诗写离愁别绪，更以战乱时局、暮年漂泊为背景，愈觉感情沉痛。韦二少府匡赞，即韦匡赞，生平不详，时任少府（即县尉）。"二"为其排行次第。唐人称人习惯，以姓氏居前，排行次之，官职又次之，最后为其名。

> 逍遥公后世多贤，送尔维舟惜此筵①。
> 念我能书数字至，将诗不必万人传②。
> 时危兵革黄尘里，日短江湖白发前③。
> 古往今来皆涕泪，断肠分手各风烟④。

【注释】

① 首联点题，首句扣韦氏，次句扣送别。逍遥公：韦匡赞的祖先韦夐，北周人，一生不仕，以林泉自娱。明帝即位，礼重愈厚，号之曰"逍遥公"（见《北史》本传）。世多贤：谓韦夐后代多出贤者。唐中宗时，韦嗣立又被封为"逍遥公"（见《旧唐书》本传）。贤：包括韦匡赞在内。尔：你。指韦匡赞。维舟：系舟。指杜甫为送别韦氏而停船。此筵：指离别之筵。"惜"字为一篇之情感线索。

② 颔联对韦氏致以殷勤嘱托，意谓如蒙相念，能寄简短书信我已满足；至于我的诗篇，则不劳你传于世人。二句已将韦氏视为平生好友和文章知己。

③ 颈联感叹他日相逢之难，于时则兵革纷扰，于己则前景无多。语极沉痛。兵革黄尘：谓战乱不休。日短：谓来日无多。杜甫此诗之后二年即辞世。江湖白发：谓暮年漂泊。"黄尘""白发"，精确概括晚年身世。

④尾联为瞻前顾后之辞：瞻望古人，皆为离别而洒泪；顾念别后，你我各怀凄情入于风烟之中。十四个字，囊括千载人间离情，视野博大，笔力千钧。情悲而境壮，是杜诗本色。

登岳阳楼

此诗当作于大历三年（768）冬末，杜甫漂泊至岳州（今湖南岳阳市）。诗写登楼感怀，以阔大而动荡的洞庭湖景寄托身世之悲和时局之感，形神兼备，诗境浑成，是杜甫五律名篇。岳阳楼，岳阳城西门楼，下临洞庭湖，为文人墨客登临赋诗之处。

>昔闻洞庭水，今上岳阳楼①。
>吴楚东南坼，乾坤日夜浮②。
>亲朋无一字，老病有孤舟③。
>戎马关山北，凭轩涕泗流④。

【注释】

①首联点题、记事，以"流水对"的形式，自然引出登临所望的对象——洞庭湖。洞庭水：指洞庭湖。在湖南省北部、长江南岸，面积2740平方千米，为我国第二大淡水湖，昔日号称"八百里洞庭"。

②颔联描写洞庭湖景，大处落墨，出句状其广阔浩渺，对句状其动荡之势，与后四句所写的身世和时局感受暗相关合，即以湖水之广阔反衬"孤舟"之微衰，以湖水之动荡映射"戎马"之时局。吴楚：古代吴国、楚国。吴国之地，今浙江一带；楚国之地，今两湖及江西、安徽部分地区。东南坼：被分割为东、南两处。言洞庭之大。坼（chè），分裂。乾坤：天地。此句谓湖水洪波鼓荡，使人觉得整个天地日日夜夜都在随之而

动浮。

③颈联写身世之孤微:亲朋音断,老病家贫。"有孤舟",言家贫,是以"有"显无,与"囊空恐羞涩,留得一钱看"为同一手法。"一""孤"二字,乃刻意之笔,极写身世之微,与上联极写洞庭之大构成强烈反差。可知,写洞庭之大,并非目的而实为手段,是以洞庭之大凸现身世之微。

④尾联书写时局动荡之忧,并以凭轩洒泪之细节,总括一篇之情感。"戎马关山北",记当时紧张战局,《通鉴》载:大历三年(768)"八月,壬戌,吐蕃十万众寇灵武。丁卯,吐蕃尚赞摩二万众寇邠州,京师戒严;邠宁节度使马璘击破之。"灵武、邠州,皆在长安之北。此句写时局动荡,与"乾坤日夜浮"相关合,使乾坤浮动的景象成为时局感受的外化。戎马:指战争。凭轩:倚着栏杆。涕泗(sì):眼泪、鼻涕。《诗·泽陂》:"涕泗滂沱。"《传》曰:"自目曰涕,自鼻曰泗。"

岁晏行

此诗当作于大历三年(768)冬末,杜甫在岳州。诗以纪实手法展示民生濒临绝境,记录国家钱法大坏。揭露深刻,批判入骨,忧愤深广,是杜甫晚年干预时政的一篇力作。岁晏,即岁暮,年末。行,诗歌体式名。

岁云暮矣多北风,潇湘洞庭白雪中①。渔父天寒网罟冻②,莫徭射雁鸣桑弓③。去年米贵阙军食④,今年米贱太伤农⑤。高马达官厌酒肉,此辈杼柚茅茨空⑥。楚人重鱼不重鸟,汝休枉杀南飞鸿⑦。况闻处处鬻男女,割慈忍爱还租庸⑧。往日用钱捉私铸,今许铅铁和青铜⑨。刻泥为之最易得⑩,好恶不合长相蒙⑪。万国城头吹画角⑫,此曲哀怨何时终⑬?

【注释】

①开篇二句点题，交代时令和地点，为下文张本。"北风""白雪"，取景凄凉，为全诗定下感情基调。岁云暮：岁暮。云，语助词。潇湘：湘江的别称。因湘江水清深而得名。《湘中记》："湘川清照五、六丈，是纳潇湘之名矣。"

②网罟（gǔ）：渔网。罟，网。

③莫徭：当地少数民族。《隋书·地理志》："长沙郡又杂有夷蜒，名曰莫徭，自言其先祖有功，常免徭役，故以为名。"鸣桑弓：谓拉弓放箭。桑弓，桑木制的弓。

④"去年"句，《旧唐书·代宗纪》载，大历二年十月，"甲申，减京官职田三分之一，给军粮"。十一月，"己丑，率百官、京城士庶，出钱以助军"。阙，同"缺"。

⑤太伤农：严重损害农民的利益。

⑥高马达官：骑高头大马的显贵。厌：同"餍"，饱腻。此辈：指上文所述的农民、渔父、猎人。杼柚（zhù zhóu）：指织布机。茅茨（cí）：茅屋。此句谓贫民家徒四壁，织机之上竟无寸缕。以上二句使用对比手法，见两极分化已十分尖锐。

⑦"楚人"二句写贫民谋生无计。楚地食俗重鱼类而轻鸟类，而渔民网冻难以捕鱼，莫徭射雁亦属徒劳，故曰"枉杀"。

⑧"况闻"二句写贫民卖儿卖女，以缴纳租庸。鬻：卖。男女：儿女。割慈忍爱，谓父母与子女生离死别。租庸："租庸调"，唐代赋税制度。"租"指纳粮，"庸"指服劳役，"调"指纳丝绸之类。安史之乱爆发之后，赋税加重，民众苦难，《旧唐书·杨炎传》载，"百姓受命而供之，沥膏血，鬻亲爱，旬输月送无休息"。以上十二句，记百姓生涯。

⑨"往日"二句记国家钱法遭到破坏。捉私铸：捉拿私人铸钱者，加以刑罚。《新唐书·食货志》载，"武德（李渊年号）四年，铸'开元通宝'……盗铸者论死，没其家属"。今许：谓如今官方允许奸商们私铸。铅铁和青铜：谓以铅、铁掺入青铜而铸钱。铅、铁价贱，奸商为谋利而造假。和，掺杂。

⑩"刻泥"句，意谓用泥巴铸钱岂不更易得利吗？得：得利。是愤慨语，讽刺辛辣。

⑪好恶：好钱与坏钱。这里为偏义复词，指用铅铁掺入青铜铸的钱。不合：不该。相蒙：蒙骗百姓。以上四句，痛斥官府与奸商相互勾结，欺诈民众。

⑫万国：指全国各地。吹画角：谓战乱不休。画角，军中乐器，用以报警、报时。

⑬此曲：指这首《岁晏行》。哀怨：以此点出全篇情感。何时终：谓渴望改善民生，削除弊政，停止战乱。

南 征

此诗当于大历四年（769）春，杜甫由岳阳前往长沙途中作。诗写南行景事，表达了思君恋阙、知音难觅的苦闷心情。杜甫行至岳阳，未能北上立朝，而取路南行，是其人生道路的重要抉择，诗中表达了矛盾心情。

　　春岸桃花水，云帆枫树林①。
　　偷生长避地，适远更沾襟②。
　　老病南征日，君恩北望心③。
　　百年歌自苦，未见有知音④。

【注释】

①首联记乘船南行的时令和所见的江景，"桃花水""枫树林"，以丽景反衬愁情。桃花水：桃花汛，桃花盛开时发生的江水暴涨。

②颔联表述南行时的苦闷心情。偷生：苟且活命。避地：避难于异地他乡。此句交代未能北上的一个原因，即北上道路险阻。适远：前往远

方。指远赴长沙。

③颈联写身往南行而心向北引的矛盾。老病：衰老多病。是其未能北上的又一原因。君恩：指代宗之恩。代宗曾两次授官于杜甫，一次是补京兆功曹，杜甫未赴，一次是检校工部员外郎。

④尾联浩叹一生未获知音，是其未赴朝廷的又一原因。杜甫诗中倡导儒家思想，主张以儒学治国，其未获知音之叹，包含着政治层面的内容。

楼　上

此诗当作于大历四年（769）秋，杜甫寓居长沙。诗写登楼北望长安，表达怀君恋阙之情，为无补于时而感愧不已。取境阔大而描摹细腻，塑造出鲜明的抒情形象。

天地空搔首，频抽白玉簪①。
皇舆三极北，身事五湖南②。
恋阙劳肝肺，论材愧杞楠③。
乱离难自救，终是老湘潭④。

【注释】

①首联以"天地"二字点题，登临高楼，故可俯仰天地。开端描摹细节。空搔首，写心情烦闷而又无奈；抽玉簪，谓以玉簪搔头。至于为何有此情绪，在下文写出。

②颔联承接登楼而写远望之状：朝廷远在三极之北，而自身处于五湖之南。极力拉开两地距离，在于叹息个人于国事无补。由此写出首联细节的情感内涵。皇舆：帝王的车驾，此处代指朝廷。三极北：地有四极，皇舆在东、西、南三极之北，故云。五湖南：指长沙。五湖，指洞庭、青

草、具区、洮漏、彭蠡五个湖泊，长沙在其南。

③颈联正面表述恋阙之情。劳肝肺：谓极度关心。愧杞楠：谓材不堪任，于国有愧。杞与楠皆为高大乔木，可作栋梁之材。

④尾联自叹身世漂泊，预料将老死湘潭。这是其登楼搔首的另一原因。一年之后，杜甫的预料成为事实。

江南逢李龟年

此诗当作于大历五年（770）春末，杜甫在长沙。李龟年是当时著名歌唱家，盛唐时经常出入王侯府第，安史之乱以后流落江南。《明皇杂录》载："开元中乐工李龟年、彭年、鹤年兄弟三人，皆有才学盛名。彭年善舞，鹤年、龟年善歌。……其后，龟年流落江南，每遇良辰胜赏，为人歌数阕。座中闻之，莫不掩泣罢酒。"诗写于江南遇见李龟年的感受，短纸片言中寄寓了浓重的今昔盛衰之慨，可视为唐代几十年间由盛而衰的艺术缩影。

  岐王宅里寻常见，崔九堂前几度闻①。
  正是江南好风景，落花时节又逢君②。

【注释】

①首联回顾开元盛世李龟年的荣宠以及作者与他的关系。岐王：唐睿宗之子，玄宗之弟李范，《旧唐书·睿宗诸子传》称他"好学工书，雅爱文章之士，士无贵贱，皆尽礼接待"。岐王宅，在东都洛阳尚善坊。杜甫少年时与李范有交游，故能见到李龟年。崔九：作者原注，"崔九，殿中监崔涤，中书令崔湜之弟"。崔涤有宅在洛阳遵化里。杜甫少年时居洛阳，与之交游，故能多次在其堂中欣赏李龟年的歌唱。诗中所举李范、崔涤，

皆卒于开元十四年（726），可知杜甫所忆为开元盛世时代。此联在对仗上为"借义对"，"寻常"一词兼有数目意义，古时以八尺为一寻，两寻为一常，故可与"几度"相对。

②尾联慨叹如今自己与李龟年一同沦落。"江南好风景"，对彼此沦落的身世构成强烈反衬。"落花时节"，蕴涵丰富，既指暮春的时令，又指衰败的国势，还指彼此年迈和飘零的身世。杜甫所提倡的"篇终接混茫"，即是这种艺术境界。

玉盘明珠
——少陵体诗名句选

1. 浮云连海岱，平野入青徐。
   ——《登兖州城楼》

2. 造化钟神秀，阴阳割昏晓。
   ——《望岳》

3. 会当凌绝顶，一览众山小！
   ——《望岳》

4. 竹批双耳峻，风入四蹄轻。
   ——《房兵曹胡马》

5. 所向无空阔，真堪托死生。
   ——《房兵曹胡马》

6. 检书烧烛短，看剑引杯长。
   ——《夜宴左氏庄》

7. 读书破万卷，下笔如有神。
   ——《奉赠韦左丞丈二十二韵》

8. 边庭流血成海水，武皇开边意未已。

——《兵车行》

9. 七星在北户，河汉声西流。

——《同诸公登慈恩寺塔》

10. 德尊一代常坎轲，名垂万古知何用！

——《醉时歌》

11. 清夜沉沉动春酌，灯前细雨檐花落。

——《醉时歌》

12. 但觉高歌有鬼神，焉知饿死填沟壑！

——《醉时歌》

13. 朱门酒肉臭，路有冻死骨。

——《自京赴奉先县咏怀五百字》

14. 瓢弃樽无绿，炉存火似红。

——《对雪》

15. 感时花溅泪，恨别鸟惊心。

——《春望》

16. 人生有情泪沾臆，江草江花岂终极！

——《哀江头》

17. 眼穿当落日，心死著寒灰。

——《自京窜至凤翔喜达行在所三首》其一

18. 生还今日事，间道暂时人。

——《自京窜至凤翔喜达行在所三首》其二

19. 影静千官里，心苏七校前。

——《自京窜至凤翔喜达行在所三首》其三

20. 血战乾坤赤，氛迷日月黄。

——《送灵州李判官》

21. 酒债寻常行处有，人生七十古来稀。

——《曲江二首》其二

22. 西岳崚嶒竦处尊，诸峰罗立如儿孙。

——《望岳》

23. 三年笛里关山月，万国兵前草木风。

——《洗兵马》

24. 无风云出塞，不夜月临关。

——《秦州杂诗二十首》其七

25. 露从今夜白，月是故乡明。

——《月夜忆舍弟》

26. 但见新人笑，那闻旧人哭？

——《佳人》

27. 文章憎命达，魑魅喜人过。

——《天末怀李白》

28. 千秋万岁名，寂寞身后事。

——《梦李白二首》其二

29. 世人共卤莽，吾道属艰难。

——《空囊》

30. 修纤无垠竹，嵌空太始雪。

——《铁堂峡》

31. 再光中兴业，一洗苍生忧。

——《凤凰台》

32. 扁舟欲往箭满眼，杳杳南国多旌旗。

——《乾元中寓居同谷县作歌七首》其四

33. 大江东流去，游子日月长。

——《成都府》

34. 暂止飞乌将数子，频来语燕定新巢。

——《堂成》

35. 映阶碧草自春色，隔叶黄鹂空好音。

——《蜀相》

36. 出师未捷身先死，长使英雄泪满襟。

——《蜀相》

37. 风含翠筱娟娟净，雨裛红蕖冉冉香。

——《狂夫》

38. 长路关心悲剑阁,片云何意傍琴台?

——《野老》

39. 地卑荒野大,天远暮江迟。

——《遣兴》

40. 自去自来梁上燕,相亲相近水中鸥。

——《江村》

41. 黄牛峡静滩声转,白马江寒树影稀。

——《送韩十四江东省觐》

42. 江山如有待,花柳更无私。

——《后游》

43. 花径不曾缘客扫,蓬门今始为君开。

——《客至》

44. 随风潜入夜,润物细无声。

——《春夜喜雨》

45. 为人性僻耽佳句,语不惊人死不休。

——《江上值水如海势,聊短述》

46. 老去诗篇浑漫与,春来花鸟莫深愁。

——《江上值水如海势,聊短述》

47. 野花留宝靥,蔓草见罗裙。

——《琴台》

48. 安得广厦千万间,大庇天下寒士俱欢颜,风雨不动安如山!

——《茅屋为秋风所破歌》

49. 海内风尘诸弟隔,天涯涕泪一身遥。

——《野望》

50. 入帘残月影,高枕远江声。

——《客夜》

51. 弟妹悲歌里,乾坤醉眼中。

——《九日登梓州城》

52. 不分桃花红似锦,生憎柳絮白于绵。

——《送路六侍御入朝》

53. 佩刀成气象，行盖出风尘。

——《送陵州路使君之任》

54. 霄汉瞻佳士，泥途任此身。

——《送陵州路使君之任》

55. 不愁巴道路，恐湿汉旌旗。

——《对雨》

56. 血埋诸将甲，骨断使臣鞍。

——《王命》

57. 济时敢爱死？寂寞壮心惊！

——《岁暮》

58. 锦江春色来天地，玉垒浮云变古今。

——《登楼》

59. 丹青不知老将至，富贵于我如浮云。

——《丹青引赠曹将军霸》

60. 须臾九重真龙出，一洗万古凡马空。

——《丹青引赠曹将军霸》

61. 但看古来盛名下，终日坎壈缠其身。

——《丹青引赠曹将军霸》

62. 永夜角声悲自语，中天月色好谁看？

——《宿府》

63. 芟夷不可阙，疾恶信如仇！

——《除草》

64. 万事已黄发，残生随白鸥。

——《去蜀》

65. 星垂平野阔，月涌大江流。

——《旅夜书怀》

66. 朝朝巫峡水，远逗锦江波。

——《怀锦水居止二首》其一

67. 雪岭界天白，锦城曛日黄。

——《怀锦水居止二首》其二

68. 峡坼云霾龙虎睡，江清日抱鼋鼍游。

——《白帝城最高楼》

69. 霜皮溜雨四十围，黛色参天二千尺。

——《古柏行》

70. 云来气接巫峡长，月出寒通雪山白。

——《古柏行》

71. 勋业频看镜，行藏独倚楼。

——《江上》

72. 故国风云气，高堂战伐尘。

——《中夜》

73. 高江急峡雷霆斗，古木苍藤日月昏。

——《白帝》

74. 戎马不如归马逸，千家今有百家存。

——《白帝》

75. 气劘屈贾垒，目短曹刘墙。

——《壮游》

76. 秋风动哀壑，碧蕙捐微芳。

——《壮游》

77. 江间波浪兼天涌，塞上风云接地阴。

——《秋兴八首》其一

78. 丛菊两开他日泪，孤舟一系故园心。

——《秋兴八首》其一

79. 同学少年多不贱，五陵衣马自轻肥。

——《秋兴八首》其三

80. 直北关山金鼓振，征西车马羽书驰。

——《秋兴八首》其四

81. 瞿唐峡口曲江头，万里风烟接素秋。

——《秋兴八首》其六

82. 波漂菰米沉云黑，露冷莲房坠粉红。

——《秋兴八首》其七

少陵体诗选注 | 233

83. 香稻啄余鹦鹉粒,碧梧栖老凤凰枝。
——《秋兴八首》其八
84. 庾信平生最萧瑟,暮年诗赋动江关。
——《咏怀古迹五首》其一
85. 怅望千秋一洒泪,萧条异代不同时。
——《咏怀古迹五首》其二
86. 一去紫台连朔漠,独留青冢向黄昏。
——《咏怀古迹五首》其三
87. 不眠忧战伐,无力正乾坤。
——《宿江边阁》
88. 五更鼓角声悲壮,三峡星河影动摇。
——《阁夜》
89. 天下何曾有山水,人间不解重骅骝!
——《存殁口号二首》其一
90. 身世双蓬鬓,乾坤一草亭。
——《暮春题瀼西新赁草屋五首》其三
91. 竹叶于人既无分,菊花从此不须开。
——《九日五首》其一
92. 无边落木萧萧下,不尽长江滚滚来。
《登高》
93. 万里悲秋常作客,百年多病独登台。
——《登高》
94. 观者如山色沮丧,天地为之久低昂。
——《观公孙大娘弟子舞剑器行并序》
95. 片云天共远,永夜月同孤。
——《江汉》
96. 时危兵革黄尘里,日短江湖白发前。
——《公安送韦二少府匡赞》
97. 吴楚东南坼,乾坤日夜浮。
——《登岳阳楼》

98. 高马达官厌酒肉,此辈杼柚茅茨空。

——《岁晏行》

99. 百年歌自苦,未见有知音。

——《南征》

100. 正是江南好风景,落花时节又逢君。

——《江南逢李龟年》

上南軒